Scarlet
스칼렛

www.b-books.co.kr

눈 감으면,

살랑

눈 감으면, 사랑

1판 1쇄 찍음 2017년 11월 23일
1판 1쇄 펴냄 2017년 11월 30일

지은이 | 주은영
펴낸이 | 정 필
펴낸곳 | **(주)뿔미디어**

편집장 | 박경희
기획 · 편집 | 이영은
표지 디자인 | 박현진

출판등록 | 2002년 9월 11일 (제1081-1-132호)
주소 | 경기도 부천시 원미구 소향로 17, 303(두성프라자)
전화 | 032)651-6513 / 팩스 032)651-6094
E-mail | scarlets2012@hanmail.net
블로그 | http://blog.naver.com/dahyangs
비북스 | http://b-books.co.kr

값 9,000원

ISBN 979-11-315-8405-7 03810

눈감으면,
살랑

주으녕 장편 소설

contents

제1장

톡, 톡.

길게 이어지는 통화 연결음을 들으며, 정민은 연필로 종이 위를 일정하게 두드렸다. 슬슬 지루해지려고 할 때 상냥하기 그지없는 여성이 일방적으로 소리샘으로 연결하겠다고 했다.

달칵.

정민은 두 번 생각할 것도 없이 수화기를 내려놓았다. 두 번째 전화도 연결이 되지 않자 이번엔 다른 곳으로 전화를 걸었다. 정민이 처음 일을 시작했던 출판사에서 같이 근무했던 선배 의준이다.

— 여보세요.

"선배님. 접니다."

— 왜? 이다경 역자가 전화를 안 받아?

"네. 전화를 받지 않네요. 처음 보는 번호라서 그럴 수도 있으니 선배님이 문자라도 하나 먼저 넣어 주시면 안 될까요?"

— 그거야 벌써 했지. 하늘출판사 하정민이 전화할 거라고.

"저도 문자를 먼저 보내 놓고 다시 연락을 해야겠네요."

— 저번에도 말했지만, 성격이 엄청 내성적인 것 같아. 내가 남자라 그런 걸 수도 있기는 한데, 단 한 번도 사적인 얘기를 꺼내는 적이 없더라고. 나만 주절주절 떠들다가 통화를 끝내는 일이 허다해. 같이 작업하는 작가나 역자들 중 가장 어려운 상대야.

"이다경 역자를 만난 적은 없어요?"

— 없어.

"한 번도요?"

— 응. 식사 대접하고 싶다고 해도 웃음기 없는 목소리로 '괜찮습니다.' 하면서 거절해.

번역을 의뢰하게 되면 보통은 역자들이 출판사로 와서 계약을 한다. 일정도 조율해야 하고 책에 대한 전반적인 내용을 공유하고 출간 방향에 대해 논의가 필요하기 때문이다.

작업을 오래하여 친분이 있는 경우는 우편으로 계약서를 작성하고 유선으로 논의하기도 한다. 그래도 처음 일을 시작하는 경우 한 번은 만나는 것이 일반적인데, 그녀는 어지간히도 비사교적인 모양이었다.

"어째 벌써부터 이다경 역자가 어려워지는데요?"

— 오호. 그럼 포기하는 거야?

처음 이다경 역자를 소개해 달라고 했을 때 의준은 싫다고 진담 섞인 농담을 했었다. 정민은 입술을 삐죽거렸다.

"그럴 리가 있습니까? 좋은 역자를 독식하는 꼴은 절대 못 보죠."

— 후후. 아무튼 문자 보내 놓고 다시 연락해 봐. 내가 알기론 작업 중인 출판사는 우리뿐이라 바쁘다고 거절은 안 할 거야.

정민은 고맙다는 인사를 하고 의준과의 통화를 끝냈다. 이어 그는 휴대폰으로 장문의 문자를 입력했다.

[안녕하십니까? 해림출판사 김의준 편집자의 소개로 연락드리게 된 '도서출판 하늘'의 하정민입니다. 검토서를 의뢰하고 싶어 연락을 드렸는데 전화를 받지 않으셔서 인사를 문자로 대신합니다. 통화가 가능한 시간을 알려 주시면 맞춰서 연락드리겠습니다.]

"아……."

전송하고서야 생각난 것이 있어 정민은 몇 마디 더 추가했다.

[되도록 이번 주 안으로 연락이 가능했으면 합니다. 아시다시피 번역서는 일정이 빠듯해서요. 연락 기다리겠습니다.]

이다경 역자는 번역이 빠른 편이라서 대략 두 달 정도면 한 권이 끝난다고 했다. 평균이 3—4개월이고 정말 늦는 경우 여섯 달까지도 걸리니 그에 비하면 정말 빠른 것이다.

번역서 출간을 담당하고 있는 정민은 타 출판사의 신간들을 자주 찾아본다. 이다경 역자의 이름도 그렇게 발견한 것이다. 책을 구입해서 읽어 본 정민은 역자를 소개받기 위해 의준에게 연락을 했다. 이다경 역자가 번역한 책이 마침 의준의 출판사에서 나온 책이었다.

번역을 시작한 지 얼마 되지 않았다는 이다경 역자는 의준이 근무하는 해림출판사에서만 세 권의 도서를 번역했다. 그녀의 글은 번역이 능숙하고 문체가 매끄러워 번역서라는 위화감이 전혀 느껴지지 않았다. 마치 한국의 작가가 쓴 것 같은 느낌이랄까?

의준과 통화를 하면서 얼마 되지 않아 독자들에게 친숙하게 자리 잡을 것이라는 의견을 함께했다. 실력 있고 유명한 역자들은 그 이름만으로도 독자들에게 신뢰를 주어 도서 선택에 큰 역할을 하고 있다. 이다경 역자 역시 그럴 수 있는 가능성이 충분했다.

좋은 역자를 확보하는 것은 좋은 작가를 확보하는 것만큼 중요하기 때문에 정민은 이다경 역자를 꼭 섭외하고 싶었다. 책상에 턱을 괴고서 그녀가 번역한 책을 휘리릭 넘겨 보던 정민은 잠시 중단했던 기획서 작성을 다시 시작했다.

❊　❊　❊

출근을 해서 커피를 한 잔 마시며 에이전시에서 보낸 뉴스레터를 보고 있을 때였다. 때마침 마음에 드는 작품이 있어 소개 글을 다시 읽어 보고 있는데 휴대폰이 진동을 했다.

정민은 모니터에 시선을 고정시킨 채 책상 위를 더듬어 휴대전화를 손에 쥐었다.

누가 이렇게 이른 아침부터 전화를 하나 싶어 휴대폰을 힐끔 쳐다보던 정민의 눈이 커다래졌다. 그토록 기다리던 이다경 역자로부터의 전화였다. 정민은 손에 들고 있던 머그컵을 내려놓고 서둘러 통화 버튼을 눌렀다.

"네, 하정민입니다."

— 안녕하세요? 저…… 이다경이라고 합니다.

조용하면서 신중한 목소리가 수화기를 타고 흘러나왔다. 연락을 기다린 지 나흘째라 다른 역자를 섭외해야 하나 실망하고 있었는데, 그녀의 연락이 반가웠다.

"안녕하세요? 연락 기다렸습니다."

— 김의준 에디터님께 소개를 받으셨다고요.

"네. 소개를 받기는 했는데, 그 전에 역자님이 번역한 책을 먼저 읽었어요. 그 책 출판사에 같이 일했던 의준 선배가 있어서 소개를 부탁했습니다."

— 어떤 책을 의뢰하시려고요?

내성적이고 비사교적인 성격이 목소리에도 나타나는 듯, 그녀의 목소리는 좀처럼 높아지지 않고 속삭이듯 들려왔다.

"일본에서 출간된 소설인데, 신인 작가예요. 출간되고 6개월간 꾸준히 아마존 상위권에 있는 작품이고요. 에이전시가 독점으로 진행하는 작품이라 오퍼 기간이 짧아요."

— 언제까지 보내 드리면 되나요?

"보통은 이 주일 정도 드리는데, 힘드시겠지만 열흘 안에 검토서를 보내 주셨으면 합니다."

— 원고는 어떤 걸로 보내 주시나요?

"PDF 파일이요. 지금 바로 메일로 보내 드릴 수 있습니다."

— 알겠습니다.

간단한 인사를 주고받은 뒤 통화가 끝났다. 정민은 곧바로 그녀의 이메일로 원고를 송부하고 거의 식은 커피를 한 번에 들이켰다.

알 수 없는 긴장감이 풀리고, 정민은 의준에게 전화를 걸었다. 전화를 받은 의준이 대뜸 물었다.

— 아직도 연락 안 됐어?

"아니요. 오늘 전화 왔어요. 원고 검토해 주기로 했어요."

— 연락한 지 한 나흘 됐지? 생각보다 오래 걸렸네.

모르는 번호이니 전화를 받지 않을 수는 있는데, 문자로 연락한 사유에 대해 설명했음에도 나흘이나 지나 전화가 왔으니 충분히 의아한 상황이었다. 오죽하면 여행이라도 간 걸까 생각했었다.

"그런데 선배님."

— 왜?

"혹시 이다경 역자 말이에요. 저랑 또래쯤 되나요?"

뜬금없는 질문을 정민은 무척이나 진지하게 했다. 당황한 듯 잠시 뜸을 들이던 의준이 장난스럽게 말했다.

— 뭐야. 목소리에 홀딱 반하기라도 했어?

"하하하하. 아니요. 워낙 경계심이랑 낯가림이 심한 것 같아서 나이가 몇이나 되나 궁금했어요."

애써 설명했는데 의준은 귀담아듣는 것 같지 않았다.

— 그런 게 아니라면 나이부터 다짜고짜 알아야 하는 이유가 없잖아. 어허, 이것 봐라. 촉도 좋아. 동갑인 건 어떻게 알았어?

"동갑이요? 누구랑요?"

— 설마 나랑 동갑이라고 하겠어?

"아…… 그래요?"

— 나이도 같고, 잠깐 들은 목소리만으로 뿅 가다니. 하정민 의외로 로맨티시스트네?

의준의 짓궂은 웃음이 수화기를 타고 들려왔다. 정민은 헛웃음을 흘렸다.

"하하하. 그런 게 아니라니까요."

— 끊자.

의준은 제 생각을 철회할 생각이 없다는 듯 냉큼 전화를 끊어버렸다. 정민은 졸지에 미지의 누군가에게 홀딱 반한 남자가 되어버렸다.

웃자고 한 소린데 전화해서 다시 장황하게 설명해 줄 수도 없고, 정민은 졌다는 표정으로 고개를 절레절레 저으며 휴대폰을 내려놓았다. 그는 어느새 가을 옷을 입기 시작한 가로수를 아득한 시선으로 바라보았다.

'가을이구나.'

그러고 보니 가을이 되면 문득문득 진희가 떠오르곤 했다. 지금으로부터 대략 16년 전쯤. 까마득하기까지 한 중학생 시절의 한 친구가 생각났다. 이다경 역자의 비사교적이고 내성적인 데다 묘하게 경계심이 느껴지는 말투가 어쩐지 진희와 닮았다.

'잘 지내고 있나?'

기억을 더듬던 그의 얼굴에 그림자가 드리워졌다. 여름 방학이
끝나고 학교로 돌아왔을 때 자리에 없던 친구, 이진희.

공부를 잘했으니 좋은 대학에 들어가서, 좋은 직장에 다니고
있을지도 모르겠다. 옛날 그 모습 그대로 자랐다면 여전히 예쁠
것이고. 봄 햇살에 반짝이던 뽀얀 얼굴이 어렴풋 떠오른다.

같은 반 짝꿍이었을 때는 서먹했던 것 같은데, 문득문득 그녀
가 떠오르곤 했다. 그럴 때 사진이라도 보면서 추억을 되살리면
좋은데, 그럴 만한 사진이 없었다.

함께 생활한 기간이 짧기도 했고 교내 외 행사에 참석하지 않
았던 진희는 단체 사진에도 없다. 유일하게 함께 참여했던 합창
대회에서는 반주자였던 관계로 행사 사진에서 빠져 있다.

정민은 몸을 바로 하고 앉으며 작게 고개를 저었다. 고작 한 학
기 함께했을 뿐인데, 이토록 깊이 새겨진 인연이라니…… 마음
한구석에 그녀가 남기고 간 흔적들이 무겁게 자리 잡고 있기 때
문인지도 모르겠다.

＊ ＊ ＊

자신만 아는, 잠깐의 해프닝 탓이었을까? 그녀의 메일을 기다
리는 시간이 무척이나 길고 지루하게 느껴졌다. 매일 마감을 하는
기분으로 업무를 하면서도 말이다.

오늘은 말일에 출간될 도서의 최종교를 보고 있는데 집중을 하지 못해 같은 부분만 반복해서 보고 있다. 세 번이나 교정 교열을 했으나 숨은 오타를 잡아야 하는 최종 단계여서 온 신경을 집중해서 봐야 한다. 그렇게 해도 출간하고 나면 뒤늦게 오타를 발견하는 경우가 종종 있는데 이리 정신을 차리지 못해서야. 알 수 없는 묘한 긴장감이 정민은 잘 통제가 되지 않았다.

"아오……."

결국 정민은 머리를 감싸고 한탄을 하다가 벌떡 일어나서 탕비실로 향했다. 커피라도 왕창 타서 마실 참이었다. 이렇게라도 머리를 깨워야지 까딱하다가는 밤샘을 해야 할 것 같았다.

믹스 커피를 두 개 타서 자리로 돌아왔을 때 휴대전화에 문자 하나가 도착해 있었다.

[검토서 보냈습니다.]

이다경 역자였다. 이제 일주일밖에 되지 않았는데 검토서가 벌써 도착한 것이다. 정민은 서둘러 메일을 확인했다. 그녀가 작성한 파일을 열어 죽 훑어본 정민은 정성 들여 작성된 검토서에 감탄했다. 검토서에서조차 기승전결의 흐름이 느껴졌다.

정민은 설레는 마음으로 검토서를 처음부터 천천히, 그리고 꼼꼼하게 다시 읽기 시작했다.

이다경 역자는 책의 감상은 물론이고 나름의 캐릭터 분석도 해놓았다. 발췌 부분은 이 책의 중요 포인트로 잘 선택했고, 번역도 잘되어 있었다. 책의 장단점 분석은 날카로웠으며, 시장성에 대한 분석도 성의 있었다.

현지의 반응 역시 꼼꼼하게 첨부되어 있었다. 또한 어떤 문체와 분위기로 번역하면 좋겠다는 의견도 있었다. 작품에 대한 분석을 기초를 다지듯 탄탄하게 해 놓은 것이다.

어떤 역자는 목차, 발췌 번역만 해 놓고 자기 의견이라고는 A4 용지 반쪽을 겨우 채우는 경우도 있었는데, 이다경 역자는 평론가 수준으로 작성해 놓았다. 그것도 일주일 만에 말이다.

"영미 씨."

"네?"

파티션 너머로 영미가 고개를 빠끔 내밀었다.

"이거 한번 읽어 볼래?"

"뭔데요?"

"이다경 역자한테서 받은 검토서."

"벌써 왔어요?"

영미가 놀란 목소리로 되물었다. 담당 분야가 정해져 있지만 출판사 공용 메일을 이용하고, 일주일에 한 번 기획 회의를 하면서 담당자들은 모든 도서의 진행 상황을 공유하고 있다.

"잘한 쪽이에요, 못한 쪽이에요?"

정민이 피식 웃음을 보였다.

"잘한 쪽. 무척 잘한 쪽이야."

"오오, 알았어요."

영미가 어린아이 같은 표정으로 대답하고는 파티션 너머 제 자리로 쏙 들어갔다. 영미가 검토서를 읽는 동안 정민은 커피를 마시며 검토서를 반복해 읽었다.

일본어만 고정적으로 작업하는 역자가 십여 명 정도 되는데 모두 실력이 좋았다. 검토서를 받아 보면 번역을 맡길지 말지 대략적인 판단이 서기 때문에 그들은 이미 그런 과정을 거친 역자들이다.

검토 후 판권 계약이 되면 번역으로 이어지는 경우가 대부분이라 다들 책임감을 가지고 검토서를 작성한다. 그럼에도 이다경 역자가 눈에 띄는 이유는 이제 막 번역을 시작한, 신참이나 마찬가지이기 때문이다. 선배가 장난처럼 소개 안 시켜 준다고 한 이유를 알 것 같았다.

"선배님이 할 일을 역자가 다 했는데요?"

검토서를 다 읽은 영미가 웃으며 말했다. 일본어를 전공하지 않았으니 역자에게 상당 부분을 의지해야 하는데, 이 정도라면 믿고 맡길 수 있을 것 같았다.

"검토서 중에서는 단연 최고."

영미의 칭찬이 이어졌다. 정민 역시 이견이 없었다. 곧바로 이다경 역자에게 잘 받았다는 회신을 문자로 보냈다. 판권 계약이 되면 함께 작업하고 싶다는 의견도 피력했다. 잠시 후 그녀로부터 좋은 소식을 기다리겠다는 답장을 받았다.

불쑥 얼굴이 붉어져서, 정민은 손으로 얼굴을 덮었다. 업무 얘긴데 어째서 이리도 심장이 두근대는지, 정민은 잘 이해가 되질 않았다. 이런 경우가 단 한 번도 없었던지라 당혹스럽기까지 했다.

'아아, 뭐야. 정말 목소리에 반하기라도 한 거야?'

가을 탓을 할 수도 없고. 그렇다면 가을이면 생각나는 진희 탓을 해야 하나, 아님 잠들어 있던 진희의 기억을 떠올리게 하는 이다경 역자를 탓해야 하나. 두 사람을 자꾸 연관 짓고 있다는 사실이 가장 괴상하다.

'우후!'

눈에 힘을 주어 부릅뜬 정민은 최종 점검을 기다리고 있는 원고로 시선을 고정시켰다.

❋　❋　❋

전무님의 결재가 나고 곧바로 오퍼를 진행해서 계약까지 무사히 끝냈다. 기대하던 작품이 계약되고 출간까지 이어지면 기쁘고 뿌듯함을 느끼기도 하는데, 이번 계약은 기분이 조금 남달랐다. 황당하기만 한 사연이 덧붙여진 작품이라 그런지도 모르겠다.

실없는 미소를 지으며, 정민은 이다경 역자에게 전화를 걸었다. 검토서를 의뢰한 이후 두 번째다. 이번에는 그녀가 전화를 바로 받았다.

"안녕하세요? 잘 지내셨죠?"

통상적인 인사를 건네자 그녀도 인사를 해 왔다. 의준이 말하던, 웃음이 느껴지지 않는 목소리였다.

"지난번에 검토했던 책 판권이 계약되어서요. 번역 의뢰하려고 전화드렸습니다."

— 재밌게 읽은 책인데, 계약이 되었다니 좋네요.

"역자님이 보내 주신 검토서가 많은 도움이 되었어요. 덕분에 좋은 작품을 놓치지 않은 것 같아요."

— 과찬이십니다.

조금 웃어 주면 좋을 텐데. 그녀의 정적인 목소리에 정민도 괜히 긴장이 되었다.

"그럼 언제쯤 저희 사무실로 나오실 수 있나요?"

— ······.

그녀가 침묵했다. 세 번이나 작업한 해림출판사도 한 번을 만난 적이 없다는데 괜한 부담을 준 모양이었다. 정민은 미안해서 웃으며 말했다.

"방문이 어려우시면 우편으로······."

— 에디터님은 언제가 편하신가요?

기대하지 않았던 말에 순간 정민은 잘못 들은 줄 알았다.

"어, 저야 역자님 편한 날이면 다 괜찮습니다."

— 그럼 내일 갈까요?

내일? 대환영! 아······ 이건 아닌가.

"네. 내일 오셔도 됩니다."

— 몇 시쯤이면 좋을까요?

짧게 고민하던 정민은 과감히 말했다.

"괜찮으시면 함께 식사하는 건 어떨까요?"

— 아······.

잠시 머뭇거리는 것 같던 그녀가 자그마한 목소리로 좋다고 했다. 데이트 신청을 받아 준 것처럼 정민은 기분이 한껏 들떴다.

"저희 출판사 근처에 괜찮은 레스토랑이 있어요. 걸어서 갈 수 있는 곳이니까 사무실 앞에서 뵙죠. 전화 주시면 바로 내려가겠습니다."

정민은 쉬지도 않고 술술 말했다.

— 그럼 12시까지 갈게요.

"네. 오시는 길은 문자로……."

— 출판사 블로그에서 주소 봤어요. 그럼 전 이만.

대꾸할 틈도 주지 않고 그녀는 전화를 끊었다.

알 수 없는 허탈감이 밀려왔다. 세 번을 작업하는 동안 담당자를 한 번도 만나지 않았다는 그녀를 마주하게 되었으니 아주 조금은 친해질 수 있지 않을까 생각했는데, 단단히 착각한 모양이다.

당연한 것 아닌가? 사교적이지 못하고, 내성적인 성격의 그녀와 5분 이상 통화를 해 본 적 없는 사이에 뭘 기대했다는 말인가. 바보처럼.

가을이라고 너무 감상적이 되어 버린 자신의 한심함을 나무라며, 정민은 하다 만 업무로 시선을 돌렸다.

제 2 장

다경은 동네 전체를 가로지르는 작은 운하를 따라 조성된 산책로를 걷고 있었다. 날씨가 제법 선선해져서 기분 전환을 위해 바람을 쐬러 나왔다. 주말이면 모여든 사람들로 북적거리는 곳이지만 평일은 한가해서 사색을 하며 걷기에 좋았다.

　교복을 입은 학생들과 나이 지긋한 어르신들, 아이를 동반한 젊은 엄마들을 관찰하는 건 꽤 흥미로운 일이었다. 그중에 다경의 시선을 가장 오래 붙잡는 건 천진난만하게 웃으며 친구들과 수다를 떠는 교복을 입은 학생들이었다.

　중학생으로 보이는, 아직은 자그마한 학생들이 지나갈 때면 유독 마음이 찌르르 아파 온다. 아마도 교복을 입었던 기간이 짧았기 때문인지도 모르겠다. 그리고 떠오르는 그때 그 시절.

　열다섯 살의 이다경 아니, 이진희는 친구들과 정을 나누는 것이 어려웠다. 당장 제 앞에 놓인 감당하기 힘든 현실에 허덕이느라 그럴 여유가 없었다. 그랬음에도 지금까지 기억나는 친구들은 있다. 그중에 한 명…….

[안녕하십니까? 해림출판사 김의준 편집자의 소개로 연락드리게 된 '도서출판 하늘'의 하정민입니다. 검토서를 의뢰하고 싶어 연락을 드렸는데 전화를 받지 않으셔서 인사를 문자로 대신합니다. 통화가 가능한 시간을 알려 주시면 맞춰서 연락드리겠습니다.]

모르는 번호라서 두 번이나 전화를 받지 않았더니 장문의 문자가 도착했다. 일을 맡기고 싶다는 문자 속에 큼지막하게 보이는 이름, 하정민.

순간 심장이 크게 두근거렸다.

'하정민'이라는 이름의 사람들이 몇 명이나 있을지 문득 궁금해졌다. 실제로 16년 전 학교를 떠난 뒤 '정민'이라는 이름을 가진 사람은 여럿 만났는데 '하정민'은 처음이다.

설마…… 아니겠지?

우연히 같은 이름의 사람을 만난 것일 텐데, 자꾸 그때의 정민이 생각났다.

✼　✼　✼

16년 전 3월. 새 학년 새 학기를 맞은 교실은 무척 소란스럽고 어수선했다. 처음 만나는 친구들이기도 했지만 남녀 합반이 된 첫 해라 더 그랬다.

세원중학교는 작년까지만 해도 남녀 합반이 아니었다. 학교가 세워진 지 오래되어서인지 다른 학교에 비해 보수적인 편에 속했다. 이성에 대한 호기심이 왕성한 시기에 남녀 합반을 하면 면학 분위기를 해칠 수 있다는 이유를 들어 지금까지 반 편성이 남녀로 나뉘어 있었다.

그런 학교가 갑자기 50년의 고집을 버리고 남녀 합반에 대한 찬반 의견서를 배포하더니 순식간에 남녀로 분리되어 있던 반을 올해부터 통합해 버렸다.

초등학생 때까지 같은 반에서 공부했던 이성 친구들이지만 1년을 떨어져 있어서 그랬을까? 고작 1년인데 2년을 떨어져 지냈던 3학년들보다 2학년 학생들 사이엔 더 어색한 분위기가 흘렀다. 그걸 증명이라도 하듯 네 분단의 자리를 정확히 남자 여자 반으로 나누어 앉아 있었다.

그 기준을 만든 것이 진희였다. 가장 먼저 등교를 한 그녀가 창가 쪽 자리에 앉으면서 여학생은 진희가 있는 곳으로, 남학생은 그 반대편으로 모이게 된 것이다.

"어휴. 너는 오늘도 일찍 왔구나?"

지각을 겨우 면한 수경이 뛰어오느라 가빠진 숨을 고르며 알은 척을 했다. 수경의 자리를 맡아 놓고 있던 주연이 언니처럼 나무랐다.

"너는 좀 일찍 다녀. 그렇게 간당간당 오면 안 불안해?"

"그래도 지각 안 하는 거 보면 용하지 않아?"

수경이 헤벌쪽 웃으며 철없이 말했다.

"어? 그런데 넌 왜 옆자리가 없어?"

진희는 책상도 없이 텅 빈 옆자리를 무심하게 쳐다보았다. 주연이 한심한 표정으로 대답했다.

"저쪽에 남자애가 떼어 갔어."

주연이 가리킨 곳엔 정말로 벽과 붙은 분단 제일 끝에 남학생 하나가 엎드려서 자고 있었다. 반 배정이 어찌나 친절한지 남자 여자 같은 인원수에 홀수였다.

"그런데 책상 가져가기 전에 진희 옆에 아무도 없었어? 1학년 때 우리 반 애들 더 있잖아."

혹시나 진희가 기분 상할까 봐, 수경이 조용히 물었다.

"우리 반에서 온 애들이 홀수잖아. 그리고……."

"나랑 같이 앉는 거 애들이 싫어해."

수경과 주연이 흠칫 놀라 어깨를 움츠리며 진희를 쳐다보았다. 예의 무심한 표정의 진희가 보고 있던 책으로 다시 시선을 옮겼다.

"에이, 뭘 또 말을 그렇게 해."

"그냥 어쩌다 보니 그렇게 된 거야."

두 사람의 위로가 공허하게 주변을 떠돌았다.

진희는 1학년 내내 전교 1등을 놓친 적이 없었다. 무슨 시험이건 봤다 하면 1등이었다. 거기다 차갑고 사교성이 좋지 못해서 반 친구들과 그리 가깝지 않았다. 조용하고 말수가 없으니 아이들 사이에서는 공부만 하는 새침데기에 깍쟁이로 인식되어 있었다.

하얀 얼굴과 윤기 흐르는 긴 머리카락, 그리고 가냘픈 외모가 보호본능을 자극하는 것도 모자라 공부까지 잘하는 진희는 여학생들 사이에서는 질투와 시샘의 대상이었다. 여학생들끼리만 있을 때는 그나마 나았는데 남학생과 합반이 된 지금, 자신과 비교가 되는 진희 옆에 앉으려는 사람은 한 명도 없었던 것이다.

이제 중학생인데, 세상의 모든 이치를 깨달은 것처럼 구는 진희를 다들 꺼려 했다. 하지만 친구들이 자신을 어떻게 보든 관심 없다는 듯 새침하기만 한 진희에게 수경과 주연이 친구가 되어 주었다. 초등학교 동창인 두 사람이 2학년이 되어서도 같은 반이 되었을 때 진희는 내심 안도하고 기뻐했다. 물론 제대로 표현은 못 했지만……

드디어 수업 시작을 알리는 종소리가 울렸다. 무리 지어 떠들고 있던 아이들이 모두 제자리로 돌아가면서 교실과 복도가 조용해졌다.

잠시 후 앞문이 열리고 담임 선생님이 교실로 들어오는 순간 아쉬움이 섞인 소리와 함께 아이들 몇몇은 낙심한 듯 책상에 엎드려 버렸다. 무섭기로 소문난 영어 교과 담당 최명자 선생님이었기 때문이다.

"으……. 2학년 되면 안 만날 줄 알았는데."

주연이 상체를 잔뜩 웅크리고서 중얼거렸다. 수경도 고개를 끄덕이며 동의했다.

"뭐야. 나 들어오니까 지금 다들 실망한 거야?"

최 선생이 엄한 표정으로 얇은 지휘봉을 휘휘 휘두르며 교탁까지 걸어갔다. 아이들의 탄식 소리가 줄어들지 않자 최 선생이 지휘봉으로 교탁을 가볍게 두 번 두드렸다.

"계속 볼멘소리 하면 1년이 괴로울 것이야."

"아아아."

이번엔 아이들이 항의하듯 단체로 탄식했다. 무심하게 창밖을 내다보고 있는 진희만 빼고.

"자, 출석 확인하자."

선생님의 호명에 따라 대답이 이어지는 동안 아이들의 관심은 딴 곳으로 옮겨 갔다.

"저기 봐. 정민이야."

"봤어, 봤어. 완전 좋아."

"작년 내내 정민이 노래를 부르더니 좋겠다, 너."

여학생들이 소곤거리며 동경의 눈빛을 보내고 있는 대상은 하정민이었다. 정민은 큰 키와 말끔한 외모 덕에 여학생들에게 인기가 많았다. 활발하고 운동을 좋아해서 남학생들과도 친하게 잘 지냈다.

"자, 이제 자리를 정할까?"

출석 확인이 끝나고 최 선생이 장난기 다분한 표정으로 아이들을 둘러보았다.

"어떻게 할까? 그냥 이대로 앉을까?"

말이 떨어지기 무섭게 아이들이 웅성거리며 불만을 표현하자 최 선생이 귀찮다는 듯 지휘봉을 휘둘렀다.

"됐어. 내 맘대로 정할 거야. 그대들이 좋아하는 이성 짝꿍을 만들어 주겠어."

이성 짝꿍이라는 소식에 술렁이는 아이들을 둘러보던 최 선생이 교탁을 지휘봉으로 두드렸다.

"가방들 챙겨서 남자 녀석들은 여기 키 순서대로 서고 어여쁜 소녀들은 모두 뒤로 가서 대기!"

선생님의 구령에 아이들이 시끄러운 소리를 내며 자리에서 일어났다. 잠깐의 소란이 잦아들고 남학생들이 키 순서대로 자리에 앉았다.

최 선생이 뒤에서 대기하고 있던 여학생들을 가나다순으로 한 명씩 앞으로 불렀다. 작은 바구니에서 번호가 적힌 쪽지를 뽑아 정해진 자리에 앉으면 되는 아주 간단한 방법이었다.

자리가 정해지면서 학생들의 반응은 제각각이었다. 뭐가 그리 좋은지 '예스'를 연달아 외치는 아이가 있는가 하면 싫다고 투정을 부리는 아이도, 포기했다는 듯 울상이 되어 자리에 앉는 아이들도 있었다.

"이진희."

구석에서 멍하니 창밖을 내다보고 있던 진희는 자신을 부르는 소리에 앞으로 나갔다. 여학생은 반쯤 자리를 배정받은 상태였다. 진희는 바구니에 남아 있는 종이 중 하나를 꺼내 선생님께 내밀었다.

"음...... 진희는...... 저기 1분단 네 번째 자리."

"아아."

여학생들의 탄식과 함께 진희는 이마를 잔뜩 찡그렸다. 선생님이 가리킨 곳은 하정민의 옆자리였다. 아까부터 정민의 옆자리를 탐내던 아이는 울상이 되었다.

순간 진희는 자리를 바꿔 달라고 할까 고민했다. 피하기만을 바랐던 자리에 앉게 된 자신보다는 그 자리를 원했던 사람에게 주는 것이 훨씬 합리적이라고 생각했기 때문이다.

그러나 곧 생각을 고쳤다. 선생님이 허락하지 않을뿐더러 설령 허락해서 다시 뽑는다고 해도 이제는 분해서 자신을 무섭게 쏘아보는 그 아이가 원하는 자리에 앉는다는 보장이 없기 때문이다. 이러나저러나 신경 쓰이는 건 마찬가지라서 진희는 잠자코 자리로 향했다.

"민수경."

선생님이 다음 사람을 호명했다.

제 자리로 간 진희는 창가 쪽에 앉아 있는 정민을 빤히 쳐다보았다. 정민이 어리둥절한 표정으로 작게 물었다.

"왜?"

"내가 그쪽에 앉을게."

"어?"

정민이 황당해서 되물었다. 키 순서대로 먼저 자리에 앉은 남학생들은 모두 왼쪽 자리에 앉아 있었기 때문이다. 하지만 그런 암묵적 규칙은 진희에게 중요하지 않았다.

"창가 쪽에 앉고 싶어서."

"아……."

대답을 미루며 주변을 둘러보던 정민이 활짝 웃었다.

"그래."

흔쾌히 대답한 정민이 자리에서 일어났다.

"무슨 일이야?"

수상한 움직임을 알아챈 선생님이 물었다.

"짝꿍끼리는 자리 바꿔도 되죠?"

"왜?"

"제가 이 자리는 좀 불편해서요."

정민의 넉살 좋은 거짓말에 진희는 속으로 적잖이 놀랐다. 억지 같은 요구였음에도 불구하고 정민은 아무렇지 않은 표정으로 거짓말까지 해 가며 자리를 바꿔 주려고 했기 때문이다. 어렸을 때부터 친했던 수경과 주연을 빼고 이런 호의를 베푸는 사람은 처음이었다.

그런 의아함도 잠시. 자신에 대해 잘 몰라서 처음엔 그럴 수 있겠거니, 다경은 생각했다.

"둘이 알아서 해."

선생님의 허락이 떨어지자 정민이 가방을 챙겨 자리를 비켜 주었다. 본인이 자리를 바꾸고 싶어 했음에도 막상 상황이 쉽게 정리되어 버리자 조금은 허무하게 느껴지기도 했다. 진희는 아무렇지 않은 척, 새침하게 창가 쪽 자리에 앉았다.

"난 하정민이야."

"알아."

진희는 정민에게 시선도 주지 않고 대답했다. 무안해서라도 말을 안 걸 줄 알았는데, 정민이 다시 말을 걸어왔다.

"한 학기 동안 잘 부탁해."

"난 그냥 없는 사람으로 생각해. 나도 너를 그렇게 생각할 테니까."

고개를 삐딱하게 기울이고서 눈으로만 힐끔, 정민을 쳐다보았다. 처음엔 당황한 것 같던 정민의 입가에 미소가 번졌다.

"너 참 신기하다."

뭐? 엉뚱한 대꾸에 놀라서 진희는 저도 모르게 정민을 정면으로 쳐다보았다. 눈이 마주치자 정민이 선하게 웃었다. 순간 진희는 심장이 요동친다는 걸 생전 처음 느꼈다.

'너 참 신기하다.'

처음 들어 보는 소리에 얼마나 당황했는지 모른다. 막무가내로 자리를 바꾸자고 한 것으로도 모자라, 서로 모르는 척 지내자는 말을 면전에 대고 하지 않았나. 다른 사람 같으면 황당해서 따지거나 화를 냈을 텐데, 정민은 부드럽게 웃으며 신기하다고 했다. 그러더니 서로 투명인간처럼 지내자는 말을 정민은 깔끔하게 무시했다.

그 이후로도 정민은 말 안 듣는 청개구리처럼 등하교 때마다 꼬박꼬박 인사를 하고, 틈만 나면 이것저것 말을 걸어서 귀찮게 했다. 그리고 그때마다 다경은 무시로 일관했다.

다른 사람들은 한두 번 말을 걸어서 반응이 없거나 신경질적으로 대하면 욕을 하며 그만두기 마련인데 정민은 그러지 않았다.

엄청 고집이 센 성격 같았다.

당시 그녀는 정민뿐만 아니라 자신에게 친근감을 표현하는 모든 사람들에게 까칠하게 굴었다. 아마도 자신의 몸 상태가 다른 사람들과 다르다는 걸 알게 된 후부터였을 것이다.

왜 나에게만 이런 일이 일어나는지, 왜 나만 유독 힘든 시간을 보내야 하는지 이해가 되질 않았다. 그런 의문 속에서 허덕이다 보니 주변을 둘러보는 것이 힘들었다.

열다섯밖에 되지 않았는데 이미 세상을 다 살아 버린 것 같은 절망감에 빠져 건강하고 행복한 친구들을 보는 것이 괴로웠다. 육체의 고통은 어쩔 수 없다고 해도 정신적인 고통까지 감수할 자신이 없었기에 스스로 외톨이가 되기로 한 것이다.

우울하기만 한 옛 기억을 더듬던 다경은 앉은 자리를 털고 일어났다. 이만 산책을 마치고 집으로 돌아가야 할 시간이었다.

✻　✻　✻

하늘출판사로부터 검토서 제안 문자를 받고 꽤 긴 시간을 고민했다. 도서 번역을 시작한 지 얼마 안 된 신참이니 일할 출판사가 늘어나는 건 좋은 일이었다. 하지만 그럼에도 망설이고 있는 건 바로 '하정민'이라는 이름 석 자 때문이었다.

한 번은 인터넷에 '하늘출판사'를 검색해 본 적이 있는데, 블로그를 비롯한 몇 가지 SNS 채널이 검색되었다. 편집부 직원들의 사진 같은 것들이 있지 않을까 해서 찾아본 것인데 착실하게 신간과 이벤트 소식만 꾸준히 업데이트되고 있었다.

"후우……."

괜한 긴장감을 풀기 위해 길게 심호흡을 한 다경은 떨리는 손으로 하정민 에디터의 전화번호를 꾹꾹 눌렀다. 잠시 후 그의 목소리가 수화기를 타고 흘러나왔다.

— 네. 하정민입니다.

갑자기 심장이 두근대기 시작했다. 같은 사람이 아닐 것이라는 생각을 되뇌며, 다경은 떨리는 목소리로 말했다.

"안녕하세요? 저…… 이다경이라고 합니다."

저도 모르게 이진희라고 할 뻔했다. 다경이라는 이름으로 바꾼 지는 꽤 오래되었기 때문에 이제 와서 헷갈릴 것도 없는데. 아마도 너무도 그립던 이름을 발견해서 그런 모양이다.

그가 반가운 목소리로 말했다.

— 안녕하세요? 연락 기다렸습니다.

"어떤 책을 의뢰하시려고요?"

조심스럽게 물으니 그가 책에 대해 간략하게 설명해 주었다. 잠시 흐트러졌던 정신을 모아 설명을 듣고 보니 꼭 한 번 읽어 보고 싶다는 생각이 들었다.

"언제까지 보내 드리면 되나요?"

— 보통은 이 주일 정도 드리는데, 힘드시겠지만 열흘 안에 검토서를 보내 주셨으면 합니다.

짧은 감이 있었지만 그렇다고 무리한 기간은 아니었다. 검토서 제안을 수락하고 이메일 주소를 알려 준 후 통화는 종료되었다.

"아…… 어지러워."

다경은 책상에 팔꿈치를 대고서 무거운 머리를 기댔다.

너무 긴장을 했던 모양인지 아직도 심장이 크게 두근거리고 손도 미세하게 떨렸다. 처음 번역을 맡았을 때보다 더 떨었던 것 같다.

혹시 어느 중학교를 나왔냐고 물어보고 싶은 걸 겨우 참았다. 업무적인 일로 첫 통화를 하는 사람에게 대뜸 그렇게 물어보는 건 결례라는 생각이 들었다. 그리고 이름이 같다고 하여 모르는 사람과 사적인 이야기를 하는 것이 내키지 않은 것도 있었다.

"프린트나 하러 가야겠다."

다경은 복잡한 머릿속을 비우기 위해 산책도 할 겸 파일을 저장한 USB를 들고 문구점으로 향했다.

※ ✳ ※

기다리던 연락이 왔다. 작성한 검토서를 보내고 딱 열흘이 지났다.

검토서 작성은 생각보다 일찍 끝났다. 책 읽는 속도가 빠른 것도 있지만 유독 일이 빠르게 진행되었다. 정민을 생각하고 있자니 한도 끝도 없어서 일에만 열중한 덕이었다.

발신자를 확인한 다경은 깊게 심호흡을 하고 통화 버튼을 눌렀다.

"여보세요."

다경은 신중한 목소리로, 조심스럽게 전화를 받았다.

— 안녕하세요? 잘 지내셨죠?

그의 목소리에 반가운 기색이 묻어났다. 다경은 머뭇머뭇 대꾸했다.

"네…… 뭐……."

— 지난번에 검토했던 책 판권이 계약되어서요. 번역 의뢰하려고 전화드렸습니다.

좋은 소식에 조금이나마 긴장이 풀리는 것 같았다.

"재밌게 읽은 책인데, 계약이 되었다니 좋네요."

— 역자님이 보내 주신 검토서가 많은 도움이 되었어요. 덕분에 좋은 작품을 놓치지 않은 것 같아요.

"과찬이십니다."

한껏 들뜬 그의 목소리를 듣고 있자니 저도 모르게 기분이 좋아졌다. 같은 이름 때문인지 오래전 친구를 다시 만난 것 같은 기분마저 들었다.

— 그럼 언제쯤 저희 사무실로 나오실 수 있나요?

옅은 미소를 짓고 있던 다경은 멈칫했다.

해림출판사와의 계약은 늘 우편으로 진행해 왔었다. 지금까지 쭉 홀로 지내다 보니 새로운 사람을 만나는 것이 익숙하지 못했기 때문이다. 몇 번의 식사 제의도 그런 이유로 정중히 사양했다.

그런데 지금은 망설여졌다. 그저 이름이 같을 뿐인데 말이다.

정말…… 다른 사람일까?

만나는 것만으로 그때의 '하정민'이 맞는지 확인하기 어려울지도 모른다. 고등학생이었으면 모를까, 중학생 때의 모습은 기억 속에서 이미 희미해질 대로 희미해졌기 때문이다. 초등학교를 함께 졸업하고 중학교에서도 같은 반이었던 주연과 수경의 얼굴도 가물가물했다. 하지만 그런데도 궁금했다. 정말 다른 사람일지…….

— 방문이 어려우시면 우편으로…….

"에디터님은 언제가 편하세요?"

밑져야 본전이다. 이렇게 된 거 한 번쯤 만나 보는 것도 괜찮겠지.

— 어, 저야 역자님 편한 날이면 다 괜찮습니다.

어쩐지 그가 당황하는 것처럼 느껴지는 건 기분 탓일까? 해림 출판사와는 단 한 번도 만나질 않았으니 기대를 안 했기 때문일 수도 있겠다.

순간 다경은 정민이와 이름이 같다는 이유만으로 에디터에게 과한 의미 부여를 하고 있다는 생각에 쓴웃음을 지었다.

"그럼 내일 갈까요?"

그는 좋다고 했다. 이제 시간만 정하면 되는데 그가 불쑥 말했다.

— 괜찮으시면 식사하면서 얘기를 나누는 건 어떨까요?

만나기로 한 것도 큰 결심인데 식사를 하자고 하니 조금 당황스러웠다. 내가 지금까지 밖에서 누군가를 만나 함께 밥을 먹은 적이 있던가? 대학교를 다닐 때 어쩔 수 없이 동기나 선배들과 식사를 한 적은 있어도 그 외엔 없는 것 같았다.

　― 저희 출판사 근처에 괜찮은 레스토랑이 있어요. 걸어서 갈 수 있는 곳이니까 사무실 앞에서 뵙죠. 전화 주시면 바로 내려가겠습니다.

　이제 와서 싫다고 할 수도 없는 노릇이고, 만나기로 한 거 마음 단단히 먹고 나가기로 했다.

　"그럼 12시까지 갈게요."

　― 네. 오시는 길은 문자로⋯⋯.

　"출판사 블로그에서 주소 봤어요. 그럼 전 이만."

　다경은 서둘러 전화를 끊었다. 휴대폰을 양손으로 꼭 쥐고서 깊이 심호흡을 했다. 그러고는 침대에 풀썩 누웠다.

　"되돌리는 건 이제 늦었어."

　다경은 창밖의 맑은 하늘을 바라보며 중얼거렸다.

제 3 장

곧 도착한다는 문자를 받고 정민은 바로 1층으로 내려왔다. 2층 짜리 단독 주택을 개조해서 사용하는 출판사는 자그마한 정원을 가꾸고 있었다. 그곳에서 정민은 이런저런 생각을 하며 정원을 오 갔다.

누군가를 기다리는 것에 이렇게 설레었던 적이 있었나? 소개팅을 하는 것도 아닌데 자꾸 가슴이 두근대서 가만히 사무실에서 기다리고 있을 수가 없었다. 개인적으로 아무런 연관도 없고 그저 업무적인 일로 만나는 것뿐인데도 마음이 이리 뒤숭숭한 건, 쓸쓸한 기억을 떠올리게 하는 가을이기 때문임이 틀림없다.

그러고 보니 봄이란 계절을 심하게 타는 직원이 있었다. 봄만 되면 싱숭생숭해지는 건 기본이고, 우울함의 극치를 달리다가 아주 가끔은 죽음을 생각해 본다고 해서 얼마나 놀랐는지 모른다.

그에 비하면 저는 그저 가벼운 감기 같은 현상이니 얼마나 다행인가 싶었다.

자박.

단풍나무 아래서 멍하니 서 있던 정민은 자갈 밟는 소리에 얼른 고개를 돌렸다. 막 정원으로 들어서던 한 여성이 당황한 표정으로 서 있었다. 정민은 웃음 띤 얼굴로 그녀에게 다가갔다.

"이다경 역자님이시죠?"

"네."

"하정민입니다."

"아, 안녕하세요."

앞머리로 이마를 덮은 단발머리에 크고 동그란 안경을 쓴 그녀가 머뭇거리듯 인사를 건넸다. 정민도 인사를 하고는 정원 테이블에 놓아두었던 가방을 챙기며 말했다.

"바로 가시죠."

"네."

정민은 조심스러워하는 그녀와 함께 카페로 향했다.

"어떤 음식을 좋아하는지 여쭤봤어야 했는데, 깜빡했지 뭐예요. 혼자 고민 좀 하다가 브런치로 정했는데 괜찮으세요?"

그녀와 나란히 걸으며 물었다. 사실 다시 전화해서 물어볼까 하다가 혹시나 불편하게 만들까 봐 그만두었다. 어디로 가야 할지 고민하고 있을 때 영미가 분위기 좋은 브런치카페가 있다며 알려줬다.

"괜찮아요."

"거기서 간단히 식사하시고 커피 마시면서 얘기 나누면 좋을 것 같아요."

"네."

그녀는 한 번도 정민에게 시선을 주지 않은 채 앞만 보고 걸었다. 낯가림이 심한 것 같다더니, 정말 그런 모양이었다. 회사 정원에서 눈이 마주친 이후로 한 번도 고개를 들지 않으니 말이다.

서먹한 분위기로 도착한 카페에서 주문을 마치고 커피만 먼저 받아서 정민은 그녀와 마주 앉았다.

"식사 나오기 전에 계약서 먼저 보시겠어요?"

"네."

그녀가 계약서를 읽는 동안 잠시 기다리던 정민이 입을 열었다.

"번역은 대략 얼마나 걸릴 것 같으세요?"

"분량을 봤을 때, 대략 3개월이면 될 것 같아요."

계약서에서 시선을 떼지 않는 그녀는 무심해 보이기까지 했다. 이러고 있으니 분위기는 진희와 비슷했다.

"그럼 계약서에는 여유롭게 4개월로 기한을 잡도록 하죠."

"네."

계약서를 다 읽은 그녀가 문제없다는 표정으로 그를 바라보았다. 정민은 계약서에 번역 기간을 기입하고 다시 내밀었다. 그녀는 가방에서 도장을 꺼내 계약서에 날인했다. 이어 식사를 하면서 책의 콘셉트와 번역 방향에 대해 짤막한 의견 교환이 있었다.

"우선 챕터 하나 먼저 번역해서 보내 드릴게요."

"네. 그때 한 번 더 상의하도록 해요."

조용히 식사를 이어 가다 정민이 조심스레 물었다.

"혹시나 뵙자고 해서 불편 드린 건 아닌지 모르겠어요."

다경은 살며시 고개를 들어 그를 힐끔 쳐다보았다.

"아니에요. 제가 낯을 심하게 가려서 그런 거예요."

"그렇다면 다행이에요. 사실 의준 선배가 아, 해림출판사 김의준 에디터가 예전 출판사에서 같이 근무했던 선배예요."

다경은 살며시 웃었다. 정민이 계속 말을 이었다.

"의준 선배가 살짝 귀띔을 했거든요. 사람 만나는 걸 조심스러워하는 것 같다고요. 세 번이나 작업했는데 한 번도 못 만났다고 서운해하는 것 같았어요. 하하하."

"아…… 네……."

다경이 무심히 대꾸하자 그가 머쓱하게 웃으며 뒷머리를 긁적거렸다. 문득 그녀의 기억 속 앳된 얼굴이 스치며 지나갔다. 무시로 일관해도 꿋꿋하게 말을 걸던, 머쓱해질 때면 허허 웃으며 뒷머리를 긁적이던 그 '하정민' 말이다.

다경은 의준과의 인연에 대해 이야기를 하고 있는 정민을 조심스럽게 살펴보았다. 보통 체격의 그는 단정한 외모를 가졌다. 유별나게 눈에 띄지는 않아도 마주하고 보니 꽤 호감형이었다.

중학생이던 '정민'은 동급생들 중에 키가 큰 편이었다. 체격은 호리호리하고 얼굴은 남학생답지 않게 고와서 여학생들 사이에서 인기가 많았다. 16년이 흐른 지금, '정민'은 어떻게 변했을까?

"제가 너무 떠들었죠?"

멋쩍은 듯 웃는 그의 눈매가 선해 보였다. 동명이인이라고 생각했는데, 부드럽게 휘어지는 눈웃음이 어째 비슷해 보이는 것 같기도 하고……

"아니요."

다경은 서둘러 대답하며 손을 저었다.

"오히려 제가 너무 반응이 없어서 죄송한걸요."

"혼자 너무 눈치 없이 떠들고 있는 건 아닌가 생각하고 있었는데, 아니라고 하니 다행이고 감사하네요."

그의 환한 웃음에 다경은 가슴이 푸근해졌다.

제 몸이 아프다는 걸 알게 된 후로 스스로 외톨이가 되면서 친구들과의 거리가 멀어졌다. 내가 언제 어떻게 될지 모르는 상황에서 새로운 친구를 사귀는 건 사치처럼 느껴졌기에 다가오는 친구들에게 차갑게 대했다.

그럼에도 '정민'은 언제나 친절하고 다정했다. 지금처럼 푸근한 미소를 지어 보일 때도 많았고 말이다. 이래서 여학생들에게 인기가 많은 거구나, 깨닫기도 했다.

"학교 다닐 때 인기 많았을 것 같아요."

불쑥 꺼낸 말에 그가 당황한 기색을 보였다.

"아…… 뭐……."

"등교하면 책상에 선물 같은 거 있고 그러지 않았어요? 대놓고 좋아하는 애들도 있었을 것 같은데요."

"하하하. 선물을 몇 번 받기는 했는데 대놓고 고백하는 애들은 없던데요?"

"선물은 주면서 고백을 못 하다니. 친구들이 용기가 없었네요."

다경은 오늘 처음으로 크게 웃었다.

"옛날에 제 짝꿍이 학교에서 인기가 좀 많았거든요."

"그래요?"

그녀가 웃으니 정민도 기분이 좋아져 입가에 미소가 드리워졌다.

"한 번은 1등으로 등교했는데 그 친구 책상에 선물을 놓다가 저랑 마주친 여학생이 있었어요."

"어허. 이런 낭패가."

"그러니까요. 그 여학생이 누군지도 모르는 데다 선물을 두거나 말거나 나랑은 상관없는데 절대 말하지 말라고 얼마나 신신당부를 하던지. 좋아하게 되면 티 내고 싶을 것 같은데, 그 여학생은 부끄러움을 많이 탔던 모양이에요."

"흠……. 어디 그래서야 사랑을 쟁취하겠어요?"

"남몰래 하는 짝사랑이 스릴 넘치고 좋았을까요?"

"하하하. 듣고 보니 그럴 수도 있었겠네요."

마주 보고 잠시 웃다가 정민이 개구쟁이 같은 얼굴로 물었다.

"역자님은 어땠어요? 역자님이야말로 인기 많았을 것 같은데."

다경은 그의 말도 안 되는 소리에 웃음이 터지고 말았다.

"홋. 뭘 보고 그리 말씀하시는지 잘 모르겠지만, 전 왕따였어요."

다경은 별일 아니라는 표정으로 시큰둥하게 대답했으나 물어본 정민은 당혹스럽기만 했다. 소극적이고 내성적인 데다 낯가림이 심하다고 하더니, 혹시 그 영향 때문이 아니었을까 생각했다. 더불어 그 말이 사실이라면 아픈 상처를 건드리게 된 것이 아닌가.

정민은 미안함이 밀려왔다.

"어…… 음……. 농담이라고 생각할게요."

"후후. 왕따까지는 아니었던 것 같고……."

기억을 더듬는 표정으로 고개를 갸웃거리던 다경이 빙그레 웃었다.

"친구들이 저를 별로 좋아하지 않았어요. 사실 나도 친구들이랑 친하게 지내고 싶은 마음이 없기도 했고요."

"이유를 물어보면…… 실례일까요?"

그가 눈치를 살피듯 조심스럽게 물었다. 그러자 다경은 별것 아니라는 표정으로 그냥 어깨를 으쓱거리고 말았다.

"제가 유별났던 걸 거예요. 사춘기를 너무 심하게 앓고 있었거든요."

"그렇군요."

더는 묻지 않겠다는 표정으로 그가 빙긋 웃었다.

"전 사춘기 때부터 가을 탔어요."

"홋. 가을이요?"

머그컵 손잡이를 만지작거리고 있던 다경이 신기하다는 듯 묻자 그가 웃으며 고개를 끄덕였다.

"혹시 그즈음에 실연이라도 당했어요?"

"흠……. 비슷한 것 같아요."

"죄송해요."

다경이 웃음을 거두며 미안함에 입을 가렸다. 그러자 정민이 크게 웃으며 양손을 마구 저었다.

"심각하게 받아들이지 말아요. 그냥 그런 느낌이다, 이런 거지 실제로 실연을 당한 건 아니니까요."

그래도 다경이 표정을 풀지 않자 정민이 한 번 더 강조했다.

"정말이에요. 고백을 해서 거절을 당했다거나, 아픈 첫사랑을 했다거나 이런 게 아니에요."

"그래도 가을을 탄다고 할 정도면 적잖이 마음에 영향을 줬다는 거 아니에요?"

"안타까운 친구였거든요. 엄청 친했던 것도 아닌데 이맘때쯤 되면 생각나곤 해요."

"이렇게 기억해 주는 친구가 있다는 걸 알면 기뻐할 거예요."

"하하하. 좀 쑥스럽군요."

그가 과장되게 웃으며 살짝 얼굴을 붉히자, 어쩐지 마음이 편해져서 다경도 살며시 웃었다.

"오늘 제가 너무 시간을 빼앗은 건 아닌지 모르겠어요."

지하철로 향하는 골목에서, 다경이 미안한 목소리로 말했다. 정민은 웃으며 고개를 저었다.

"시간을 빼앗은 것도 아니지만, 역자님과 식사하고 대화 나누는 시간도 엄밀히 따지면 일인걸요."

"아…… 그렇군요."

어쩐지 수긍이 되어서 다경은 살며시 웃음을 비쳤다.

"어려운 발걸음 해 주셔서 감사했습니다."

"좀처럼 집 밖으로 안 나오는데, 에디터님 덕분에 바깥바람도 쐬고 좋았어요. 오늘 날씨도 좋고 말이죠."

다경이 하늘을 우러러보았다. 파란 하늘에 솜털처럼 하얀 구름
이 천천히 지나고 있었다.

"그럼, 번역 잘 부탁드리겠습니다."

"열심히 하겠습니다."

두 사람은 공손히 서로에게 허리를 숙여 인사했다. 처음 만났
을 때보다 훨씬 편안하고 부드러워진 표정의 다경이 한 번 더 가
볍게 묵례를 하고는 돌아섰다. 정민은 잠시 자리에 서서 그녀의
뒷모습을 바라보았다.

궁금했던 그녀를 만난 소감을 어떻게 설명해야 할까? 먼저 인
사를 하고 기회가 있을 때마다 말을 걸어도 좀처럼 대꾸하지 않
던 이진희와 허공에 대고 얘기하는 것 같은 기분이 들 정도로 크
게 반응하지 않던 이다경은 묘하게 닮았다.

"무슨 생각이냐, 하정민."

정민은 곧 짧게 웃음을 흘리고는 회사를 향해 몸을 돌렸다.

정확하지도 않은 기억의 조각을 가지고 두 사람을 연관 짓는
것부터가 오류다. 더 생각할 것이 뭐가 있나. 어쩌다 보니 그저
비슷한 분위기와 성격의 사람을 만났을 뿐이다.

❈ ✳ ❈

번역이 끝난 챕터를 다시 읽어 보고 있는데 가볍게 문을 두드
리는 소리가 들렸다. 그러고 보니 아침에 엄마가 잠깐 들르겠다는

연락을 했었다. 다경은 자리에서 일어나 껑충껑충 현관으로 가서 문을 열었다.

"오셨어요."

"그래. 일하고 있었니?"

"네."

다경은 번역 일을 시작하면서 부모님과 떨어져 혼자 지내고 있다. 엄마는 한사코 반대했지만 집 근처 가까운 곳이면 괜찮다는 아빠의 조건부 허락이 있었다.

부모님이 싫어서 독립을 하겠다는 것이 아니었기에 그 조건에 동의했고, 홀로 지내기 시작한 지 대략 1년 정도 되었다. 이 주에 한 번은 엄마가 반찬 등을 챙겨 주러 집에 온다. 그리고 한 달에 한 번은 집에서 부모님과 함께 보냈다.

"오늘은 뭐예요?"

냉장고를 살펴보는 엄마 옆에 찰싹 붙어서 다경이 궁금한 얼굴로 물었다. 엄마는 피식 웃음을 보였다.

"오늘은 너 좋아하는 깻잎 무쳐 왔지."

"오오오!"

다경은 어린아이처럼 박수를 치며 좋아했다.

"오늘 저녁은 그거랑 해서 먹으면 되겠다."

"아욱국도 끓여 왔으니까 먹어."

"오오오오!"

다경의 반응이 더욱 커졌다. 엄마는 딱하다는 얼굴로 냉장고 문을 닫았다.

"그냥 집에서 지내지, 뭐 하러 여기서 이러고 있어? 집에 있으면 엄마가 밥해 주겠다, 빨래해 주겠다 얼마나 좋아. 너 때문에 엄마가 얼마나 귀찮은지 알아?"

"그러니까 결론은 엄마가 귀찮으니까 집으로 다시 들어와라, 뭐 이런 말이네요?"

"하여튼 계집애가 못됐어."

엄마가 다경의 엉덩이를 툭 쳤다. 이식받기 전에는 상상도 못할 스킨십이다. 그때는 무엇이든 간에 몸에 조금만 부딪쳐도 멍이 시퍼렇게 들었기 때문이다.

병을 몰랐을 때는 왜 이러지, 이러고 말았는데 확진을 받고부터는 작은 멍이라도 생기는 날에는 바짝 긴장해야 했다. 안 그래도 피가 부족한데 멍이 들었다는 건 그곳에서 혈액 손실이 생겼다는 뜻이었으니까. 심하면 응급으로 수혈을 받아야 하는 상황이 오기 때문에 조심, 또 조심해야 했다.

"엄마. 혹시 하정민이라고 기억해요?"

헤헤, 웃음을 보이던 다경이 책상으로 가며 물었다. 엄마가 책상과 면한 쪽의 침대에 걸터앉으며 되물었다.

"하정민? 중학교 때 친구?"

"어, 엄마 기억하는구나?"

의자에 앉아 다경이 엄마를 돌아보았다.

"그럼, 기억하지. 그때는 경황이 없어서 말을 못 했는데, 중학생 주제에 키 크고 잘생겼더라?"

엄마가 짓궂게 웃었다.

"후후. 그러니까 말이야. 중학생 주제에 학교에서 인기가 어찌나 많았는지, 어휴……. 내가 걔 때문에 여자애들한테 얼마나 눈총을 받았는데."

"왜?"

지금껏 한 번도 꺼내 놓지 않았던 얘기에 엄마가 눈을 동그랗게 떴다. 다경은 대수롭지 않다는 표정으로 말했다.

"그때는 내가 좀 그랬잖아요. 친구도 안 만들고, 쌀쌀맞고. 정민이랑 짝꿍인 것도 꼴사나운데 내가 정민이한테 쌀쌀맞게 대하니까 애들이 많이 싫어했어요."

다경이 아픈 것만 신경 썼지 친구들과는 어떻게 지내는지 모르고 있었던 사실이 엄마인 상미는 무척 마음이 아팠다. 문득 떠오른 생각에 상미가 의아하게 물었다.

"그런데 너 팔에 공 맞았다고 집에 데려다준 남학생이 정민이 아니었어?"

그날 상미는 옥상에서 빨래를 널고 있었는데, 도란도란 말소리가 들려 대문 밖을 내다보다가 다경이 한 남학생과 함께 있는 걸 보게 되었다.

지금껏 단 한 번도 없었던 일이기에 감격한 상미는 숨까지 멈추고 두 사람의 대화를 엿듣고 있다가, 정민에 대해 이것저것 물어본 적이 있었다.

"맞아요."

"그때는 친했나 봐?"

"친한 건 아닌데…… 그냥 좀……."

다경이 시선을 피하듯 얼버무리자 엄마는 다 알겠다는 표정으로 쿡쿡 웃었다.

"그런데 정민이는 갑자기 왜?"

"아…… 정민이랑 이름 똑같은 사람이 있어서 갑자기 생각났어요."

"이름이 똑같아?"

"응. 성씨도 똑같이 하정민."

"어머."

엄마가 깜짝 놀라서는 손으로 입을 가렸다.

"같은 사람 아니야?"

"후후. 아니에요. 그냥 이름만 같아."

"이름만 같은지 어떻게 알아?"

"이번에 계약한 출판사 담당 에디터라서 만났는데, 아니었어요."

"……만났다고?"

즐거워하는 듯한 대답에 상미는 눈을 동그랗게 떴다. 다경이 오래 아팠던 탓인지 사람들과 어울리는 걸 그리 좋아하지 않았다. 대학교에 들어가서도 친구를 별로 사귀지 않았다.

이식 후 요양을 하면서 무료해하길래 친구들을 찾아보면 어떠냐고 권하기도 했으나 다경은 별로 보고 싶지 않다며 사양했었다. 딸아이가 세상과 담쌓고 살다가 결혼도 안 하고 늙어 죽는 건 아닌가 내심 걱정했는데 누군가를 만났다고 하니, 상미는 기분이 좋았다.

"어렸을 때 보고 안 봤으니까 얼굴이 변했을 수도 있잖아."

"그럴 수도 있긴 한데, 아니야. 다른 사람이야."

"물어봤어?"

"뭐라고 물어봐요?"

"세원중학교 나오지 않았냐고."

"아이, 참. 그게 뭐야."

"그게 뭐긴. 동명이인인가 아닌가 확인하는 거지."

왜 그러지 않았냐고 나무라듯 쳐다보는 엄마 때문에 다경은 웃음을 터뜨리고 말았다.

"아무튼 동명이인인 걸로."

"뭔가 좀 아쉬운데?"

"하나도 안 아쉬워."

다경이 자리에서 일어나며 엄마의 손을 잡아끌었다. 엄마는 억지로 자리에서 일어나며 말을 이었다.

"너 솔직히 말해 봐. 정민이일 것 같아서 기대하고 나간 거 아니야?"

"아니에요."

제 마음이 들켜 버린 것 같아 다경은 정색했다. 엄마는 현관까지 밀려나면서도 꿋꿋하게 당신 하고 싶은 말을 했다.

"거짓말하지 마. 그게 아니면 네가 사람 만나러 나갈 애가 아니잖아."

"아니거든요."

"아니긴 뭐가 아니야."

못 이기는 척, 신발을 신으며 엄마가 놀리듯 말했다. 엄마는 등 떠밀려 나가면서도 아쉬움을 떨치지 못했다.

"나중에 꼭 물어봐."

"어휴, 알았어요."

다경은 마지못해 건성으로 대답했다.

"꼭이야. 꼭."

"알았다니까요."

엄마의 억지에 다경은 즐겁게 대답했다. 잔뜩 들뜬 표정의 엄마가 손을 흔들며 돌아가고, 다경은 미소를 머금은 채 책상으로 돌아왔다.

'정말 눈 딱 감고 물어볼까?'

아니라고 하면 이름이 같은 친구가 있었다고 말하면 되고, 맞다고 하면…… 하면……. '반갑다, 친구야!' 라고 외치면 되려나?

다경은 저도 모르게 웃음을 터뜨리고는 보고 있던 원고로 시선을 돌렸다.

제 4 장

두 달 만에 만난 친구들은 어제도 만났던 사람들처럼 친근하고 즐거웠다. 주연, 수경, 민석, 그리고 정민. 이렇게 네 사람은 대학교를 졸업하고 스마트폰이 대중화되면서 SNS를 통해 재회할 수 있었다. 2학년 3반이었던 다른 친구들과도 연락이 닿았지만 네 사람은 가끔 만나 함께 술잔을 기울일 수 있는 사이가 되었다.

중학교를 졸업하고 무려 16년. 그 긴 세월을 연결해 준 것은 다름 아닌 '이진희'였다.

정민을 제외한 세 사람은 모두 결혼을 했다. 특히 주연은 임신 4개월의 예비 엄마다. 결혼은 셋 중 가장 늦게 했는데 아이는 1등으로 가졌다.

"네 신랑 참 쿨한 사람이야. 이렇게 배가 부르기 시작했는데 늦은 저녁에 친구들도 만나게 하고 말이야."

"말도 마. 이따 9시에 데리러 온다고 했어. 아마 벌써부터 차에 시동 걸고 있을 거야."

"너그러운 사람이네. 나 같으면 절대 허락 안 했을 텐데."

민석이 맥주를 마시며 거드름을 피웠다. 주연이 얄밉다는 듯 흘겨보면서 민석의 어깨를 툭 쳤다.

"아무리 임신을 했어도 그렇지 친구도 못 만나게 해서야 되겠어? 그러다가 우울증 걸려."

"그래서 난 따라다니려고."

"으이그, 잘났어요."

민석의 개구쟁이 같은 모습에 주연과 수경이 핀잔을 주었다. 그 모습을 물끄러미 보고 있던 정민이 말했다.

"가만히 보면 너희는 변한 게 없는 것 같아."

"그건 또 무슨 뜬금없는 소리야?"

주연이 편의점에서 사 가지고 온 주스를 홀짝이며 물었다.

"우리가 대학교 졸업하고 만났잖아?"

"그랬지."

민석이 팔짱을 끼며 고개를 끄덕였다.

"그런데도 우리는 서로 다 알아보지 않았나? 어렸을 적 모습 그대로라면서 말이야."

"변하기는 많이 변했지. 다만 불변의 본바탕 때문에 알아보는 거지. 민석이 봐. 그 장난기 아직도 여전하잖아."

수경이 웃음을 지으며 말했다. 하지만 분위기와 어울리지 않게 정민이 진지하게 말했다.

"그런 거지?"

"너 오늘따라 분위기가 좀 이상하다?"

주연이 팝콘을 먹으며 의아하게 쳐다보았다.

내가 이상했나? 정민은 자신을 향해 실소를 흘렸다. 이다경 역자를 만나고부터 그녀와 진희를 함께 떠올리고 있는 걸 보면 이상해진 것이 맞을 것이다. 무엇이 이리도 집요하게 두 사람을 연결시키는 걸까. 무엇이……

"그래. 너 오늘 좀 이상해. 좀처럼 말도 없고."

"무슨 일이라도 있어?"

세 사람이 걱정스레 쳐다보자 정민은 머쓱해지고 말았다.

"하하하. 일은 무슨. 아무 일도 없어."

"거짓말하지 마. 뭔가 아주 혼란스러운 표정인데?"

맞은편에 앉은 주연이 안색을 살피듯 이리저리 그의 얼굴을 뜯어보았다. 정민은 난처한 웃음을 흘렸다.

"우리가 그래도 나름 소울메이트잖아. 우리한테 다 털어놔."

수경이 등을 토닥이며 무슨 말이라도 다 들어 줄 수 있다는 표정으로 고개를 끄덕였다. 잠시 고민하던 정민이 겸연쩍은 미소를 지으며 말했다.

"사실은 얼마 전에 새로운 역자를 만났어."

정민은 그녀에 대한 이야기를 차근차근 풀어놓았다. 이름도 다르고 외모도 다른데 자꾸 진희가 떠오른다는 말을 할 때는 쑥스러워서 얼굴까지 붉어지는 것 같았다. 어두침침한 호프집이라 얼마나 다행인지, 환한 대낮이었으면 민석에게 두고두고 놀림을 받았을 것이다.

이런 얘기를 하는 것이 민망했으나 세 사람은 진지하게 이야기를 들어 주었다.

"황당하긴 하지? 가을이라 그런가 봐."

이야기를 다 끝내고 보니 한없이 부끄러워서 괜히 목소리가 높아졌다. 잠시 침묵이 흐르고 주연이 추억에 젖은 눈으로 말했다.

"얘기가 나와서 하는 말인데, 나도 종종 진희가 생각나. 그래도 우리는 초등학교 때부터 친했는데 진희 아픈 것도 모르고, 갑자기 이사 간 것도 모르고 있었다는 게 너무 미안하더라."

동의한다는 표정으로 수경이 고개를 끄덕였다.

"그때는 휴대폰이 없었으니까 더 연락하기 힘들어. 개학하면 당연히 학교에서 만날 거라고 생각했지 갑자기 사라질 거라고 누가 상상을 했겠어."

진희는 방학 중에 있었던 야영 캠프는 물론이고 예비 소집일에도 학교에 나오지 않았다. 야영 캠프는 참석하지 않는다는 것을 이미 알고 있었고, 예비 소집이야 진희 말고도 빠지는 사람들이 있었기 때문에 크게 신경을 쓰지 않았다. 그런데 진희는 개학식 날에도 학교에 나오지 않았다.

진희의 자퇴 소식은 종례 시간이 되어서야 들을 수 있었다. 진희가 건강하지 않다는 건 짐작으로 알고 있었던 일이지만 학교까지 그만두었다는 소식에 반 친구들은 모두 동요했다. 방학식 때 수심에 찬 얼굴로 앉아 있던 진희의 마지막 모습을 기억하고 있는 정민에겐 충격이 아닐 수 없었다.

선생님은 진희가 어떤 병에 걸렸는지도 알려 주었다. 가장 특징적인 증상으로 상처가 나면 지혈이 잘되지 않고, 멍이 쉽게 들며, 만성 피로에 시달리고 코피도 자주 난다고 했다. 모두 진희에게서 보았던 증상들이었다.

처음엔 증상이 경미했는데 조혈모세포 이식 수술을 기다리며 학교를 다니던 중, 그러니까 방학 직전에 일상생활을 할 수 없을 정도로 상태가 악화되어 입원을 하게 되면서 학교를 그만두게 되었다고 했다. 선생님은 아마도 오랫동안 학교로 돌아오지 못할 것 같다며 진희의 건강을 위해 기도하라는 말을 남기고 교실을 나갔다.

불현듯, 을왕리 해수욕장에서 진희가 했던 말이 떠올랐다.

'장기 기증에 대해 생각해 본 적 있어?'

무척이나 뜬금없다 싶었는데, 이유가 있었던 것이다. 자신이 조혈모세포 이식을 기다리는 환자였던 것이다. 진희는 또 이런 얘기도 했었다.

'난 결혼해서 아이를 낳고 싶어.'

그때는 새삼스럽다는 생각만 했었는데, 진희는 그만큼 이식 수술이 절실했던 것이다.

"SNS 시작하면서 진희 엄청 찾았는데."

"나도, 나도."

수경의 말에 주연이 맞장구를 쳤다. 민석도 슬그머니 '나도.'라며 끼어들었다. 사실 정민도 그랬다. 다른 친구들처럼 진희도 충분히 찾을 수 있을 거라고 생각했다.

"그런데 왜 흔적이 하나도 없냐?"

수경이 이해할 수 없다는 표정으로 고개를 갸웃거렸다.

"설마……."

주연이 걱정스러운 표정으로 말끝을 흐렸다. 잠시 잠깐 이어진 무거운 침묵을 깨며 수경이 펄쩍 뛰었다.

"야아! 이상한 소리 하지 마!"

"아니…… 나는 걱정이 돼서……."

"생각도 하지 마. 절대 하지 마. 무서워."

수경이 울 것 같은 얼굴로 역정을 냈다. 주연이 '미안.' 하며 얼른 사과했다. 급격히 가라앉은 분위기에 정민은 오히려 미안해졌다. 괜한 소리를 해서 분위기를 우울하게 만들어 버린 것 같았다.

그런 그의 마음을 아는 듯, 민석이 얼른 화제를 바꾸었다.

"그 번역가에 대한 얘기나 계속해 봐."

그러나 이 화제는 난감했다.

"아까 한 얘기가 단데."

"흐응. 그래?"

금세 우울한 기분을 훌훌 털어 버린 주연이 의심의 눈초리로 정민을 쳐다보았다.

"아무래도 네가 그 번역가한테 첫눈에 반한 것 같은데?"

"뭐? 말이 되는 소리를 해라."

수경의 능청스러운 말에 정민은 펄쩍 뛰었다.

"첫눈에 반했다는 걸 인정하기 싫어서 진희랑 그 번역가랑 막 연결시키는 거 아니야? 그래야 덜 쑥스러우니까."

"그런 황당한 소리가 어디 있어."

정민은 당혹스러웠다. 이다경 역자를 통해 진희를 떠올린 건 맞지만 첫눈에 반하다니. 진희를 이성적으로 생각해 보지 않았던 그로서는 수경의 주장이 억지스러웠다.

그런데…… 정말 진희에게 아무런 감정이 없었던 걸까?

"먼저 연애하고 결혼해서 아이까지 가진 선배로서 조언하는데, 넌 그 번역가한테 반한 게 맞아."

"아니라니까 그러네."

"아니긴 뭐가 아니야. 그렇지 않고서는 외모는커녕 이름도 전혀 다른데 지금까지 계속 그 사람 생각을 한다는 건 호감이 있다는 반증이야. 진희는 그저 네 속마음을 숨기고 싶은 핑계일 뿐이고."

"진희가 들으면 서운해하겠다."

민석이 조용히 끼어들었다.

"서운하기만 하겠어? 나 같으면 화를 낼 거야. 나를 방패로 삼다니! 이러면서."

수경이 심술 난 표정으로 정민의 앞섶을 잡았다가 놓아주었다. 정민은 곤란한 미소를 지었다.

"난 예전부터 궁금한 게 있었어."

조용히 고개를 끄덕이며 치킨을 뜯고 있던 민석이 본격적으로 끼어들었다. 정민은 '뭐?' 하는 얼굴로 민석을 따지듯 쳐다보았다.

"이제 다 큰 어른이니까 솔직하게 말해 봐."

"이번엔 또 무슨 말을 하려고 그래?"

"너 그때 진희 좋아했지?"

정민은 당황해서 숨이 턱 막혔다. 그가 정신을 못 차리는 틈을 타 주연이 이어받았다.

"나도 그런 생각 했는데. 진희 아플 때마다 가장 먼저 반응한 사람이 정민이었잖아. 합창 대회 때도 무대 내려가기 무섭게 진희한테 가장 먼저 달려갔잖아."

"그, 그건! 그날 진희가 코피 흘리고 힘들어했으니까 그런 거지."

"또또 핑계 댄다. 그 번역가랑 자꾸 연결 짓는 거 보면 진희를 좋아했던 게 맞아."

"무슨 계산이 그 따위야?"

황당해서 정민이 따졌지만 세 사람은 귀담아 듣지 않았다. 턱을 괸 수경이 정민의 어깨에 손을 얹었다.

"난 그 번역가에게 데이트를 신청하라는 처방을 내리겠어."

"뭐?"

"그 번역가에게 첫눈에 반했든 아니든, 진희가 생각나든 아니든 상관없이 한번 만나 보는 것도 좋을 것 같아. 물론 그 번역가가 솔로이고 너에게 호감이 있어야 하겠지만 말이야."

"이유나 계기 같은 게 무슨 상관이야? 연애는 과감해야 하는 거야."

주연과 민석까지 번갈아 가며 거들고 나섰다. 정민은 당혹감에 반쯤 남은 맥주를 모두 마셔 버렸다.

"친구야. 용기를 내."

수경이 어깨를 토닥이며 누나 같은 표정으로 말했다.

"허허, 참 나⋯⋯. 하하하."

정민은 친구들의 기대에 찬 눈빛에 허탈한 웃음만 흘렸다.

❋ ✻ ❋

— 밥 사.

"대뜸 밥을 사라니, 무슨 말씀이십니까?"

퇴근길에 전화를 건 의준의 말에 정민은 작게 웃음을 터뜨렸다. 다경과 만나기로 한 카페가 점점 가까워지고 있었다.

친구들의 조언 아닌 조언 때문이었을까? 그녀로부터 메일이 왔을 때 만나자는 말이 너무도 쉽게 흘러나왔다. 계약서를 쓸 때 앞부분 챕터 먼저 번역해서 보내겠다던 메일이 도착한 후 꺼낸 말이었다.

먼저 연락을 하는 건 편집자로서 번역을 독촉하는 것처럼 비칠 수도 있는 일이었고, 마땅한 핑계도 없어서 그녀가 메일을 보낼 때까지 기다려야만 했다.

— 역자 소개해 줬잖아. 그러니까 밥 사.

"엄밀히 말해서 소개를 받은 건 아니죠. 번역을 맡기고 싶은 역자가 있었는데 마침 선배님이 연락처를 가지고 있었던 거잖아요."

— 어쨌든 결론은 내 덕에 이다경 역자랑 계약한 거잖아. 그러니까 밥 사.

황당한 주장이 이어지고 정민은 헛웃음을 흘렸다.

"술 당기는데 같이 마실 사람이 없어서 그러는 거죠?"

통화를 하며 걷다 보니 어느덧 그녀가 있는 북카페 건너편에 도착했다. 길을 건너려다 무심코 올려다본 2층 창가에 그녀가 있었다. 그녀는 공부라도 하는 사람처럼 두 곳을 번갈아 보며 무언가를 열심히 하고 있었다.

— 알면서 뭘 자꾸 따져. 밥 사.

"어쩌죠? 제가 오늘은 약속이 좀 있는데……."

사전을 뒤지던 그녀가 시선을 느꼈는지 그를 향해 고개를 돌렸다. 눈이 마주치자 정민은 저도 모르게 손을 흔들다가 흠칫 놀라서 얼른 묵례를 했다. 빙긋 미소를 지어 보인 그녀도 살짝 고개를 숙여 인사를 했다.

— 무슨 약속!

"업무차 누굴 좀 만나기로 해서요."

다경을 만난다고 하면 펄쩍 뛸 것이 분명해서 굳이 말하지 않았다.

— 당신까지 나를 차다니. 이거야 원 서러워서!

"선배님은 애인도 있으면서 무슨 그런 말을 해요?"

— 궁금하면 술 사.

"하하하하! 선배. 저 이제 들어가야 해요. 제가 내일 전화드릴 게요."

— 야박한 놈. 끊어.

뚱한 목소리로 의준이 전화를 끊었다. 통화가 끝난 휴대폰을 보며 싱긋 웃음을 짓던 정민은 서둘러 북카페 2층으로 올라갔다.

"너무 오래 기다리신 거 아니에요?"

정민이 그녀의 맞은편에 앉으며 미안한 표정으로 물었다.

"일하고 있었으니까 괜찮아요. 그리고 제가 일찍 나온걸요."

"무슨 일 하고 계셨어요?"

그녀의 앞엔 사전과 노트북, 그리고 제본한 A4 용지가 놓여 있었다.

"에디터님이 주신 일이요."

"아……."

뒤늦게 깨달은 사람처럼 정민은 실없이 웃었다.

"짐이 많아 보이는데, 제가 뵙자고 해서 번거롭게 해 드린 건 아닌지 모르겠어요."

"에디터님 만나는 김에 겸사겸사 일찍 나와서 사람 구경도 하고 일도 하고 그랬으니까 너무 신경 쓰지 마세요."

"그랬다면 다행이네요. 이제 자리 옮길까요?"

"네."

조용히 대답한 그녀가 책상 위에 있던 물건들을 하나하나 가방에 넣었다. 자리에서 일어났을 때 가방은 무척이나 무거워 보였다. 들어 주고 싶다고 하면 괴상한 사람으로 볼 것 같아서 정민은 입을 꾹 다문 채 그녀와 함께 카페를 나섰다.

이번 식사 장소는 프라이빗 룸이 있는 한정식집으로 정했다. 식사와 함께 업무 이야기를 조금이라도 편히 하기 위함이었는데, 어째 맞선이라도 보는 것 같은 어색함이 흘렀다.

"음식은 어때요? 입에 맞아요?"

조금이라도 어색한 분위기를 떨치기 위해 정민이 웃으며 물었다. 조용히 잡채를 먹고 있던 다경이 시선을 들어 빙긋 웃었다.

"맛있어요."

"하아, 다행이네요. 여기가 너무 조용해서 밥 먹다가 체하는 건 아닐까 걱정했거든요."

그녀가 소리 없이 좀 더 크게 웃었다.

"저희 편집주간님이 추천해 주셨는데, 이렇게 조용한 곳인지 몰랐어요."

"전 조용해서 좋아요. 제가 집에만 틀어박혀 있다 보니까 복잡한 곳은 좀 불편하거든요."

"그러시구나. 잘됐네요."

서로를 마주 보며 미소를 지어 보인 두 사람은 곧 업무와 관련된 이야기를 나누었다. 다경이 책의 전체적인 줄거리를 이야기해 주고, 편집 방향과 번역 스타일에 대해 논의했다. 원작자의 문체가 화려함보다는 담백함을 강조하는 단문이어서 번역도 그 점을 잘 살리는 것이 좋겠다는 의견을 제시했다.

번역가에게 전적으로 의지해야 하는 입장이기 때문에 정민은 꼼꼼하게 메모하고, 편집부 전체 회의에서 논의가 필요한 부분은 따로 체크를 해 놓았다.

책과 관련된 다른 이야기들도 나누다 보니 어색했던 분위기가 후식이 나왔을 때는 한결 편안해졌다. 그러나 정민은 다음 만남을 제안할 정도의 용기는 나지 않았다. 첫눈에 반했는지는 모르겠지만 이제 막 함께 일하게 된 역자에게 대뜸 사심을 드러낼 수는 없는 노릇이었다. 정민은 번역이 다 끝났을 때를 고려해 보기로 했다.

"매번 이렇게 대접만 받아서 어떻게 하죠?"

이번에는 자신이 계산하겠다며 카드를 내미는 그녀를 만류하고 정민이 식사 대금을 지불했다.

"제가 사비로 대접하는 것도 아닌데 그런 부담은 갖지 마세요."

"그래도……."

다경은 지갑에 넣지 못한 카드를 만지작거렸다. 문득 정민은 이때다 싶었다.

"그럼 이렇게 할까요?"

"……?"

그녀가 고개를 갸웃거렸다. 그가 빙그레 웃었다.

"배는 고픈데 밥하기 싫을 때 연락 주시면 제가 밥을 사 드릴게요."

"훗. 그게 뭐예요."

다경이 동그랗게 만 손으로 입을 가리며 가볍게 웃었다. 정민은 아직 덜 끝났다는 표정으로 말을 덧붙였다.

"그다음에 제가 배고플 때 역자님이 밥을 사 주시는 거예요. 어때요?"

"밥이야 언제라도 사 드릴 수 있는데, 에디터님이 먼저 사는 건 무슨 계산이에요?"

다경은 이해되지 않는다는 표정으로 계속 웃었다.

"회사 카드로 밥 사 드린 건데 제가 생색내면서 얻어먹을 순 없잖아요. 그러니까 제가 한 번 사적으로 밥을 사고, 그다음에 역자님이 밥을 사는 거예요. 한 번씩, 번갈아 가면서, 아주 공평하게."

그가 우스꽝스러운 표정으로, 손짓까지 섞으며 과장되게 말하자 다경은 저도 모르게 웃음이 터졌다. 묘하게 설득되는 신기한 계산법이었다.

"계속 얻어먹은 부담을 덜려면 어쨌든 에디터님에게 한 번 더 밥을 얻어먹어야 하는 거네요?"

"그렇죠!"

정민이 '정답!'을 외치듯 검지를 펴며 호탕하게 대답했다. 새어 나오는 웃음을 정리하며 다경이 진지하게 말했다.

"그럼 제 카드는 그냥 계속 제 지갑 속에 넣어 놔야겠네요?"

다경은 카드를 넣은 지갑을 팡팡 두 번 두드리고는 가방에 쏙 넣었다. '이게 아닌데?' 하는 얼굴로 정민이 실망감을 감추지 못

하자 다경은 은근슬쩍 기분이 좋아졌다. 친구를 골려 먹는 기분이랄까?

이러지도 저러지도 못하는 그를 힐끔힐끔 훔쳐보던 다경은 결국 활짝 웃었다.

"다음엔 엄청 비싼 거 사 달라고 할 거예요."

제 5 장

다른 직원들은 아직 출근을 하지 않은 시간. 정민은 커피를 한 잔 타서 느긋하게 메일함을 열었다.

　출근을 해서 가장 먼저 하는 일은 메일을 확인하는 것이다. 역자나 외주 교정자 등으로부터 원고가 오고, 외서를 중개하는 에이전트들도 뉴스레터를 보내기 때문에 메일 확인은 매우 중요한 업무다.

　"어……."

　여러 메일들 틈에 다경의 메일이 껴 있었다. 보낸 시간은 새벽 3시. 번역 초고본이었다. 분량이나 도서의 장르에 따라 번역 기간이 달라지기에 넉넉하게 넉 달을 생각했는데, 그녀는 자신이 말한 석 달이란 기간보다 일찍 끝냈다.

　현재 시각 8시 30분. 그녀는 아직 자고 있을 것이다. 정민은 친절하면서도 업무적인 태도로 회신을 보냈다. 은연중에 제 사심이 본문에 드러날 수 있으니 조심해야 했다.

그녀에게서 원고가 오길 손꼽아 기다렸다. 출간 때문이기도 했지만 그녀에게 연락할 구실이 필요했기 때문이다. 한창 번역에 집중하고 있을 그녀를 눈치도 없이 방해할 수는 없었다. 단순한 식사 약속일 뿐이니 그녀에게서 메일이 올 때까지 얌전히 기다리는 것이 그로서는 최선이었다.

나머지 메일을 모두 확인했을 때쯤 직원들이 출근을 끝냈다. 담당자마다 한 작품만 붙잡고 있는 것이 아니어서 다들 바빴다. 어느 작품은 오퍼를 넣고, 어느 작품은 검토서를 확인하고, 어느 작품은 인쇄에 들어가는 등 제각각인 업무들이 정교한 톱니바퀴처럼 맞물려 진행되고 있었다.

드디어 오전에 처리하는 업무들이 끝나고 점심 식사까지 끝낸 정민은 다경에게 문자를 보냈다. 보냈던 메일을 한 시간 전에 확인했으니 지금쯤 연락을 해도 괜찮을 듯했다. 무슨 내용으로 보내야 하나 곰곰이 생각하다가 한 자 한 자 신중하게 문자를 입력했다.

[메일로도 회신을 드리긴 했으나, 번역하시느라 고생 많으셨습니다. 역자님 덕분에 일정이 차질 없이 진행될 것 같습니다. 감사합니다. 그런데 식사는 하셨습니까?]

전송을 하고 보니 마지막 말이 민망해졌다. 정민은 헛기침을 몇 번 하고는 휴대폰을 내려놓았다.

카카오톡이면 수신 여부라도 확인하지, 문자니까 어떤 것도 알 수 없어 자꾸 휴대폰에 시선이 갔다. 그렇다고 마냥 휴대폰만 쳐다보고 있을 수도 없고. 점심시간도 남았기에 정민은 인터넷 서핑을 시작했다.

드르륵.

진동 소리에 의자에 등을 기대고 길게 늘어져 있던 정민이 후다닥 몸을 일으켰다. 그녀였다.

[출간될 때까지 열심히 하겠습니다. 그리고…… 점심은 벌써 먹었는데, 저녁 사실래요?]

음?

정민은 자신이 문자를 잘못 읽은 줄 알았다. 그래서 다시 처음부터 천천히 읽어 보았다. 하지만 잘못 읽은 것이 아니라 그녀가 저녁을 사 달라고 했다!

심장이 두근대고 입가에는 자꾸 웃음이 번졌다. 예의상 하는 소리라 생각하고 식사 약속을 가볍게 흘려버리면 어쩌나, 나름 조심한다고 했는데 식사 제의를 거북해하면 어쩌나, 정말 별별 생각을 다 했는데 그녀의 '저녁 사실래요?' 한마디로 훨훨 날아갈 것처럼 마음이 가벼워졌다.

문자 입력 창을 열어 놓고 정민은 다시금 심사숙고했다. 여기서 한 걸음 더 나가면 괜히 치근대는 것처럼 느껴질 수도 있으니 조심하고 신중해야 했다. 그런데 어쩌나, 마음은 벌써 저 앞까지 훨훨 날아가 버린 것을……．

❃ ❃ ❃

[역자님 편한 시간이면 전 어느 때고 상관없는데, 저녁보다는 점심이 활동하기에 편하지 않으시겠어요?]

초조함에 진공청소기를 꼭 쥐고서 문자를 확인한 다경의 입가에 부드러운 미소가 걸렸다.

그의 문자에 회신을 보내기까지 한동안 망설여야 했다. 혹여 자신이 너무 오버하는 건 아닐까 하는 염려가 있었다. 당시에야 진심이라고 생각되었지만 석 달여가 흐르면서 안부 인사처럼 건네는 밥 약속이라고 생각되었기 때문이다.

감정적으로 가장 예민한 때에 생과 사의 경계에서 투병을 하고 요양을 위해 오랫동안 홀로 지낸 탓에 다른 사람과 유대 관계를 쌓는 일이 그녀에겐 무척 어려운 일이었다. 그랬던 그녀가 새로운 사람을 만났다. 그저 이름이 같다는 이유 하나만으로……． 정말 이상한 일이다.

"흐음……．"

의자에 올라가 쪼그리고 앉은 다경은 고민에 빠졌다.

담당 에디터로서 호의를 베푸는 일에 과도한 의미 부여는 금물이지만, 그래도 아주 조금은 기대를 하고 싶다. 지루한 자신의 침묵을 묵묵히 견뎌 준 그를 다시 만나고 싶다.

다경은 결심한 표정으로 문자를 입력했다.

[귀한 주말을 뺏을 순 없잖아요.]

잠시 후 그의 답신이 도착했다.

[역자님과 식사를 하는 시간이야말로 아주 귀한 시간이죠. ^^]

뒤에 붙은 단순한 이모티콘을 보고 있자니 그의 맑은 웃음이 떠올랐다.

[그럼 이번 주 토요일 점심 어때요? 에디터님 핑계로 바깥 공기 좀 다시 쐴 수 있겠네요.]
[아주 바람직한 생각입니다.]

엄지를 치켜든 이모티콘과 함께 그의 문자가 도착했다. 입가에 절로 미소가 번졌다. 이젠 그가 '정민'이든 아니든 상관없이, 그에게 마음이 간다. 아주 순수하게…….

❅ ❋ ❅

토요일 오후.
정민은 다경을 만나기로 한 교보문고 광화문점으로 향했다. 만날 약속을 정하는데 그녀는 대뜸 오랜만에 서점에 가고 싶다며 그곳에서 만나자고 했다.

토요일이라서 그럴까? 주책없이 데이트라도 나온 것 같은 기분이 들었다. 업무로 만나는 건 아니니까 잘 우겨 보면 데이트라고 할 수도 있겠다. 그녀는 과연 어떤 기분으로 집을 나섰을지 무척 궁금하다.

정민은 싱글벙글 웃으며 서점으로 들어갔다. 20분 전에 도착한 그녀는 소설 구역에 있겠다며 문자를 보내왔다. 일부러 일찍 나온 거니까 부담 갖지 말고 천천히 오라는 말도 함께였다.

설레는 마음으로 소설 구역으로 향하던 정민은 멀찍이 가판대에서 책을 읽고 있는 다경을 발견했다. 흘러내리는 머리카락을 가볍게 귀 뒤에 꽂으며 책장을 한 장 넘기는 그녀의 얼굴이 살짝 기울어졌다.

얼핏 떠오르는 낯익은 풍경에 정민의 걸음이 느려졌다. 반짝이는 햇볕을 받으며 책을 읽고 있던 어린 시절 진희의 모습이었다. 옆에서 아무리 떠들어도 마치 딴 세상에 홀로 사는 사람처럼 고요하게 책을 읽던 소녀. 하얗고 투명한 얼굴에 미소가 머금어질 때면 그녀의 손에 들려 있는 책이 미치도록 궁금했던 시절이다.

"하아……."

도대체 언제까지 이러려는지. 정민은 길게 한숨을 쉬고는 다경에게로 천천히 걸어갔다.

분위기를 돋우는 음악과 손님들로 어수선한 분위기 속에서 책을 보고 있던 그녀가 마치 시선이라도 느낀 사람처럼 고개를 들었다.

다시 두근!

눈이 마주친 그녀가 안경을 치켜올리며 물끄러미 보는가 싶더니 빙그레 미소를 지었다. 그녀를 따라 그의 입가에도 미소가 번졌다.

"제가 번역한 책이에요."

가까이 다가가자 다경이 방긋 웃으며 들고 있던 책을 들어 보였다. 떨리는 심장을 달래며 정민이 물었다.

"출판사에서 증정본 안 줬어요?"

"받기는 했는데, 서점에서 직접 보니까 신기해서요."

그녀가 뿌듯한 표정으로 책을 도로 가판대 위에 가지런히 내려놓았다.

"서점에 정말 오랜만에 나왔나 봐요?"

"그럴 사정이 좀 있었어요."

고개를 들어 바라보는 그녀의 표정이 서글퍼 보였다. 괜한 호기심일까? 문득 그녀가 말한 '사정'이 무엇인지 궁금해졌다. 무엇이 그녀를 이토록 쓸쓸하게 만들었을까? 이유도 모르는데 이상하게 마음이 쓰리고 아팠다.

"책 좀 더 볼 거죠?"

정민은 감정을 누르며 근처에 있던 책을 하나 들었다. 다경이 머뭇머뭇 어느 곳을 가리켰다.

"혹시 쓰러질 만큼 배가 고픈 게 아니면 저기 좀 가 볼까 하는데요……."

그녀가 가리킨 곳에 배너가 하나 서 있었다. 유명 작가의 사인회가 있다는 안내 배너였다.

"한 시간 후에 시작한대요."

때마침 방송에서 사인회에 대한 안내가 흘러나왔다. 그게 뭐 어려운 일이라고. 정민은 고개를 끄덕였다.

"그럼 책부터 좀 사고요."

활짝 웃으며, 다경이 그의 옷자락을 잡고서 가볍게 끌어당겼다. 그녀의 예상치 못한 행동에 정민은 얼떨떨했다.

그녀의 손에 이끌려 사인회를 하는 작가의 신간이 잔뜩 쌓여 있는 이벤트 가판대로 갔다. 그곳에는 많은 사람들이 책을 살펴보고 있었다.

"이 작가 좋아하나 봐요?"

그녀가 아래쪽에 있는 책을 꺼내기 쉽게 정민이 위에 쌓여 있는 책을 대신 들어 주었다.

"네. 작가님 책은 다 읽었어요."

"그럼 이것도 벌써 읽은 거 아니에요?"

책을 다정하게 쓰다듬으며 그녀가 배시시 웃었다.

"예약 구매까지 해서 벌써 읽었죠. 이건 사인 받아서 보관하려고요."

"후후. 책을 정말 좋아하나 봐요."

다경이 흐뭇한 얼굴로 고른 책을 이리저리 살펴보았다.

"책을 좋아하기도 하고……. 책 읽는 거 말고는 할 수 있는 게 없던 때가 있었거든요."

또다시 그녀의 표정에 슬픈 그림자가 드리워졌다. 무언가 아픈 기억을 품고 있는 것 같은 그녀를 물끄러미 바라보던 정민이 유쾌하게 말했다. 그녀가 슬픈 기억 속에 파묻히는 걸 보고 있을 수 없었다.

"사인회 시작하려면 시간이 많이 남았는데, 다른 책 좀 더 볼까요?"

"그래요."

곧 얼굴에서 어두운 그림자를 떨쳐 낸 다경이 부드럽게 웃었다.

그녀는 꽤 여러 책을 뺐다 꽂았다 하면서 읽었다. 그 옆을 졸졸 따라다니던 정민은 점점 더 무거워 보이는 그녀의 가방끈을 붙잡았다.

"어……."

다경이 놀라서 쳐다보았다. 정민은 머쓱하게 웃었다.

"괜찮으면 제가 들어 줄게요."

"그러지 않으셔도 돼요."

양 볼이 발그레해진 그녀가 마다했지만 정민은 고집을 부려 그녀의 가방을 제 어깨에 멨다.

"정말 괜찮은데요."

"서점에 오랜만에 나왔다면서요. 책 편하게 읽어요. 어차피 제 손은 다 노는데요, 뭐."

양손을 반짝반짝 흔들어 보이자 그녀가 가볍게 웃으며 고맙다고 인사했다. 그녀는 다시 책꽂이에서 책을 하나 꺼내 펼쳤다.

그녀의 옆에서 아무 책이나 꺼내서 펼치던 정민이 벌어진 가방

틈을 힐끔 훔쳐보았다. 가방 안에는 노트북과 원고 한 뭉치가 들어 있었다. 어쩐지 무겁더라니.

딱히 보고 싶은 책도 없고, 목적도 없이 다경을 따라다니던 정민이 시간을 확인했다. 사인회까지 대략 20분 정도 남아 있었다.

"여자님. 이제 가서 줄 서야 할 것 같은데요?"

"아…… 벌써요?"

"사람들은 벌써 줄 서 있을 거예요. 늦게 갔다가 오래 기다리게 되면 힘드니까 미리 가서 서 있죠."

"그래요."

아까 고른 책을 먼저 계산하고, 두 사람은 사인회 장소로 이동했다. 예상대로 이미 많은 사람들이 사인을 받기 위해 줄을 서 있었다. 두 사람은 제일 마지막에 나란히 섰다.

"이 책 재미있어요?"

정민은 다경이 들고 있던 책을 슬쩍 가져가서는 정말 궁금한 사람처럼 책장을 넘겨 보았다. 사실은 이것마저도 대신 들어 주고 싶었다.

"작가님의 문체를 좋아해요. 문체에 힘이 있고 화려한 미사여구를 사용하지 않아도 가슴에 확확 꽂히거든요. 내용이야 말할 것도 없고요. 그런데 출판사 다니시면서 에디터님은 이분 책 안 읽어 보셨어요?"

슬쩍 놀리는 것 같은 느낌에 정민은 내심 놀랐다. 낯가림이 심하고, 내성적이라더니 이런 장난기는 어디에 숨겨 놓고 있었던 걸까. 조금 전 스스럼없이 옷깃을 잡아당기던 것도 그렇고 말이다.

"출판사 직원이라고 출간되는 책을 다 읽어야 하는 건 아니잖아요."

정민이 억울한 표정으로 말하자 다경이 낮게 웃었다.

"일 때문에라도 한 달에 읽는 책이 얼마나 많은데요. 그리고 난 외서 담당이라고요."

"후후. 아…… 그렇겠네요. 제가 생각이 좀 단순해서. 죄송해요."

다경은 활짝 웃으며 토라진 척 구는 정민의 팔을 다정하게 토닥였다. 서로를 마주 보며 두 사람은 가볍게 웃었다.

"어, 조금 있으면 우리 차례예요."

공통사인 책 얘기를 하다 보니 어느새 차례가 가까워졌다. 다경은 설레는 표정으로 사인을 하는 작가를 바라보았다. 드디어 본인 차례가 되고 다경은 책을 챙겨 총총걸음으로 작가에게로 갔다.

대기 줄에서 빠져나온 정민이 서둘러 휴대폰의 카메라를 실행시켰다. 사진을 찍어 달라는 부탁은 없었지만 이런 건 다 알아서 하는 것 아니겠나.

작가의 옆에 앉아 인사를 하며 악수를 하는 그녀의 얼굴이 붉게 상기되어 있었다. 마치 인기 연예인을 바라보는 십대 소녀 같았다.

뒤늦게 카메라를 들고 있는 그를 발견한 다경이 작가에게 수줍게 사진 촬영을 부탁했다. 작가가 흔쾌히 허락을 하자 다경이 정민을 향해 말했다.

"예쁘게 찍어 주세요."

"그럼요. 자아, 찍습니다. 하나 둘 셋."

작가와 다정하게 어깨를 맞댄 다경의 활짝 웃는 모습이 카메라에 담겼다.

교보문고에서 나온 두 사람은 늦은 점심을 먹기 위해 이동했다. 약속을 정할 때 어떤 음식을 좋아하는지 미리 물어보았다. 두세 개 정도 골라 주면 좋으련만 그녀는 아무거나 상관없다는, 메뉴 고르기 아주 어려운 대답을 했다.

몇 시간 동안 고민해 결정한 메뉴는 스키야키(すき燒き)였다. 지난번엔 한정식이었으니 이번에는 조금 색다른 메뉴를 고르고 싶었다. 처음엔 스키야키가 단순히 샤브샤브 종류인 줄 알았는데, 간장 국물에 고기와 야채 등을 자작하게 졸여 먹는 것이었다.

둘 다 처음 접하는 요리에 먹는 내내 애를 먹었지만 볶음밥까지 먹고 나니 배가 두둑하니 좋았다.

"커피는 제가 사도 되죠?"

정민이 계산을 하고 돌아서자 다경이 수줍게 웃었다.

식당을 나와 어렵사리 카페에 자리를 잡았다. 토요일이라 그런지 주변 카페들이 모두 사람들로 북적거렸다.

"카페 찾다가 소화 다 됐겠어요."

주문한 커피를 찾아오며 정민이 웃었다. 다경은 따뜻한 커피를 받아 들며 마주 웃었다.

사람 구경을 하며 조용히 커피를 마시다가, 정민이 머뭇거리며 말을 꺼냈다.

"제가 역자님을 쉽게 생각하거나 그런 건 아니니까, 오해하지 않으셨으면 좋겠어요."

다경이 커피를 마시며 의아한 표정으로 쳐다보자 정민이 민망한 표정으로 뒷머리를 긁적였다.

"업무와 관련된 분들에게 지금까지 사심을 이만큼도 가져 본 적이 없거든요."

손가락으로 '이만큼'을 그려 보이는 그는 믿어 달라는 표정이었다.

"어떻게 생각하실지 모르겠는데, 역자님을 만나면서 특별한 사람이 떠올랐어요."

순간, 다경의 심장이 크게 요동쳤다. 그도 자신과 비슷했다는 사실에 다경은 놀라지 않을 수 없었다. 그의 말이 이어졌다.

"그래서인지 마음이 역자님에게 많이 쏠리더라고요. 그 마음을 계속 두면 업무에 지장이 있을 것도 같고, 그거랑은 상관없이 역자님이랑 친해지고 싶은 마음도 있고……."

"……."

"아무래도 솔직히 말씀드리는 것이 좋을 것 같아서요. 계속 입 다물고 있으려니까 죄짓는 기분이 드네요."

정민은 자신이 제대로 얘기하고 있는지 헷갈렸다. 놀란 표정으로 바라보는 그녀의 시선에 말이 더욱 꼬이는 기분이 들기도 했다. 이미 말은 꺼냈는데, 수습이 되지 않아 얼굴에서 열이 올랐다.

"특별한 친구라는 분…… 어떤 분이에요?"

다경의 조심스러운 질문에 정민은 갈피를 잡지 못한 표정으로 그녀를 쳐다보았다. 그가 머뭇거리자, 다경이 한 번 더 힘주어 말했다.

"얘기해 줘요. 어떤 친구지."

"하하, 참……."

괜한 말을 꺼냈다 하는 표정으로 커피로 목을 축인 정민의 이야기가 시작되었다.

"중학교 2학년 때 짝꿍이 여학생이었거든요."

"이름이 뭐예요?"

"진희요. 이진희."

잔잔한 미소와 함께 듣게 되는 옛 이름에 아릿한 추억이 파도처럼 밀려들었다.

제 6 장

"진희야. 그냥 정민이랑 친하게 지내는 게 어때?"

유리창을 닦으며 수경이 걱정스레 말했다. 주연도 거들었다.

"짝꿍 정하던 날부터 밑도 끝도 없이 면전에서 개무시한다고 여자애들이 아주 난리야."

"그게 왜 내 탓이야. 싫다는데도 귀찮게 말 걸어서 스스로 개 무시당하는 하정민 탓이지."

"그거야 그렇지만⋯⋯."

"아니면 정민이한테 너 때문에 애들한테 미움받고 있으니까 되 도록 말을 걸지 말아 달라고 하는 건⋯⋯ 좀 그렇지?"

자신이 생각해도 썩 좋은 방법은 아니기에 주연은 우물쭈물 입 을 다물었다. 진희는 작게 한숨을 쉬었다.

"내가 정민이랑 친하게 지내든 말든 애들은 상관없어. 내가 정민이 짝꿍이라는 것 자체가 불만인 거야."

"그렇긴 한데, 정민이가 눈치 없이 자꾸 너한테 말 거니까 애들이 더 심술 내잖아. 차라리 말 걸지 말라고 하는 게 나을 수도 있다니까?"

주연이 몸을 잔뜩 기울이고서 낮게 속삭였다.

진희는 억울했다. 정민과 짝이 되기 싫은 이유가 있었다. 정민을 좋아하는 여학생들로부터 불필요한 견제와 감시를 당하게 될 것이 뻔했기 때문이다.

아니나 다를까, 짝꿍으로 정해지고 정민과 나누었던 대화 내용을 들은 여학생이 이야기를 부풀려 여기저기 옮기면서 진희는 졸지에 재수 없는 전교 1등으로도 모자라 다수의 여학생들에게 함께 물리쳐야 하는 적이 되어 버렸다.

엄밀히 따지면 정민에게만 유독 쌀쌀맞게 구는 것도 아니었다. 사람들과의 교류를 꺼리기 시작한 건 제 몸의 상태가 다른 사람들과 다르다는 걸 알게 된 후부터였을 것이다.

왜 나에게만 이런 일이 일어나는지, 왜 나만 유독 힘든 시간을 보내야 하는지 이해가 되질 않았다. 그런 의문 속에서 허덕이다 보니 친구들은 눈에 들어오지도 않았다.

고작 열다섯 살인데, 이미 세상을 다 살아 버린 것 같은 절망감에 빠져 있다 보니 건강하고 행복한 친구들을 보는 것이 괴롭기만 했다. 세상을 원망하며 보이지 않는 벽을 쌓는 동안에도 변함없이 곁을 지켜 준 사람은 수경과 주연이었다.

초등학생 때부터 친하게 지냈던 두 사람은 진희가 유별나게 굴어도 개의치 않았다. 어쩌면 두 사람은 본능적으로 진희에게 친구가 되어 줘야 한다고 느꼈는지도 모르겠다. 그래서인지 2학년에 올라와 두 사람과 같은 반이 되었을 때 진희는 무척 안도하고 기뻤다. 물론 제대로 표현은 못 했지만……

그리고 이번엔 정민을 만났다. 진희가 어떤 반응을 보이든 상관없이 정민은 먼저 말을 걸고 관심을 보였다. 다른 사람들은 한두 번 말을 걸다가 반응이 없거나 신경질적으로 대하면 그만두기 마련인데 정민은 그러지 않았다. 자신만큼이나 정민도 고집이 어지간히 센 모양이라고 생각했다. 처음엔 귀찮고 성가시기만 했는데 지금은…… 잘 모르겠다.

"어차피 욕먹는 거 친하게 지내고 욕먹는 게 백번 나아. 억울하지는 않잖아."

"그게 무슨 소리야. 가장 좋은 건 욕을 안 먹는 거야. 뭐 좋은 거라고 욕을 먹어. 그냥 정민이한테 나한테 친한 척 굴지 말라고 말하는 게 낫다니까? 그러면 애들도 차차 잊을 거야."

주연과 수경은 정민의 일로 계속 토론을 벌였다.

'나더러 뭘 어쩌라는 거야.'

진희는 돌연 유리창 닦기를 멈추고 돌아섰다. 주연과 수경은 어리둥절한 시선으로 교탁 쪽으로 향하는 진희를 쳐다보았다. 그곳엔 정민이 친구들과 장난을 치며 놀고 있었다.

"설마 지금 그 얘기 하러 가는 거야?"

"저렇게 애들 다 있는 곳에서 하겠다고?"

유리창을 닦다 말고 주연과 수경은 긴장된 표정으로 진희를 응시했다.

무표정한 얼굴로 진희가 다가오자 친구들과 장난을 치던 정민이 의아하게 쳐다보았다. 진희가 심드렁한 목소리로 말했다.

"쓰레기 버리러 갈 거야."

"어……?"

정민은 물론이고 모여 있던 남학생들도 황당하게 쳐다보았다. 진희는 교실 뒤쪽의 쓰레기통을 가리키며 말을 이었다.

"우리 주번이잖아. 난 작은 거 버리고 올 테니까 넌 큰 거 버려."

"아…… 그래. 알았어."

잠시 멍하니 있던 정민이 씩 웃었다. 갑자기 몸속이 후끈 달아오르는 걸 느낀 진희는 서둘러 돌아섰다. 진희는 어울리지 않게 고개를 푹 숙인 채 작은 쓰레기통을 들고 교실을 나섰다.

정민이 소각장에 도착했을 때 진희는 제 손바닥을 들여다보며 멍하니 서 있었다.

"왜 저러고 있지?"

혼잣말을 중얼거리며 다가간 정민의 눈이 휘둥그레졌다. 진희의 손바닥에서 빨간 피가 배어나고 있었기 때문이다. 날카로운 것에 베었는지 피가 방울을 이루며 뚝뚝 떨어지고, 진희의 얼굴은 점점 하얗게 질려 가고 있었다.

"야, 이진희!"

초점이 흐려진 진희가 고개를 들었다. 정민은 얼른 진희의 손목을 부여잡았다.

"이거 왜 이래?"

"아니…… 박스를 치우다가……."

떨리는 목소리로 진희가 바닥에 쏟아진 박스들을 쳐다보았다. 납작하게 펴서 쌓아 둔 박스 더미가 쓰러져서 그걸 치우다가 손바닥을 벤 모양이었다.

"이렇게 베라고 해도 못 베겠다."

황당해서 실소가 흘렀지만 피가 생각보다 많이 나는 것이 웃고만 있을 상황은 아닌 듯했다. 정민은 지혈을 위해 매고 있던 넥타이를 풀었다.

"손 내밀어 봐."

그러나 붉은 피에 놀란 진희는 아무런 반응이 없었다. 정민이 급하게 손목을 움켜잡고는 넥타이로 팔뚝을 아프게 조였다. 진희의 가냘픈 손이 움찔거렸다.

"피가 많이 나. 아무래도 보건실에 가야 할 것 같아."

그러나 진희는 한마디 대꾸도 없이, 붉은 피만 쳐다보고 있었다.

"이진희!"

정민이 어깨를 흔들어서야 정신을 차린 듯 진희가 고개를 들었다.

"어?"

"정신 차려. 뭐 이런 거 갖고 정신 줄을 놓고 그래. 빨리 보건실에 가."

"어…… 그래."

진희가 급히 발길을 돌렸다. 다급하게 걸어가는 진희의 뒷모습을 걱정스레 지켜보던 정민은 쓰레기통 두 개를 챙겨 교실로 돌아갔다.

청소 시간이 끝나고 종례 시간이 되었지만 담임 선생님은 교실에 들어오지 않았다. 이때다 싶었는지 아이들은 웅성웅성 떠들기 시작했다.

정민은 슬쩍 옆자리를 쳐다보았다. 보건실에 간 진희가 아직까지 돌아오지 않았다. 보건실에 같이 가지 않은 것이 정민은 계속 신경 쓰였다.

"어? 구급차다."

창밖을 내다보고 있던 아이가 혼잣말처럼 중얼거렸다. 그러자 창가 쪽 자리에 있던 아이들이 모두 창문 밖으로 시선을 돌렸다.

정말 운동장을 구급차 한 대가 가로질러 오고 있었다. 차에서 내린 구급대원들이 이동 침대를 끌고 건물 안으로 들어갔다. 얼마 후 환자를 실은 침대가 건물 밖으로 나왔다.

"우리 담임 아니야?"

"어, 그러네?"

이쯤 되자 대부분의 아이들이 우르르 창가로 몰려갔다. 그 무리에 정민도 있었다. 정말 담임이 안절부절못하는 모습으로 구급차 주변을 서성이고 있었다.

"저거 진희 같은데?"

이동 침대가 구급차로 들어가려고 할 때 한 아이가 외쳤다. 아이들이 좀 더 크게 술렁거렸다. 민석이 정민을 돌아보았다.

"아까 소각장에서 애 때렸냐?"

"헛소리할래?"

잔뜩 짜증이 난 정민이 민석의 뒤통수를 툭 때렸다. 민석이 눈을 찡긋거리며 뒤통수를 문질렀다.

"그럼 뭐야?"

그건 정민이 묻고 싶었다.

"모두 자리에 앉아!"

언제 들어왔는지 수학 선생님이 교탁에 서 있었다. 아이들이 웅성거리며 자리로 느릿느릿 돌아갔다. 교실이 조용해지고 선생님의 종례 사항이 이어지는 동안 정민은 소각장에서의 일을 떠올렸다.

피가 많이 나기는 했는데, 구급차를 불러야 할 만큼 상처가 심했던 걸까? 마음이 괴로워졌다. 뚝뚝 떨어지던 빨간 피와 창백하게 질려 가던 진희의 얼굴이 또렷하게 떠올랐다.

정민은 슬픈 표정으로 텅 빈 옆자리를 쳐다보았다. 보건실에 같이 가지 않았던 것이 계속 마음에 걸렸다.

❋　❋　❋

진희가 학교에 다시 나온 건 그날로부터 일주일이 지나서였다.

정민보다 일찍 등교한 진희 옆엔 주연이 앉아서 도란도란 이야기를 하고 있었다. 정민이 다가가자 먼저 발견한 주연이 인사를 하고는 자리를 비켜 주었다.

"안녕."

"응. 안녕."

힐끔 시선을 던지며 진희가 인사를 했다. 처음 받는 인사에 정민은 할 말을 잃었다. 세상에 이런 일도 생기는구나, 해서 말이다. 기대하지 않았던 일이기에 놀라움은 무척 컸다. 정민은 저도 모르게 긴장해서 뻣뻣하게 물었다.

"괜찮은 거야?"

고개를 끄덕이며 진희가 손에 붙인 밴드를 한 번 쓰다듬었다. 일주일이나 지났는데 아직도 밴드를 붙이고 있는 걸 보면 그날 꽤 심하게 다친 모양이었다.

"이거……."

진희가 불쑥 무언가를 내밀었다. 넥타이였다.

"의사 선생님이 네가 잘 묶어 줘서 다행이었대. 그런데 피가 묻어서 새로 샀어. 안 지워지더라."

"고마워."

"……아니야. 내가 고마워."

머뭇머뭇, 서로를 마주 보던 두 사람은 처음으로 어색하게나마 웃음을 나누었다.

❋ ❋ ❋

중간고사가 끝나기 무섭게 합창 대회 날짜가 발표되었다. 합창 대회는 가을에 열리는 체육 대회와 비슷한 규모의 대형 행사였다. 각 반은 모두 합창 대회 준비를 위한 회의가 진행 중이었다.

"지휘자랑 반주자를 먼저 뽑아야 하는데, 혹시 지원자!"

반장이 앞에서 손을 번쩍 들고 분위기를 살폈지만 다들 눈을 피하며 모르는 척하고 있었다. 반장은 낙심한 표정으로 다그치듯 말했다.

"그럼 피아노 칠 수 있는 사람은?"

그래도 조용했다.

반장이 의아한 표정으로 선생님을 바라보았지만 선생님은 웃으며 어깨만 들썩거렸다. 반장은 반주자로 진희를 염두에 두고 한 소리였는데, 진희는 딴 세상에 있는 사람처럼 창밖만 내다보고 있었다.

진희는 작년에 체육 수업을 받다가 쓰러진 이후 항상 교실을 지키고 있었는데, 가끔은 음악실에서 목격되기도 했다. 진희가 피아노 연주를 하는 걸 목격한 몇몇 아이들 말에 의하면 실력이 수준급이라고 했다. 그래서 기대했던 건데, 진희는 응하고 싶은 마음이 딱히 없는 모양이었다. 반 친구들은 물론이고 반에서 벌어지는 모든 일에 무관심한 진희였으니 별로 신기하지도 않았다.

한숨을 푹 쉬던 반장이 숙였던 고개를 들어 단호한 목소리로 말했다.

"진희야. 그러지 말고 네가 반주 좀 하면 안 될까?"

그제야 진희가 고개를 돌렸다.

"그래. 네가 좀 해."

"피아노 실력 놔뒀다가 국 끓여 먹을래?"

진희의 피아노 실력에 대해 아는 학생들이 반장을 거들고 나섰다. 도저히 반주자가 없으면 다른 반 반주자에게 부탁을 하거나 음악 선생님이 맡아 주시겠지만, 그건 대회 당일에나 가능한 일이었다.

"대회 때는 다른 사람에게 부탁을 한다고 쳐도, 연습 때만은 네가 해 주었으면 좋겠는데."

조용히 침묵이 흐르는 가운데 아이들이 모두 진희를 쳐다보았다. 친구들과 잘 어울리지도 않는 새침데기 이진희가 과연 반주를 맡으려고 할지 다들 의문을 품고 있었다.

"그래. 알았어."

반쯤 포기하고 있던 반장의 눈이 휘둥그레졌다. 진희를 지켜보고 있던 아이들 역시 놀란 표정이었다. 여세를 몰아 반장이 대뜸 정민을 지목했다.

"지휘는 정민이가 해라."

보일 듯 말 듯 고개를 기울여 진희를 훔쳐보고 있던 정민은 당혹감에 얼굴이 새빨개졌다. 정신을 차리기도 전에 아이들이 박수를 치며 함성을 질렀다. 당혹감에 말을 잇지 못하고 있는 사이 수업 종료 종이 울리고, 선생님은 '오케이! 내일 보자!' 란 말을 남기고 교실을 나갔다.

"이렇게 쉽게 끝낼 걸 50분 동안 머리만 아팠네."

반장이 질렸다는 얼굴로 고개를 절레절레 저으며 제 자리로 돌아갔다. 정민은 어이가 없어 망연자실 앉아 있는데 민석이 능청스러운 웃음을 흘리며 다가왔다.

"네 덕에 인기상은 받을 수 있는 거냐?"

"뭐라는 거야."

정민이 사납게 쏘아보았다.

"우리 학교에서 너만큼 인기 많은 사람도 없잖아. 누가 아냐. 그래서 인기상이라도 받게 될지."

"짝끼리 지휘자랑 반주라니. 조합도 아주 좋아."

다른 친구가 민석의 어깨에 팔을 두르며 거들었다. 두 사람은 잔뜩 신난 얼굴로 하이파이브를 했다. 민망하기 짝이 없는 소리에 정민이 따지려고 할 때였다.

드르륵!

의자 끄는 소리에 다들 움찔 놀라 조용히 입을 다물었다. 자리에서 일어난 진희가 무심한 눈길을 던지자 모여 있던 아이들이 꿀꺽 마른침을 삼켰다.

"바로 지휘자, 반주자 소집 있다고 했어."

팽팽하던 분위기가 진희의 한마디로 혹 풀렸다. 저도 모르게 잔뜩 긴장하고 있던 정민은 진희를 따라 터벅터벅 교실을 나섰다.

합창 대회 소집이 끝나고 교실로 돌아온 정민은 제 자리에 풀썩 앉았다. 반 아이들은 모두 하교를 하고 교실엔 아무도 없었다. 진희는 자리에 앉아 책가방을 챙기기 시작했다.

"아…… 내가 무슨 지휘야."

정민은 답답하다는 표정으로 머리를 헝클어뜨렸다. 가방을 다

챙긴 진희가 진지하게 물었다.

"설마, 음표 보는 법도 모르는 건 아니지?"

"날 너무 바보로 아는 거 아니냐?"

아니면 말라는 표정으로 진희가 입술을 삐죽거렸다. 처음 보는 표정이라 신기하긴 한데, 조금 얄미웠다. 음표야 볼 줄 알지만 지휘는 다른 문제다. 어쩌다 이렇게 엮였는지 정민은 자꾸 한숨만 나왔다.

그런 그를 물끄러미 보고 있던 진희가 자리에서 일어났다.

"일어나."

"뭐?"

진희가 다짜고짜 정민의 팔을 잡아끌었다.

그렇게 진희가 정민을 데리고 간 곳은 학교에서 멀지 않은 대형 서점이었다.

"자유곡 정해야 하잖아. 합창곡들이 뭐가 있는지부터 찾아봐."

"아…… 그래."

지정곡은 학교에서 정해 준 세 곡 중에서 고르면 되는데 문제는 자유곡이었다. 아는 곡이라고는 가요가 다인데, 합창곡이라니 앞이 캄캄했다.

어떤 것부터 봐야 할지 몰라 책꽂이 앞에서 서성이고 있던 정민은 힐끔 진희를 훔쳐보았다. 진희는 커다란 책 하나를 뽑아 진지하게 책장을 넘기고 있었다.

괜히 눈치를 살피던 정민도 합창곡이라고 쓰인 책을 하나 뽑았다. 피아노가 수준급이라는 진희에게 의지해야 하는 상황이었지만, 명색이 지휘잔데 고민하는 척이라도 해야 할 것 같아서였다.

한참 그렇게 각자 떨어져 책을 뒤지다가 무심코 고개를 돌린 정민은 한쪽 CD 매장에서 음악을 듣고 있는 진희를 발견했다.

윤기 흐르는 긴 생머리에 한겨울 햇빛에 반짝이는 새하얀 눈처럼 깨끗한 피부. 음악을 들으며 살포시 감은 눈과 입가에 부드럽게 번지는 미소가 마치 그림처럼 다가왔다.

'미쳤나 봐.'

눈을 질끈 감은 정민은 고개를 마구 저었다.

짝꿍이 정해지자마자 친구들이 기분 나쁘지 않냐고 물었었다. 대놓고 같이 앉기 싫다고 했으니 충분히 그런 감정을 가질 수 있었다. 그러나 정민은 찬바람과 가시로 가득한 진희가 안타깝고 외로워 보였다.

주연이나 수경이의 말을 들어 보면 원래 모난 성격은 아니었던 것 같다. 이유는 알 수 없었지만 진희는 원해서 스스로 외톨이가 된 것 같았다. 그렇다면 나 하나쯤은 계속 말을 걸어도 괜찮지 않을까, 정민은 막연히 그렇게 생각했다.

어차피 대꾸 안 할 거라고 생각하고 말을 걸면 기분 나쁠 것도 서운할 것도 없었다. 그러다가 오늘처럼 순순히 묻는 말에 대답해 주고 먼저 말을 걸어올 때면 깜짝 놀랄 일도 생기는 거다.

"뭐 들어?"

인기척을 느낀 진희가 돌아보며 헤드폰을 벗었다.

"왜?"

"음악. 뭐 듣냐고."

"아······. 그냥 내가 좋아하는 가수 앨범이 나왔길래."

"합창곡은 찾아본 거야?"

"아니."

진희가 헤드폰을 제자리에 꽂아 놓으며 당당하게 대답하자 정민은 당황했다.

"아까 악보 고르고 있던 거 아니었어?"

"지휘자는 너잖아. 난 반주자일 뿐이야."

"그거야 그렇지만. 그럼 여긴 왜 같이 온 거야?"

"안 그러면 그냥 집에 갔을 거잖아."

그 말이 맞아서, 정민은 아무런 대꾸도 하지 못했다. 진희가 지친 한숨을 푹 쉬며 주변을 둘러보았다.

"눈에 들어오는 거 없으면 오늘은 그냥 가자. 나 좀 피곤해."

조금 약이 올랐지만, 언제는 안 그랬나 싶어 금방 심술을 거두었다. 게다가 피곤하다는 말이 사실인지 진희의 낯빛이 점점 나빠지는 것 같기도 했다.

서점을 나와 두 사람은 학교까지 함께 걸었다. 진희는 집이 근처인지 여기서 헤어지자고 했다.

"집까지 데려다줄까?"

정민이 머뭇머뭇 물었다. 잠시 어리둥절해하던 진희가 피식 웃었다. 그제야 정민은 자신이 무슨 소리를 했나 깨달았다. 조금 민망했지만 뻔뻔하게 턱을 치켜세우고 진희를 빤히 쳐다보았다.

진희가 엷은 미소를 지으며 고개를 저었다.

"아니. 괜찮아."

"그래, 그럼."

정민이 쭈뼛쭈뼛 인사했다.

"조심히 가."

"응. 너도 잘 가."

진희가 돌아서자 잠시 서 있던 정민도 걸음을 떼어 집으로 향했다. 그러나 몇 걸음 가지 못하고 뒤를 돌아보았다. 걸음을 뗄 때마다 흔들리는 진희의 검은 머리카락을 멍하니 보고 있던 정민은 저도 모르게 걸음을 되돌려 진희의 뒤를 밟기 시작했다.

10분 정도를 걸어서야 진희가 집에 도착했다. 정민은 멀리서 진희가 집으로 들어가는 걸 확인한 다음 주변을 대충 둘러보고는 왔던 길을 되짚어 집으로 돌아갔다.

✻ ✻ ✻

다음 날 등교해 자리에 앉자 진희가 악보 하나를 책상 위에 올려놓았다. 곡을 고르는 건 지휘자 몫이라더니 본인이 직접 골라 온 모양이었다. 그런데 곡이 의외였다.

"시종일관?"

"응. 여행스케치 노래야."

여행스케치라면 정민도 알고 있고 좋아하는 그룹이다.

"이걸 자유곡으로 하자고?"

진희는 대답이 없었다. 거창한 합창곡을 고를 줄 알았는데, 대중가요라니, 전혀 예상을 못 했다. 이 곡을 어떻게 받아들여야 할지 몰라 멀뚱멀뚱 쳐다보는 정민에게 진희가 이어폰을 내밀었다.

"들어 봐."

정민은 얼떨결에 이어폰을 받아 귀에 꽂았다. 진희가 플레이 버튼을 누르자 포크 기타 반주 소리가 들려왔다. 이어 진희가 악보를 내밀었다. 정말 이 노래를 하고 싶은지 악보에는 곳곳에 메모가 되어 있었다.

노래가 끝나고 이어폰을 빼자 기다렸다는 듯 진희가 말했다.

"여행스케치가 부른 것처럼 이 부분을 파트로 나누고 조금 편곡하면 괜찮을 것 같아."

"편곡을 한다고? 할 수 있어?"

"대충. 조금."

건성으로 하는 대답에 정민이 의심스럽게 쳐다보자 진희가 새침하게 말을 덧붙였다.

"예전에 다니던 피아노 학원 선생님한테 부탁할 거야."

"그런데 이거 가요잖아. 선생님이 허락하실까?"

"어차피 자유곡이잖아. 가요가 안 된다는 말도 없었고."

"애들은 괜찮다고 할까?"

"그건 네가 알아서 해."

진희가 어깨를 한 번 으쓱거리더니 이어폰을 귀에 꽂고 음악을 듣기 시작했다. 항상 그랬던 것 같은데 어째 어제와 오늘은 좀 얄밉다.

우려와 달리 자유곡은 어렵지 않게 '시종일관'으로 정해졌다. 파트별로 편곡을 할 예정이라고 하니 음악 선생님도 크게 문제

삼지 않았고, 아이들은 귀찮아서 그랬는지 그냥 무조건 좋다고 했다.

곧이어 본격적인 연습에 들어갔다.

친구들과 좀처럼 친해지려 하지 않던 진희는 합창 연습에 누구보다 열심이었다. 도망치려는 아이들을 잡아 오거나 피아노와 연습실 쟁탈전을 벌이는 건 모두 정민의 몫이었지만, 진희는 반 친구들을 세심하고 친절하게 연습시켰다.

두 사람이 수시로 이마를 맞대고 앉아 연습 일정과 파트별 진도 등을 점검하며 연습은 순조롭게 진행되고 있었다.

"그런데 너 말이야."

정민이 말을 걸어오자 악보를 챙기던 진희가 궁금한 얼굴로 쳐다보았다.

"몸은 괜찮아?"

"내 몸이 왜?"

정민은 머쓱한 표정으로 머리를 긁적거렸다.

"아니…… 조금 피곤해 보이길래."

한동안 따로 파트별 연습을 시키느라 모르고 있다가 최근에 전체 연습을 하면서 진희가 피곤해한다는 걸 느꼈다. 아직 여름이 온 것도 아닌데 연신 땀을 닦는 모습도 그렇고, 안색도 안 좋은 데다 바짝 마른 입술도 영 마음에 걸렸다.

"다른 애들도 다 피곤할 텐데 뭐."

엷게 미소 띤 얼굴로 진희가 말했다.

진희는 요즘 부쩍 웃음이 많아졌다. 등 떠밀려 어쩔 수 없이 맡게 된 반주였지만 그 덕에 진희는 반 친구들과 조금씩 가까워지고 있었다. 그러면서 천천히 진희의 얼굴에 웃음이 자라기 시작했다. 정민은 진희의 그런 작은 변화가 반갑고 기뻤다.

제 7 장

합창 대회 당일 아침. 교실은 무척 소란스러웠다. 합창 대회 같은 건 왜 하냐며 투덜거리는 아이, 꽃단장에 바쁜 아이, 그 속에서도 여전히 책을 붙잡고 공부하는 아이, 아직도 가사를 외우지 못했다며 발을 동동거리는 아이까지.

그중에서 진희는 밀린 잠이라도 청하는 사람처럼 책상에 엎드려 있었다. 진희는 아침부터 밀려드는 피곤함에 보건실까지 갈 기력이 없었다. 엄마가 걱정하는 것이 싫어서 기를 쓰고 등교를 했는데 역시 무리였던 것이다.

또 수혈을 받아야 하나······.

이 생각을 하다가 곧 그만두었다. 머리도 심장도 크게 울려서 깊이 잠이 들지는 못하고 몸이 붕 뜬 채 이리저리 떠다니는 것 같은 느낌이 들었다.

일어나야 하는데…….

그러나 몸이 생각처럼 움직여 주지 않았다. 어쩌지 걱정하다가 깜빡 졸고, 졸다가 고민하고를 반복하고 있을 때 마치 마법에 걸린 몸을 해방시켜 주듯 누군가 몸을 툭, 건드렸다. 주변에서 장난을 치던 남학생들이 실수로 진희의 몸을 건드린 것이다.

누가 나 좀 일으켜 줘!

소리 없는 외침을 들었는지 이번엔 누군가가 머리카락을 조심스럽게 걷었다. 얼굴을 덮고 있던 머리카락이 걷히면서 따뜻한 봄바람이 살며시 코끝을 건드렸다.

"진희야."

까마득한 곳에서 자신을 부르는 소리가 들렸다. 그제야 온몸을 짓누르고 있던 덩어리가 미세하게 움직이는 것 같았다. 진희는 손가락 끝을 움직여 보았다.

'아…… 이제 됐다.'

진희는 안도의 한숨을 쉬며 밑으로 가라앉으려는 상체를 겨우 일으켰다. 그러나 곧 휘청거리다 앞으로 고꾸라졌고, 누군가 다급하게 그녀의 이름을 부르며 몸을 붙잡았다. 알아들을 수 없는 고함 소리를 들으며 이번에는 깊은 잠에 빠져 버렸다.

나른한 잠에서 깨어났을 때 진희는 보건실에 있었다. 눈을 뜨고 고개를 돌리자 보건 선생님이 급히 다가왔다.

"진희야. 괜찮니? 정신이 좀 들어?"

진희는 작게 고개를 끄덕였다.

"선생님. 지금 몇 시예요?"

"10시."

진희가 침대에서 내려가려고 몸을 일으키자 선생님이 진희의 어깨를 붙잡았다.

"다행히 코피가 멎기는 했는데, 조퇴를 하는 게 어떠니?"

"우리 반 반주만 하고 조퇴할게요."

예전 같았으면 바로 조퇴를 했겠지만, 오늘만큼은 그럴 수 없었다. 없는 시간 쪼개 열심히 연습한 친구들에게 미안하고, 악보 보느라 고생하고 연습시키느라 고생했던 정민에게 미안해서라도 꼭 반주를 하고 싶었다.

무엇보다, 친구들과 함께했던 한 달여의 시간이 너무도 소중해서, 자신에게 온전히 의지해 열심히 노래를 부르던 친구들의 얼굴이 눈에 선해 이대로 포기하고 병원으로 갈 수는 없었다. 진희는 다시금 간절하게 선생님에게 말했다.

"저 이젠 괜찮아요. 병원은 반주 끝나면 조퇴하고 바로 갈게요. 네? 선생님."

선생님이 걱정스러운 표정으로 따뜻한 물을 한 잔 건넸다. 진희는 여전히 무거운 몸을 일으켜 물을 조금 마셨다.

"정말 괜찮겠어?"

진희가 결연한 표정으로 고개를 끄덕였다.

점점 일상생활이 어려워진다는 걸 피부로 느끼고 있지만 어떻게 해서든 이번 학기는 정상적으로 마치는 것이 진희의 가장 큰 바람이었다.

1학년 때부터 지금까지 진희를 보살피며 이런저런 이야기를 나누었던 보건 선생님은 그런 그녀의 바람을 너무도 잘 알고 있었다. 작게 한숨을 쉬던 보건 선생님은 진희의 팔과 다리에 멍 자국은 없는지 확인했다. 이어 혈압과 체온을 체크하고 나서야 교실로 가는 것을 허락했다.

교실로 가니 아이들은 모두 강당으로 올라갔고 정민만 남아 있었다. 진희를 본 정민이 걱정스러운 표정으로 다가왔다.

"괜찮아?"

"응. 미안해."

"으응. 아니야."

정민이 고개를 저었다.

"힘들면 무리하지 않아도 돼. 애들도 그렇게 알고 강당으로 갔어. 넌 우리 반 위해서 충분히 잘해 줬어."

"네가 나 업고 보건실에 갔었다며?"

뜬금없다 싶은 말에 정민이 멈칫했다. 손바닥을 베인 일로 응급실에 실려 가고, 코피를 흘리다 기절한 것 때문에 걱정이 이만저만이 아닌데 업고 간 얘기를 꺼내니 정민은 당황할 수밖에 없었다.

"어…… 뭐……."

정민이 머쓱한 얼굴로 뒷머리를 긁적였다. 진희는 진심을 담아 말했다.

"지난번 소각장에서도 그렇고 오늘도 그렇고. 매번 도와줘서 고마워."

"누구라도 했을 일인데 뭐."

"그런데 말이야……."

수줍은 듯 진희가 말끝을 흐리며 교실 밖으로 향하자, 걱정스러운 얼굴을 한 정민도 따라나섰다. 자연스레 강당으로 향하면서 진희가 속삭이듯 말했다.

"애들한테 나 무거웠다고 막 소문내고 그런 거 아니지?"

"뭐어?"

무슨 일인가 싶어 귀 기울이고 있던 정민이 상체를 뻣뻣하게 세우며 기겁했다.

"너 어떻게 되는 줄 알고 얼마나 놀랐는데, 그런 거 생각할 겨를이 어디 있어?"

가벼운 농담이었는데 정민은 꽤 억울한 표정이었다. 진희는 진심이 묻어나는 그의 표정과 말에 고마워서 자꾸 배시시 웃음이 새어 나왔다.

"소문냈냐는 말은 농담이고, 혹시 무거웠으면 어쩌나 하는, 여자로서의 사소한 내 걱정."

강당에 가까워 오자 한창 경연 중인 합창 소리가 들려오기 시작했다.

정민이 가볍게 코웃음을 쳤다.

"혹시 반어법이냐?"

"응?"

진희는 고개를 갸웃거렸다.

"삐쩍 말라서 힘주어 일어난 것이 민망할 지경이었는데, 나 그만큼 날씬하다고 강조하는 건 아닌가 싶다."

"후후. 네 생각이 틀린 건 아닌데, 혹시나 무거워서 고생하지 않았을까 하는 아주 작은 걱정도 포함되어 있는 거야."

새침한 얼굴로 진희가 말을 덧붙이자 정민은 헛웃음을 흘리고 말았다.

드디어 강당 앞에 도착했다. 합창이 끝났는지 박수 소리가 들렸다. 정민이 강당 안으로 들어서는 문손잡이를 잡았다.

"힘들겠지만 오늘로 마지막이니까 잘 부탁해."

"응. 너도 외운 악보 헷갈리지 말고 잘해."

서로를 마주 보고서 피시식 웃던 두 사람은 강당 문을 열고 조용히 안으로 들어갔다.

2학년 3반 자리로 가니 진희를 발견한 아이들이 반색을 하며 그녀를 맞아 주었다. 가까운 곳에 있는 아이들은 몸은 어떠냐고 물어보기도 했다. 진희는 웃으며 괜찮다는 말과 고맙다는 인사를 전했다.

입장할 순서대로 앉으면서 진희 옆자리에 앉게 된 주연이 가슴에 꼭 품고 있던 악보를 내밀었다. 진희의 반주 악보였다.

"걱정 많이 했어."

"걱정 끼쳐서 미안."

"으응. 아니야."

주연이 고개를 저으며 진희를 품에 꼭 안았다.

드디어 2학년 3반의 차례가 되었다. 창백한 얼굴로 반주자의 자리를 지켜 준 진희에게 고마운 마음을 전하고 싶었던 것일까.

질서 정연하게 무대에 오른 아이들은 정민의 지휘와 진희의 반주에 맞추어 연습 때보다 훨씬 잘 불러 주었다.

대회가 끝난 후 2학년 3반은 장려상을 받았고, 정민은 인기상을, 진희는 최우수 반주자로 선정되었다. 그러나 진희는 반주가 끝나자마자 조퇴를 했고, 상은 지휘자인 정민이 대신 받았다.

❋　❋　❋

합창 대회가 끝나고 일주일 만에 진희가 학교에 나왔다. 이때부터 아이들은 진희가 그리 건강하지 않다는 것을 지레짐작하고 있었다.

학교의 큰 행사 중 하나를 함께 치러서인지, 학기 초에 비해 진희와 반 친구들과의 관계도 많이 호전되었다. 진희에게 먼저 말을 거는 친구들이 생겼고, 예전 같았으면 새침하게 대하던 진희도 엷은 미소를 띠며 친구들과 대화를 나누게 되었다. 가장 크게 달라진 점은 함께 점심 식사를 하는 친구들이 주연과 수경, 단 두 명에서 꽤 늘었다는 점이다.

여름이 다가오면서 기말고사가 코앞에 닥친 것 말고는 특별한 사건 사고 없이 하루하루가 이어지고 있었다. 수업이 끝나고 기말고사에는 별로 관심이 없는 남자아이들이 운동장에서 축구를 하며 뛰놀고 있었다.

"꺄악!"

"오빠 힘내요!"

공을 잡을 때마다 꺅꺅 소리를 질러 대는 여학생들에게 둘러싸여 온갖 폼을 잡으며 뛰어다니던 그때, 정민은 운동장 끝에서 교문 쪽으로 가고 있는 진희를 발견했다. 한동안 친구들과 함께 하교를 하더니, 오늘은 어쩐 일로 혼자였다.

"야! 하정민!"

아차, 하는 순간 공은 이미 상대편에게 빼앗긴 뒤였다. 정민은 같은 편 친구들의 야유를 들으며 온 힘을 다해 공을 빼앗아 달아난 상대편을 쫓아 달렸다. 요리조리 수비를 젖힌 상대편이 드디어 강슛을 날리려고 폼을 잡던 찰나였다.

"어!"

정민의 외마디 소리와 함께 상대편의 발을 떠난 공은 맹렬한 속도로 골대를 향해 뻗어 갔다. 그러나 미묘한 차이로 골대를 벗어난 공은 기세를 죽이지 않고 진희에게로 날아가고 있었다.

"비켜!"

있는 힘껏 소리를 질렀지만 진희는 듣지 못한 듯했고, 그 공은 그대로 진희의 팔뚝을 강타해 버렸다.

퍽!

강한 힘을 실은 공에 맞은 진희가 휘청하며 넘어지자 주변에 있던 아이들이 놀라서 모두 쳐다보았다. 예상치 못한 사고에 모든 풍경이 정지 화면처럼 멈춘 듯했지만, 정민만은 사력을 다해 진희에게로 달려갔다.

곧이어 모두들 정신을 차린 듯 정민을 응원하던 학생들이 웅성대기 시작했고, 같이 축구를 하던 몇몇 아이들도 정민을 따라 진희가 있는 곳에 모여들었다. 진희는 두 눈을 질끈 감은 채 맞은 팔뚝을 꼭 쥐고 있었다.

"괜찮아?"

정민의 물음에 진희가 힘겹게 고개를 끄덕였다. 기웃기웃 진희의 상태를 살피던 정민의 미간이 흉하게 구겨졌다. 손으로 가리긴 했지만 맞은 부위는 상당히 부어 있었고, 점점 파랗게 멍이 들기 시작한 것이다.

"손 좀 치워 봐."

파르르 떠는 손목을 잡으려다 맞은 곳이 스쳤는지 진희가 움찔 어깨를 떨었다.

"세게 맞은 것 같지도 않은데 뭘 그래?"

공을 찬 아이가 퉁명스레 한마디 내뱉자 정민이 매서운 눈으로 노려보았다. 멋쩍은 얼굴로 남학생이 시선을 피해 버리자 정민은 괜히 진희에게 버럭 고함을 질렀다.

"바보야! 그러게 왜 이런 데로 다녀!"

깜짝 놀란 진희가 눈물이 가득한 눈으로 그를 쳐다보았다. 비명 한 번 지르지 않는 모습에 화가 난 정민은 자리에서 벌떡 일어나 진희의 손목을 잡아끌었다.

"일어나!"

"아."

모질게 일으켜 세우고서야 진희의 입에서 작은 신음이 흘러나왔다. 정민은 진희의 손을 잡은 채 모여 있는 아이들을 거칠게 밀쳐 내며 학교 건물로 향했다. 힘없이 따라가던 진희는 정민과 눈이 마주치자 눈물 한 방울을 또르륵 떨어뜨렸다. 그걸 보자 정민은 또 욱, 하고 화가 치밀었다.

정민은 진희가 메고 있던 가방을 대신 들더니 진희의 손을 다시금 옹골지게 쥐었다.

보건실에 들어서자 선생님의 두 눈이 휘둥그레졌다.

"어떻게 된 거야?"

"공에 맞았어요."

깜짝 놀라 진희의 팔을 확인하던 선생님이 빙그레 웃더니 얼음 주머니를 만들어 가볍게 마사지를 시작했다.

"공을 좀 세게 맞았나 보구나. 그러면 보통 이런 멍 정도는 들 수 있어."

"그래도 진희는……."

그 마음을 다 안다는 듯 선생님이 말을 이었다.

"보통은 금방 가라앉는데 진희는 조금 더 관리를 해야 돼. 정민이가 바로 잘 데려왔어."

선생님에게 칭찬까지 들었지만 딱히 마음이 놓이거나 화가 풀리는 건 아니었다. 그 이유를 정민은 정확히 설명할 수 없었다.

얼음찜질이 끝나고 두 사람은 선생님에게 인사한 뒤 보건실을 나왔다. 제 책가방을 받기 위해 내미는 진희의 손을 물끄러미 바라보던 정민은 그대로 몸을 돌렸다.

"어디 가?"

"여기서 기다려. 내 가방 가져올게."

진희를 세워 놓고 정민은 씩씩거리며 교실로 향했다.

집까지 가는 내내 두 사람은 아무 말이 없었다. 진희는 집 앞에 도착해서야 정민에게서 가방을 돌려받을 수 있었다.

"고마워. 잘 가."

"……."

정민이 대꾸가 없자 진희는 어색한 미소를 지으며 몸을 돌렸다.

"내일!"

정민의 외침에 진희가 들어가다 말고 뒤돌아보았다. 정민의 표정은 딱딱하게 굳어 있었다.

"학교 빠지지 말고 꼭 나와."

무슨 일이 생길 때마다 항상 결석을 하던 것이 생각나 망설이며 꺼낸 말이었다. 그런데 진희는 뭐가 재미진지 피식 웃더니 손을 흔들어 보이고는 집으로 들어갔다.

❋ ❋ ❋

다음 날. 집을 나서는 진희의 발걸음이 무거웠다. 공에 맞은 팔이 욱신거리고 아픈 것도 그렇지만 오늘도 학교에 가지 말라던 엄마 때문에 마음이 지쳐 버린 것이다.

이 세상에서 제일 강한 사람이 엄마라고 생각했는데, 언제부턴가 가장 나약한 사람이 되어 버렸다. 몸이 무언가에 살짝 긁혀 상처라도 나는 날에는 밤새 잠을 못 잘 정도로 예민하게 반응했다. 엄마의 마음을 모르는 건 아니지만 정말 별것 아닌 일에까지 과민 반응을 보이자 진희는 무척 힘들었다.

대문을 닫으며 길게 한숨을 내쉬던 진희는 무거운 걸음을 떼어 학교로 향했다. 막 내리막길을 걸어가던 진희는 뒤에서 무언가 다가오는 것을 느꼈다. 차라도 지나가려는 걸까 싶어 진희는 돌아보지 않고 옆으로 비켜섰다.

끼익!

갑자기 들려온 굉음에 화들짝 놀란 진희가 고개를 돌렸다. 소리의 주인공은 자전거를 타고 있는 정민이었다. 진희는 안도의 한숨을 쉬고는 피식, 웃었다.

"너희 집이 이쪽이었어?"

"아니 뭐…… 그냥 겸사겸사."

"무슨 대답이 그래?"

함께 합창 대회 준비를 하는 동안 학교 앞에서 헤어질 때면 항상 반대편으로 가던데, 어째서 오늘은 이쪽 방향으로 오는지 설명이 되지 않았다.

"타."

어물쩍 대답을 피한 정민이 말했다. 진희는 무슨 말이냐는 표정으로 멀뚱멀뚱 쳐다보았다.

"자전거로 가자고. 내가 태워 줄게."

설마, 자전거 태워 주려고 여기까지 왔다는 소린가? 진희는 씩 웃고는 고개를 저었다.

"안 돼."

"왜?"

다시 앞서 걷는 진희를 따라가며 정민이 물었다.

"왜 안 되는데?"

"멍 들어."

"멍?"

진희는 가던 길을 멈추고 정민을 보고 섰다.

"말해 주지 않아도 알았을 거잖아. 나 몸 약한 거."

"……."

"난 다른 사람들보다 멍이 쉽게 들어. 그래서 그런 거 타면 안 돼."

진희가 해 줄 수 있는 말은 여기까지였다. 진희는 자신이 다른 아이들과 다르다는 것이 싫었다. 그래서 누군가가 특별하게 챙겨 주는 것도 싫었고, 그것 때문에 불필요한 선입관이나 편견이 생기는 것도 싫었다. 진희는 다른 아이들처럼 그저 평범한 아이이고 싶었다.

"그래도…… 고마워."

어쩌다 보니 정민에게 짜증을 부린 것 같아 진희는 얼른 말을 이었다. 아마도 아까 엄마와 실랑이를 벌인 일 때문에 예민했던 것 같았다. 쭈뼛쭈뼛, 몸을 돌리는데 정민이 가방을 낚아챘다.

"어?"

"가방은 내가 가져갈게! 천천히 와!"

"야! 하정민!"

놀란 마음에 소리치는데 정민은 어느덧 자전거와 함께 모습을 감추고 보이지 않았다. 결국 정민이를 불러 세우는 걸 포기한 진희는 터벅터벅 걷기 시작했다.

이른 아침은 초여름에도 공기가 상쾌하고 선선했다. 진희는 활짝 갠 하늘을 올려다보며 오랜만에 환하게 웃었다.

✳ ✳ ✳

드디어 여름 방학이 시작되었다. 아침부터 아이들은 더운 날씨에 지쳐 책상에 엎드려 있었다. 방학 중에도 학원에 다녀야 한다고 푸념을 늘어놓는 아이들이 있는 반면, 여행 계획에 잔뜩 들떠 있는 아이들도 있었다.

간단히 방학식을 마치고 집으로 돌아가는 학생들의 와자지껄함이 학교 전체를 울렸다. 학생들이 하나둘 빠져나간 교실에 진희는 자리에 앉아 창밖을 내다보며 깊은 생각에 빠져 있었다.

정민이 가방을 메며 그런 진희에게 물었다.

"집에 안 가?"

진희가 천천히 고개를 돌려 정민을 쳐다보았다.

"가야지."

"그런데 왜 그렇게 멍하니 앉아 있어?"

"나……."

"뭐?"

진희가 말을 꺼내다 말자 정민이 다시 물었다. 그러자 진희는 웃으며 아무것도 아니라고 고개를 저었다.

"간다. 방학 잘 보내."

실없다는 표정으로 피식 웃던 정민이 손을 흔들고는 교실을 나갔다. 홀로 남겨진 진희는 다시 창밖으로 쓸쓸한 시선을 던졌다.

그렇게 기다리던 조혈모세포 기증자가 최종적으로 기증을 거부했다. 그 소식을 들었을 땐 하늘이 무너지는 것 같았다. 벌써 몇 번째인가. 집에 가면 엄마는 분명 울고 있을 것이다.

툭하면 코피가 쏟아지고, 여기저기 멍이 들고, 상처가 잘못 나면 병원에 가야 지혈을 할 수 있는 병. 정상적인 학교생활은 힘들 것이라며 병원에서 말렸지만 힘없이 병원에 누워 있고 싶지는 않았다.

아프기 시작하면서 단 한 번도 다른 일로 부모님의 마음을 아프게 한 적이 없었다. 딸이 힘든 병에 걸렸다는 것만으로도 미안해하고 고통스러워하는 부모님께 다른 짐까지 짊어지게 하고 싶진 않았다. 조용하고 얌전하며 공부를 열심히 하는 모범생이 병과 함께 얻은 진희의 또 다른 이름이다.

진희는 책상 위에 팔을 올렸다. 마치 주근깨처럼 보이는 갈색의 바늘 자국들이 촘촘히 박혀 있었다. 간호사가 주사를 놓을 때마다 잘 참는다고 칭찬을 하지만 주사는 언제 맞아도 아프다. 주사 맞는 것이 익숙해지더라도 고통은 익숙해질 수 없는 것이었다.

진희는 양팔로 제 몸을 감쌌다. 도망가고 싶다. 아주 멀리.

"바다 보러 갈래?"

불쑥 들리는 소리에 진희가 화들짝 놀라 고개를 돌렸다. 집에 간 줄 알았던 정민이 빙그레 웃으며 서 있었다.

두 사람은 서울에서 인천까지 전철과 버스를 타고 모르는 길을 물어물어 을왕리까지 왔다. 해변은 벌써부터 사람들로 만원이었다.

학교에서는 그리도 우울하기 짝이 없더니, 넓은 바다를 보니 진희는 금세 기분이 좋아졌다. 탁 트인 바다가 답답했던 가슴을 시원하게 뚫어 주는 기분이 들었다. 이래서 사람들은 바다를 찾는 모양이다.

"모래 밟아 볼래?"

정민은 당장 신발을 벗을 사람처럼 허리를 굽히며 물었다. 진희는 빙긋 미소를 지으며 고개를 저었다.

"발에 상처 나면 안 돼."

"아……."

"분위기 깨서 미안."

진희가 혀끝을 깨물며 미안하다고 사과를 하자 정민은 허리를 펴고 얼른 손을 저었다.

"아니야, 아니야. 괜찮아."

"넌 내가 어디가 그렇게 아픈지 궁금하지 않아?"

"별로."

"진짜?"

진희가 고개를 약간 기울여 믿을 수 없다는 표정으로 되물었다.

"그래. 진짜. 너 은근히 공주병이다?"

"뭐?"

"우리 반에서 네가 어디가 아픈지 궁금한 사람 아마 아무도 없을걸?"

"치."

"왜? 이제라도 궁금해해 줄까?"

정민이 짓궂게 웃자 진희는 새침하게 말했다.

"필요 없네요. 내가 정말 공주병이라도 걸린 줄 알아?"

"공주잖아. 얼음 공주."

무슨 소리냐는 표정에 정민이 팔꿈치로 진희의 팔을 툭 쳤다.

"에이, 모르는 척하기는. 하도 새침데기처럼 굴어서 네 별명이 얼음 공주잖아."

"예쁘네. 얼음 공주."

말은 그렇게 하면서도 진희는 영 못마땅한 표정이었다. 정민은 어쩐지 그 모습이 마냥 귀여웠다.

"이번 야영 말이야. 너도 가?"

"못 가."

바다를 바라보며, 진희가 퉁명스레 대답했다. 여름 방학 중 야영 캠프가 계획되어 있었지만 진희는 불참하겠다고 선생님께 말씀드렸다. 그때쯤이면 입원해 있을 확률이 높았다.

"왜?"

"엄마가 허락 안 하셔."

진희는 이렇게만 대답했다.

"그렇구나."

"왜? 아쉬워?"

마치 복수라도 하듯 진희가 짓궂게 물었다. 너무 노골적으로 물어본 것도 그렇지만, 속마음을 들킨 것 같아 정민은 살짝 얼굴을 붉히고 말았다.

"이상한 소리 하고 있다. 아프다더니 몸이 아니라 머리가 아픈 건 아니냐?"

"어응. 쫄기는."

이번에는 진희가 눈을 가늘게 뜨고는 정민의 옆구리를 쿡 찔렀다. 정민은 황당한 웃음을 흘렸다.

"신발은 못 벗지만, 우리 조금 걷자."

진희의 제안에 정민이 고개를 끄덕였다. 사람들의 대화 소리와 아이들의 웃음소리, 그리고 아득하게 들려오는 파도 소리를 벗 삼아 두 사람은 한동안 걷기만 했다. 그러다 먼저 말을 꺼낸 건 진희였다.

"장기 이식에 대해 생각해 본 적 있어?"

정민은 적잖이 놀랐다. 장기 이식은 드라마나 영화, 아니면 뉴스에서나 보았지 단 한 번도 직접 들어 본 적도, 생각해 본 적도 없는 일이었다.

"무섭게 그런 얘기는 왜 해?"

"그냥."

"혹시 장기 필요하냐?"

"훗."

진희가 갑자기 웃음을 터뜨렸다.

"아아, 그 장기 매매범 같은 소리는 뭐야."

"야! 네가 먼저 뜬금없이 물었잖아."

"하하하. 그래도 그렇지. 심각한 얼굴로 '장기 필요하냐?' 이건 좀 웃기잖아."

진희는 숨이 넘어갈 것처럼 배를 부여잡고 깔깔깔 웃었다. 민망함에 정민은 입술을 삐죽거리며 툴툴거렸다. 한참 웃던 진희가 정민의 등을 툭툭 두드렸다.

"미안해. 갑자기 너무 웃겨서."

"미안하면 그만 좀 웃지?"

"알았어, 알았어."

그래 놓고도 잠시 더 웃던 진희가 이번엔 이렇게 물었다.

"넌 나중에 뭘 하고 싶어?"

누군가 장래 희망을 물어 올 때마다 정민은 그냥 생각나는 대로 아무거나 말하곤 했다. 아주 어렸을 때는 대통령이 되고 싶다고 했었는데, 지금은 좋은 대학에 들어가는 게 꿈이라고 아주 모범적인 대답을 해 왔다. 그렇게 어물쩍 넘어가던 대답을 진희의 물음에 문득 다시 고민하게 되었다. 나는 과연 뭘 하고 싶은 걸까.

"난 결혼해서 아이를 낳고 싶어."

정민은 의아한 눈으로 진희를 바라보았다. 대다수의 여성이 자연스럽게 겪게 되는 일을 소원처럼 말하는 진희의 쓸쓸한 미소가 가슴을 꽉 쥐는 것 같았다. 뭐라고 대꾸라도 해야 할 것 같은데, 정민은 바보처럼 입만 벙긋거리고 말았다.

"이제 가자. 집에서 걱정하실 거야."

말을 잇지 못하는 정민의 고민을 해소시켜 주듯 진희가 웃으며 말했다. 그것마저도 말로 대답하지 못하고 정민은 고개를 끄덕이는 것으로 대신해야 했다.

해변가를 벗어나면서 진희는 잔잔하게 일렁이는 바다를 한 번 더 바라보았다. 다음에는 따뜻한 모래를 밟아 보고 싶다는 소망을 바람에 실어 보냈다.

제 8 장

옛이야기가 끝나고 정민이 안타까운 표정으로 말했다.

"선생님은 진희가 많이 아프다고 했어요. 일찍 알았다면 좋았을 텐데……."

"……."

"전 그것도 모르고 아픈 애를 데리고 을왕리까지 다녀왔지 뭐예요."

"……."

"학교 앞에서 헤어졌던 진희의 뒷모습이 아직도 잊히지 않아요. 잊을 수가 없죠. 그게 마지막이었으니까요."

다경은 무릎에 올려놓은 손을 꽉 움켜잡았다. 시선을 내린 채 쓸쓸하게 웃는 정민을 바라보고 있자니 코끝이 시큰하게 아파 왔다. 목구멍도 뻑뻑하게 아파 오더니 이내 눈동자가 빠르게 젖어

들었다.

"너무 우울한 얘기를 했……. 역자님."

아무것도 모른 채 시선을 들었던 그의 얼굴에 당혹감이 번졌다. 다경은 눈물을 주룩주룩 흘리고 있었다.

정민이 놀라서 냅킨을 가지러 간 사이 다경은 세상에서 가장 서러운 사람처럼, 소리 없이 펑펑 울었다. 정민이었구나. 그래…… 정민이었어. 바보. 왜 몰라본 거야.

"저기…… 역자님……."

자리로 돌아온 그가 냅킨을 내밀었지만 그녀가 할 수 있는 건 그저 하염없이 우는 일이었다. 아쉬움으로 가득한 학창 시절의 마지막을 지켜 준 그를 다시 만난 것이 기적 같았다.

"죄송해요. 제가 괜한 말을 했나 봐요."

다경이 울음을 멈추지 않자 그는 안절부절못하며 자신을 탓했다. 그가 이번에는 차가운 물을 가지고 와서 내밀었다.

"역자님. 물이라도 좀 마셔요."

미안해서 어쩔 줄 몰라 하는 그를, 다경은 물끄러미 바라보았다. 그리고 꽉 잠긴 목소리로 말했다.

"세원……중학교."

"……네?"

뜻밖의 말에 충격을 받은 얼굴로 정민이 멍하니 그녀를 바라보았다. 다경은 한 번 더 목에 힘을 주어 말했다.

"2학년 3반."

"……."

"나야. 이진희."

두 눈을 깜빡이자 고여 있던 눈물이 그녀의 볼을 타고 흘러내렸다. 그는 꿈속을 헤매는 것만 같은 표정으로 다경을 빤히 쳐다보았다. 다경이 촉촉하게 젖은 눈을 한 번 더 깜빡였다. '내가 진희야.' 라고 속삭이듯⋯⋯.

"어⋯⋯ 그러니까⋯⋯."

흘러나오는 목소리가 요동을 쳤다. 정민은 목을 가다듬고 다시 말했다.

"역자님이⋯⋯ 그⋯⋯ 이진희라고? 요?"

"훗."

여전히 혼란스러운 그의 대꾸에 다경은 낮게 웃음을 터뜨렸다. 휘몰아치던 감정이 가라앉자 자연스럽게 눈물도 멈추었다.

다경은 안경을 벗고 눈물로 엉망이 된 얼굴을 조심스럽게 닦아냈다. 빤히 쳐다보는 그의 시선엔 의구심이 남아 있었다. 혼란한 마음을 정리하지 못하는 것이 분명해 보이는 그를 위해, 다경이 입을 열었다.

"이 말을 먼저 해야 하는구나. 나 10년 전에 개명했어. 진희에서 다경으로."

"왜⋯⋯."

그녀에게 시선을 붙박은 채 정민이 속삭이듯 물었다. 다경은 엷은 미소를 지었다.

"어렵게 골수를 이식받았는데 무사히 완치되길 바라는 엄마의 기도 같은 것이었어."

"그래서 그랬구나."

여전히 실감나지 않는 얼굴로, 정민이 중얼거렸다. 어느 정도 마음을 추스른 다경이 물었다.

"뭐가?"

"우리가 널 찾으려고 엄청 노력했는데, 찾을 수가 없었거든. 이름이 바뀌어서 못 찾았었나 봐."

"우리 누구?"

"주연이랑 수연이. 그리고 민석이. 얼마 전에도 만났는데."

그리운 이름을 듣게 되자 다경은 다시금 눈물을 터뜨렸다.

"그랬구나. 너희가…… 날 찾았구나."

대답하는 그녀의 목소리가 심하게 떨렸다.

"아…… 나 너무 바보 같다."

뒤늦게 주변 사람들의 시선을 느낀 다경이 손으로 얼굴을 가리며 중얼거렸다. 주변을 둘러보던 정민이 말했다.

"바람 쐴까?"

다경이 고개를 끄덕였다.

늦은 오후의 바람을 맞으며 청계천을 따라 걸었다. 북적이는 사람들 사이를 걷다 보니 격한 감정에 터진 눈물도, 그리고 놀란 가슴도 모두 정리가 되었다.

"몸은…… 괜찮은 거야?"

침묵을 깨고 정민이 조심스럽게 물었다. 다경은 그를 바라보며 빙그레 웃었다.

"다 나았으니까 이렇게 멀쩡하게 돌아다니지."

우뚝 걸음을 멈춘 정민이 그녀를 빤히 쳐다보았다. 다경은 영문을 몰라 그의 얼굴을 멀뚱멀뚱 쳐다보았다. 밀려드는 안도감을 이기지 못하고 정민이 다경을 와락 끌어안았다.

"어!"

깜짝 놀란 다경이 외마디 소리를 흘렸다. 청계천의 물 흐르는 소리가 두 사람을 에워쌌다.

"다행이다. 정말 다행이야."

답답할 정도로 다경을 꽉 끌어안은 정민이 읊조리듯 말했다. 다경은 천천히 손을 들의 그의 등을 감쌌다.

"고마워."

그의 진심에 다경은 마음이 따뜻해졌다.

포옹을 풀고 민망한 웃음을 나눈 두 사람은 다시금 걸음을 옮겼다.

"처음에 검토서 의뢰한다는 문자를 받았을 때 내가 아는 사람의 이름과 똑같아서 얼마나 놀랐는지 몰라. 동명이인인가? 혹시 정민인가? 하면서 한참을 고민했어."

"그래서 연락이 늦은 거였어?"

"그렇게 된 셈이지."

"끝까지 연락 안 했으면 서로 모른 채 영영 못 만났을 텐데, 연락 줘서 고맙네."

"새삼스럽게 무슨……."

다경이 얼굴을 붉히며 민망해했다.

"그러고 보니까 서로 같은 사람 얘기하는 것도 모르고, 남 말 하듯 했다. 그치?"

"네가 인기 많았다고 한 건 취소할래."

새침한 표정으로, 다경이 선언했다. 그러자 정민이 뒷짐을 지며 엄하게 말했다.

"어허. 이제 와서 발뺌을 하면 쓰나."

"네 입으로 인기 많았다고 하는 거, 좀 낯간지럽지 않아?"

"난 한 번도 내 입으로 인기 많다고 한 적이 없어요."

정민은 계속 훈장 선생님처럼 말했다. 다경은 핏, 하고 웃고 말았다. 이제 와서 부정해 봐야 소용없는 일이기도 했고, 실제로 정민의 짝이라는 이유만으로 여학생들의 눈총을 받으며 지낸 건 사실이니까 말이다.

"우리 엄마는 예전에 네가 중학생 주제에 키 크고 잘생겼다고 하더라."

"어? 어머니가 날 보셨어?"

전혀 몰랐던 사실에 놀라서 정민이 물었다.

"공에 맞아서 네가 집에 데려다준 적 있잖아. 그때 옥상에서 빨래 널다가 보셨대."

"역시. 어른들 눈이 정확하다니까?"

"잘났어 정말."

가소롭다는 듯 입술을 삐죽이며 다경은 다시금 웃고 말았다. 허무하고 웃겨서 자꾸 웃음이 나왔다. 당사자가 앞에 앉아 있는 것도 모르고 인기가 많았다느니 이런 얘기를 했다는 사실이 황당하기만 했다.

"이렇게 계속 걸으면 한도 끝도 없을 것 같은데."

걸음을 멈춘 정민이 청계천 끝을 가리켰다. 두 사람은 청계천 위로 올라와 가까운 곳에 있는 카페로 들어갔다. 이번에는 과일 주스를 주문해 창밖을 내다볼 수 있는 스툴 의자에 나란히 앉았다.

"네가 아파서 학교를 그만두었다는 소리를 들었을 때 반 애들이 많이 미안해했어. 그것도 모르고 새침데기에 깍쟁이라며 거리를 뒀으니까 말이야."

"내가 유별나고 까칠했던 건 맞지. 친구들은 잘못 없어."

"뒤늦게나마 널 그만큼 이해할 수 있게 되었다는 얘기겠지."

다경은 생각에 잠긴 얼굴로 주스만 마셨다. 기적처럼 재회를 했는데 분위기가 가라앉는 것 같아 정민이 활기차게 말했다.

"세상이 참 좋아져서 졸업하면서 연락이 끊긴 애들하고 다시 만나게 됐어. 동창회 같은 것도 하는 것 같아. 난 귀찮아서 안 나가 보니 잘 모르겠지만."

"……"

"몇 달 전에 애들 만났을 때도 네 얘기 했어. 다들 많이 보고 싶어 해."

"애들 많이 변했겠지?"

그리운 표정으로 다경이 물었다.

"그럼, 나이가 벌써 서른이 넘었는데 그래도 어린 시절 모습은 아직 남아 있어. 아마 만나 보면 금방 알아볼 거야. 우리도 그랬으니까."

"보고 싶다."

"조만간 보자. 내가 애들한테 연락할게."

"후후. 그래."

"아, 말 나온 김에 애들 전화번호 알려 줄게."

정민이 가방에서 휴대폰을 꺼내려고 하자 다경이 그의 팔에 손을 얹으며 고개를 저었다.

"아니야. 만나서 직접 받을래."

"그래, 그럼."

웃음을 나눈 두 사람은 잠시 창밖을 내다보며 남은 주스를 마저 마셨다.

"번역가라는 직업 말이야."

"……."

궁금한 표정으로 쳐다보는 다경을 향해 정민이 부드럽게 웃었다.

"너랑 잘 어울려."

"훗. 싱겁기는……."

"넌 공부도 잘했고, 책도 많이 읽었잖아. 책 읽기 싫어하는 사람이 과연 번역 일을 잘할 수 있을까, 뭐 이런 생각을 가끔 하거든. 그런 면에서 너에게 잘 맞는 일을 찾은 것 같아."

"좋네. 나랑 잘 어울린다니……."

싱긋 미소를 지어 보인 다경의 시선이 다시 창밖으로 향했다.

번역 일을 딱히 하고 싶어서 시작한 건 아니었다. 면역 치료를 받는 것이 힘들어서 학교는 다닐 수 없었고, 이식을 받은 후에도 꽤 오랫동안 집에서 요양만 하다가 뒤늦게 검정고시로 중고등학교 과정을 마쳤다. 번역가는 건강이 많이 호전되었을 때 대학 진학을 고민하면서 선택했다.

정민의 말대로 책 읽는 것을 좋아했고, 특히 일본어에 관심이 많았기에 자연스럽게 그쪽으로 전공하게 된 것이다. 프리랜서로 재택근무가 가능하다는 점도 마음에 들었다. 다행히 흔한 말로 공부가 가장 쉬웠기에 대학 입학은 물론이고 무난히 졸업까지 할 수 있었다.

오로지 주변 환경과 내 몸에 맞춰 선택한 일인데, 잘 어울린다고 해 주니 다경은 번역가라는 일이 새삼 다르게 느껴졌다.

"그런데 너 아까 나한테 하려던 얘기 있던 거 아니야?"

"어?"

정민이 놀라서 다경을 쳐다보았다.

"옛날 얘기 시작하기 전에 엄청 심각한 얼굴로 오해하지 말라면서 하려던 얘기 말이야."

"아…… 그랬나?"

까맣게 잊고 있던 얘기에 정민이 얼렁뚱땅 넘어가려고 하자, 다경이 고개를 기울여 꿰뚫듯 그를 흘겨보았다.

"무슨 오해를 하지 말라는 거야? 응?"

"하하하하. 그러니까 그게 말이야."

이리저리 눈동자를 굴리던 정민은 마지못해 말을 꺼냈다.

"역자님을 만나게 되면서 떠오르는 친구가 있다. 내가 업무 관계자들과 사적으로 밥 먹으러 다닐 정도로 헤픈 남자가 아니다.

그렇다고 친구가 생각나서 역자님을 따로 보자고 한 것도 아니다. 그러니 오해는 없었으면 좋겠다. 이 말을 하려고 했었지."

정민은 뻔뻔한 표정으로 이야기를 마무리 지었다. 한눈에 반했다느니 하는 얘기는 절대로 할 수 없었다. 진희가 떠오르면서 호감이 생기긴 했으나, 진희라는 걸 알았으니 그런 감정은 이제 사라져야 하는 때였다.

"그게 다야?"

믿을 수 없다는 표정으로 다경이 되물었다.

"그럼 그게 다지. 내가 무슨 얘기를 할 줄 알았는데?"

"당신 속마음을 내가 어떻게 알겠어요. 그렇다고 하시니 그런 줄 알아야지."

다경이 빨대를 입에 물며 새초롬하게 대꾸했다. 그러다 카페에서 흘러나오는 음악을 듣고 있던 다경이 불쑥 말했다.

"방학식 날."

보이지 않게 박자를 맞추고 있던 정민이 고개를 돌렸다.

"2학년 여름 방학식 날 말이야."

정민이 '그건 왜?' 하는 표정으로 다경을 쳐다보았다.

"그때 고마웠어."

"뜬금없이 인사는……."

다경이 살며시 미소를 지었다.

"반 애들이 야영 캠프 때 보자면서 집으로 가는데, 그 말이 그렇게 서러울 수가 없는 거야. 난 이제 학교 못 나오는데, 운이 나쁘면 죽을 수도 있는데, 아무것도 모르는 애들이 다시 만나자고 하니까 가슴이 막 미어지려 하더라고."

웃음기가 사라진 다경을 보고 있자니 정민은 가슴이 먹먹해졌다.

"실제로 공여자 기다리다가 죽은 사람들이 있거든. 나도 두어 번 공여를 거절당했기 때문에 이러다가는 영영 죽을 수도 있겠다는 생각을 했었어."

무슨 말을 해야 할지 알 수 없어, 정민은 그저 다경을 안쓰럽게 바라보았다.

"지금이야 좋은 분을 만나서 이렇게 멀쩡하게 살아 있지만, 그때는 정말 절망뿐이었어. 이제 집에 가면 오랫동안 밖으로 못 나오는데 도망이나 갈까? 뭐 이런 생각을 하고 있었거든. 그때 집에 간 줄 알았던 네가 돌아왔어. 바다 보러 가자면서."

아득하게 바라보는 다경의 시선에 정민은 심장이 저릿저릿했다.

바다를 보러 가자고 한 건 정말 충동적이었다. 혼자 남아 있는 그녀가 너무 쓸쓸해 보였기 때문이다.

그때는 스마트폰이 뭔가. 휴대폰을 소지한 학생도 많지 않을 때라 을왕리까지 가는 데 길을 몰라서 애를 먹었다. 지금 생각해 보면 아픈 애를 데리고 무슨 짓을 했나 싶을 정도로 정신 나간 도전이었다.

다경의 말이 이어졌다.

"입원 날짜는 이미 정해져 있었지만, 내 마음은 준비가 덜 되었다고 해야 하나? 누군가에게 내 사정을 알리는 것이 겁났던 것 같아. 무슨 자존심인지 애들이 날 동정하는 것도 싫었고 말이야. 그때의 심정은 '복잡하다'라는 말로밖에 설명이 잘 안 돼. 그런데

넓은 바다를 보고 나니까 마음이 편안해지더라. 을왕리 갔던 거,
나한테는 나름 일탈이었거든."

고마운 표정의 다경이 뿌듯하게 웃었다. 그러나 정민은 착잡했
다.

"아까도 잠깐 말했지만, 개학하고 나서 선생님한테 네가 아프
다는 얘기를 들었을 때 난 엄청 후회했어. 무사히 돌아오긴 했어
도 가다 오다 네가 다치기라도 했으면, 중간에 힘들어서 쓰러지기
라도 했으면 어쨌을까, 생각하니까 정신이 다 아찔하더라고. 정말
미친 짓을 했구나 싶었어."

"하늘이 도와줬다고 믿어. 면역 치료를 앞두고 갈피를 잡을 수
없었던 내 마음을 달래 주기 위해 처음부터 끝까지 도와준 거라
고 말이야. 그래서 고마워. 하늘도 너도……."

해사한 미소의 그녀를 멍하니 보고 있던 정민이 덥석 다경의
손을 붙잡았다. 주스를 마시다 말고 다경이 놀라서 쳐다보았다.
정민의 얼굴에 근심과 두려움이 가득했다.

우연히 읽게 된 책에서, 기증을 약속하고도 50%에 가까운 사
람들이 기증을 거부한다고 했다. 기증하겠다는 약속을 믿고 몸 안
의 골수를 모두 죽이는 이식 준비를 하던 한 환자는 기증자의 기
증 철회로 죽음에 이르기까지 했다고 하니 얼마나 무서운 일인가.

환자들은 무균실에 들어갈 때 여기서 나가지 못할 수도 있다는
두려움을 갖는다고 했다. 기증 철회에 대한 두려움을 견디고 또
견뎌야 하는 것이다.

그것뿐인가. 이식받은 후에도 이식받은 골수가 내 몸에 잘 적

응하기를 빌고 또 빌며 여러 날을 보내야 한다.

그런 시간을 이겨 내고 건강한 모습으로 제 앞에 있는 다경이 너무 고마웠다. 그리고 다경에게 건강을 찾아 준 공여자에게도 고마웠다.

"왜?"

그에게 잡힌 손을 잠시 어리둥절하게 바라보던 다경이 조용히 물었다.

"이젠 아프지 마."

"후후. 안 아파. 요즘은 감기에도 잘 안 걸려."

이제는 아프지 않다는데도 정민은 이상하게 불안했다. 다른 사람들처럼 외출도 하고, 같이 호흡하고, 공공장소에서 같이 식사를 하는데도 건강하다는 그녀의 말이 잘 믿겨지지 않았다.

"절대 아프면 안 돼."

진지하다 못해 정색하는 정민을 물끄러미 바라보던 다경이 제 손을 잡고 있는 그의 손등을 가볍게 토닥였다.

"알았어. 안 아플게."

의지와 상관없이 얻게 된 병이었음에도, 다경은 다짐하듯 그렇게 약속했다. 정민이 고개를 한 번 끄덕이고는 다경을 잡고 있던 손을 거두었다.

"이제 다경이라고 불러야 하는 거지?"

가라앉은 분위기를 만회해 보려는 듯, 정민이 웃으며 물었다.

"난 아무 이름이나 상관없는데, 우리 엄마는 다경이라고 부르길 원하실 거야."

"네가 완치되길 기도하는 마음으로 지은 이름인데 그럼 그렇게 불러 드려야지. 흠, 흠!"

헛기침을 몇 번 하는 정민의 표정이 진지했다.

"다경아."

"……."

눈을 동그랗게 뜨고 쳐다보던 다경이 난데없이 정민의 팔뚝을 때리기 시작했다. 깜짝 놀란 정민이 그녀에게 맞은 팔을 문질렀다.

"갑자기 왜 때려?"

"네가 부르니까 이상해."

"이상하긴 뭐가 이상해. 다경아."

"야아! 하지 마."

다경이 질색을 하며 몸서리를 쳤다. 그 반응이 재밌어서 정민은 계속 다경의 이름을 불렀다.

"이다경."

"으응! 하지 말라니까!"

"다경아. 이다경?"

"죽을래?"

이젠 양손으로 때리기 시작하자 결국 정민은 항복을 했다. 정민이 숨이 넘어갈 듯 웃었다.

"하하하하. 알았어, 알았어. 그만 때려. 너 손 엄청 매운 거 알아?"

"후우!"

심한 운동이라도 한 사람처럼 길게 숨을 내뱉던 다경이 검지를 들어 보이며 경고했다.

"다시는 그렇게 부르지 마."

"그냥 이름을 부른 건데 뭐가 문제야."

"아무튼, 하지 마."

영 이해할 수 없다는 표정이었지만, 정민은 순순히 고개를 끄덕였다.

다경은 강조하듯 한 번 더 그를 흘겨보고는 남은 주스를 빨대로 쭉쭉 빨아 마셨다. 다정하게 이름을 불러 주는 부드러운 눈빛에 심장이 녹아내리는 것 같았다. 어처구니없게도 말이다.

거리가 네온사인으로 물들기 시작할 무렵, 두 사람은 카페에서 나왔다.

"저녁 먹고 갈래?"

"오늘은 이만 헤어지자. 오랜만에 나왔더니 조금 피곤해."

"병원 가야 하는 거 아니야?"

피곤하다는 말에 놀란 정민이 호들갑스럽게 물었다. 다경은 손바닥을 들어 보이며 웃었다.

"그런 거 아니야. 괜찮아."

"정말?"

"정말 괜찮아. 반나절 이상 외출해 본 적이 없어서 피곤한 것뿐이야."

그래도 정민의 얼굴엔 걱정이 가득했다. 지하철역에 도착했을 때도 정민은 다시 걱정을 드러냈다.

"그러지 말고, 택시 타고 가."

"어휴, 쫌."

못 말린다는 표정으로 다경이 정민의 팔을 찰싹 때렸다.

"어떻게 우리 엄마보다 걱정이 더 심한 것 같아."

"무딘 것보다 낫지 뭘 그래?"

"걱정이 심해도 탈인 건 몰라요?"

새침한 대꾸에 정민은 피식 웃고 말았다. 곧 열차가 도착한다는 안내 방송이 나왔다. 다경은 정민이 메고 있던 자신의 가방을 달라는 표정으로 붙잡았다.

"애들하고 약속 잡을게."

"그래. 약속 잡고 연락 줘."

"응."

아쉬움을 실은 열차가 플랫폼으로 빠르게 진입했다. 다경이 전철에 오르고, 정민은 그녀가 자리를 잡을 때까지 시선을 떼지 않았다. 자리가 있었으면 좋았을 텐데, 그녀의 무거운 가방이 계속 마음을 짓눌렀다.

"안녕."

열차가 움직이자 정민과 눈을 맞춘 다경이 손을 흔들며 입으로 인사했다. 손을 들어 작별 인사를 마친 정민은 그녀를 태운 전철이 보이지 않을 때까지 어두운 터널을 한참 동안 쳐다보았다.

제 9 장

"으어어, 오늘은 왜 여기야?"

민석이 방으로 들어오며 물었다. 모일 때마다 연기가 자욱한 고깃집이었는데, 오늘은 한정식집이었다. 장소를 예약해 둔 정민이 가장 먼저 도착해 있었고, 수경과 주영은 단짝답게 함께 도착했다. 그리고 마지막이 민석이었다.

"조금만 기다려 봐."

정민이 시계를 확인하며 말했다.

"뭘 기다리는 거야?"

"설마! 너 여자친구 소개해 주려고?"

"오!"

"아니거든, 아니거든. 정신 차리세요."

정민은 정색을 하며 김칫국부터 마시는 친구들을 진정시켰다.

"그럼 뭘 기다리라는 거야? 오늘 뭐 거창한 요리라도 나와?"

벌써 임신 6개월 차가 되어 배가 많이 부른 주연이 심드렁한 얼굴로 미리 세팅되어 있던 반찬을 집어 먹었다. 못 참겠는지 수경도 덩달아 젓가락을 들고는 샐러드를 향해 팔을 뻗었다. 이미 민석은 조용히 전을 먹고 있었다.

'올 때가 됐는데.'

이미 식사를 시작한 친구들을 눈치 못 챈 정민이 초조하게 쳐다보고 있던 문이 열렸다. 그리고 그 문 너머로 다경이 모습을 드러냈다.

"어……."

다경을 바로 알아보지 못한 세 사람이 알쏭달쏭한 표정으로 정민을 쳐다보았다. 정민은 맞춰 보라는 표정으로 다경을 향해 손짓했다.

긴가민가해하는 친구들을 둘러보던 다경은 쓰고 있던 안경을 벗고 다시 친구들을 바라보았다. 잠시의 어색한 침묵이 흐르고 주연이 머뭇머뭇 입을 열었다.

"설마…… 진희?"

"정말?"

상기된 얼굴의 수경이 먼저 자리에서 일어났다. 이어 민석이 따라 일어났다.

"정말 진희야?"

"진짜?"

긴장된 표정으로 서 있던 다경이 고개를 끄덕였다.

"진희야!"

수경이 비명에 가까운 소리를 지르며 다경에게로 달려가 와락 끌어안았다. 민석도 한달음에 달려가서 다경의 어깨를 토닥였다.

"아앙, 정민아!"

부른 배 때문에 자리에서 일어나지 못한 주연이 울 것 같은 얼굴로 잡아 달라는 듯 손을 뻗었다. 정민은 함박웃음을 지으며 주연을 일으켜 주었다.

"진희야, 진희야."

주연이 손을 뻗으며 달려가자 다경이 그 손을 다정하게 붙잡았다.

"진희야, 보고 싶었어."

감정이 폭발한 주연이 눈물을 줄줄 흘렸다. 다경도 감격해서 눈물이 날 것처럼 목이 따가웠다.

"진희야, 정말 반갑다."

"그동안 어떻게 지냈어?"

"연락도 한 번 안 하고, 얄미워."

친구들이 돌아가며 반가운 투정을 늘어놓았다. 소란스러운 인사로 다른 손님들에게 민폐를 끼칠 것 같아 정민이 서둘러 정리하고 나섰다.

"인사는 그쯤에서 하고, 밥 먹으면서 얘기하자."

"그래, 그래."

"어서 들어가자."

흥분이 가시지 않은 수경과 주연이 다경의 손을 각각 잡고서 테이블로 이끌었다. 주연과 수경 사이에 다경이 앉고 정민과 민석은 맞은편에 앉게 되었다.

"어떻게 된 거야."

"그래. 말없이 학교를 그만둬서 정말 슬펐어."

여전히 다경의 손을 하나씩 잡고 있는 주연과 수경은 그녀를 감격스럽게 쳐다보았다.

"미안해. 그때는 이렇다 저렇다 말할 상황이 아니었어."

"그런데 정민이랑은 어떻게 연락이 된 거야?"

뒤늦게 떠오른 의문에 모두 정민을 쳐다보았다. 정민은 친구들이 부디 엉뚱한 소리는 못 하게 해 달라고 속으로 빌며 말했다.

"지난번에 말한 이다경 역자가 진희야."

"뭐어?"

"정말?"

"엄청나네."

다들 다경을 신기하게 쳐다보았다. 감탄을 금치 못한 얼굴로, 수경이 외쳤다.

"너 그때 이다경 역자를 보니까 진희가 생각난다고!"

"하하하. 그래. 그랬지, 친구야."

정민이 민망한 웃음을 흘리며 자신을 가리키는 손가락을 꼭 쥐어서 밑으로 내렸다. 이어 주연이 말했다.

"이야, 이거 완전 대단한 인연 아니냐? 어떻게 이름이 다른데 진희를 떠올릴 수 있어? 이렇게 보니까 얼굴도 달라진 것 같아. 머리 때문인가?"

주연이 예쁜 이마를 가리고 있는 앞머리를 훌렁 뒤로 넘겼다. 다경이 민망하게 웃는 사이 수경도 거들었다.

"안경을 껴서 그럴지도 몰라. 길거리에서 마주치면 못 알아볼 것 같아."

"아무튼. 이렇게 다시 만난 거 보면 두 사람 무서운 사이야."

"둘이 짝꿍일 때부터 심상치 않았어."

"맞아, 맞아."

"그만 좀 하지? 응?"

친구들의 놀림에 곤혹스러워하는 정민을 보며 다경은 속으로 쿡쿡 웃었다. 자신 역시 이름 때문에 정민을 떠올리고, 혹시나 하는 기대감에 평소와는 달리 담당 에디터까지 만나러 갔었다는 걸 말하면 엄청난 소동이 일어날 것이 뻔했다.

소란을 잠재운 건 요리를 가지고 온 직원이었다. 요리가 차려지고 식사를 하면서 본격적인 대화가 시작되었다. 아무래도 대화의 시작은 다경이 앓았던 병에 대한 것이었다.

다경은 처음에 경증이었다. 약물과 수혈로 치료를 이어 가며 일상생활을 했지만 2학년 1학기 중반이 되면서 상태가 점점 나빠지기 시작했다. 그래도 2학년은 마치고 싶다며 버텼지만 여름 방학을 코앞에 둔 어느 날, 병원에서 면역 치료를 시작해야 한다는 진단을 내렸다. 그러면서 이식을 하자고 했다.

면역 치료를 받는 동안 세 명의 적합자가 나타났으나 골수 기증에 대한 여러 편견들로 기증을 거부했고, 죽을지도 모른다는 공포와 외로움 속에서 지내던 어느 날 기적처럼 또 다른 공여자를 만날 수 있었다.

기증자의 고운 마음 덕분이었는지 이식은 완벽했고, 몸에서 숙주도 일으키지 않고 잘 정착해 빠르게 회복되어 완치 판정을 받게 되었다. 이식 후 요양을 하며 중고등학교 검정고시를 보고 대학교를 졸업한 후에는 번역가로 지내고 있다는, 아주 긴 이야기가 마무리되었다.

"계집애. 연락 좀 하지."

주연이 울 것 같은 표정으로 말했다.

"혼자 얼마나 힘들었어. 저 시커먼 애들은 빼고 우리한테라도 연락 좀 하지. 그럼 우리가 자주 병문안도 가고 했을 텐데."

수경의 말에 남자들이 억울하다는 표정을 지었다. 다경은 고마움의 미소를 지었다.

"그때는 그냥 혼자 있고 싶었어. 너희를 보면 계속 학교 가고 싶을 것 같고, 아픈 게 더 억울할 것 같았거든. 그리고 병원에 있는 동안은 계속 아파서 너희를 제대로 만날 여유도 없었을 거야."

주연이 '그랬구나.' 하고 중얼거리며 다경의 단발머리를 아쉽다는 눈으로 어루만졌다. 이식을 받으면서 머리를 자른 이후 계속 단발머리를 유지해 오고 있다고 했다.

"얘들아."

조용히 친구들의 이야기를 듣고 있던 민석이 끼어들었다.

"우리 모두 함께 기증서를 쓰러 가는 건 어때?"

"오오, 그거 좋은 생각인데? 진희가 기증받아서 살았는데, 친구인 우리가 가만히 있으면 안 되지. 하자!"

"나는 좀 무서운데."

주연이 살짝 겁을 내자 의욕에 찬 민석이 이해한다는 표정으로 고개를 끄덕였다.

"그래. 넌 임산부니까 천천히 생각해. 너는 가자."

민석이 정민의 어깨에 팔을 둘렀다. 정민은 가소롭다는 듯 실소를 흘렸다.

"난 벌써 썼거든?"

다들 놀란 표정으로 정민을 쳐다보았다. 가장 놀란 건 다경이었다.

"정말?"

"언제?"

"어떤 거 썼는데?"

세 사람이 번갈아 가며 숨이 넘어갈 듯 물었다. 정민은 뒷머리를 긁적이며 겸연쩍은 듯 말했다.

"골수 기증서도 썼고, 다른 장기 기증서도 썼고."

진희가 학교를 그만두었을 때 정민은 곧바로 기증 서약서를 쓰고 싶었다. 함께 을왕리에 갔을 때 진희가 했던 말이 꽤 오랫동안 머릿속에 남아 있었기 때문이다.

백만 분의 일이라는 행운이 닿아 내 골수가 진희에게 맞는다면 기꺼이 주겠다는 생각이었고, 진희가 아니더라도 다른 누군가를 위해 기증하고 싶었다. 그러나 당시 그는 미성년자였고, 기증서는 성인이 되어서야 쓸 수 있었다.

"이야. 만약 진희가 네 골수까지 받았다면 진짜 천생연분인데."

"소설을 써라."

천생연분까지는 몰라도, 비슷한 생각을 했었다는 건 숨긴 채, 정민이 코웃음을 쳤다.

정말 그렇게까지 인연이 닿는 기적이 벌어졌다면 소설이든 에 세이든 책으로 엮어서 전 세계의 심금을 울렸을 수도……? 누가 편집자 아니랄까 봐 그는 이런 상상을 하고 있었다.

"솔직히 말해 봐."

정민의 앞자리에 앉은 수경이 심문하는 눈초리로 그를 향해 몸을 약간 숙였다.

"내 골수가 진희랑 맞았으면 좋겠다, 뭐 이런 생각 했었지?"

정민은 정곡을 찔려 등골이 오싹했다.

"엉뚱한 소리 좀 하지 마라."

정민은 정색을 하며 부정했지만 수경은 딱히 믿는 눈치가 아니었다. 주연도 마찬가지였다.

"가만 보면 하정민이가 이진희한테 은근히 순정적이다?"

"내 말이. 학교 다닐 때는 진희가 아플 때마다 업고 뛰고 했잖아."

"이번엔 어떻고. 이름도 다르고 얼굴도 다르다면서 진희가 생각……."

"야!"

당황한 정민이 버럭 고함을 치자 맞은편의 세 사람이 화들짝 놀라서 그를 쳐다보았다. 그러다 주연이 불만을 토로했다.

"하정민. 나 임산부야."

"아…… 미안."

정민은 미안한 표정으로 기도하는 손을 해 보였다. 그냥 두었다가는 한눈에 반해서 그랬다는 둥, 하는 얘기까지 나올 것 같아 어쩔 수 없었다.

그런데 눈치도 없이 민석이 뒤늦게 끼어들었다.

"너희 말이 맞는 것 같아."

정민은 만만한 민석의 뒤통수를 딱! 때렸다. 민석이 아프다는 얼굴로 정민을 쏘아보았다.

"맞긴 뭐가 맞아. 진희 오랜만에 만났는데 엉뚱한 소리는 그만 좀 해."

"아닌데. 맞는 것 같은데."

젓가락으로 뱅글뱅글 원을 그리며 주연이 놀려 댔고, 난처해하는 정민을 보며 친구들이 한바탕 웃음을 터뜨렸다.

한정식집에서 후식까지 끝내고 밖으로 나오니 시간은 어느새 밤 9시가 훌쩍 지나 있었다. 언제 그렇게 떨어져 있었냐는 듯 다들 수다 삼매경에 흠뻑 빠져 있었다.

"2차 가면 좋겠는데, 힘들겠지?"

민석이 아쉽다는 얼굴로 물었다.

"아쉽지만 오늘은 여기서 헤어지자. 주연이가 좀 힘들어하네."

수경의 말에 주연이 제 배를 문지르며 쑥스러운 미소를 지었다.

"진희 아니, 다경아. 미안해. 오랜만에 만났는데 더 있자고도 못 하고."

다경이 얼른 손을 저었다.

"무슨 그런 소리를 해. 나도 오랜만에 나와서 피곤하긴 해. 괜찮아. 다음에 또 보면 되지."

"그래. 통화도 자주 하고 그러자."

여자들이 돈독한 대화를 나누는 사이 민석이 멀리서 다가오는 택시를 향해 손을 들었다. 택시가 멈추자 뒷좌석 문을 열고서 다경의 손을 잡아끌었다.

"늦었으니까 넌 택시 타고 가."

"어…… 나보다는 주연이가 먼저……."

민석의 힘에 떠밀려 몸이 반쯤 들어간 다경에 이어 이번엔 정민까지 욱여넣듯 밀어 넣었다. 어, 하는 사이 뒷좌석의 문이 쾅, 하고 닫혔다. 그러고는 절대 다시 못 연다는 듯 세 사람이 창가에 쪼르륵 붙었다. 정민은 황당한 표정으로 창문을 열었다.

"다들 뭐야?"

"우리 진희, 아니 다경이 잘 부탁해."

민석이 눈을 거의 감은 채 싱글벙글 웃었다. 정민 못지않게 다경도 적잖이 놀란 눈치였다. 그러나 항의할 새도 없이 친구들이 손을 흔들었다.

"다경아, 잘 가. 다음에 또 보자."

친구들이 앞다투어 손을 흔들며 작별 인사를 했다. 일은 이미 벌어졌고, 딱히 어떻게 할 수도 없는 상황이라 두 사람도 손을 마주 흔들었다.

"출발할까요?"

기사가 물었다. 차를 너무 오래 붙잡고 있었던 것이다. 정민은 아차 하는 얼굴로 네, 라고 대답하고는 택시에서 멀어지는 친구들을 향해 주먹을 휘저어 보였다.

택시는 다경의 집을 향해 달리기 시작했다.

"우리 집까지 갈 거 없이 편한 데서 내려도 돼."

"그럼…… 난 내려?"

정민이 엄지로 바깥을 가리켰다. 다경은 당황했다. 내리라고 하자니 야박한 것 같고, 그렇다고 집까지 같이 가자니 미안했다. 우물쭈물 대답을 못 하는데 정민이 말했다.

"집까지 데려다주라고 했는데 너만 보내면 애들이 두고두고 욕할 거야."

"우리 집까지 들렀다 가려면 시간이 너무 오래 걸리지 않아?"

"내일 토요일인데 뭐. 괜찮아."

"후후. 그래, 그럼."

다경은 순순히 그러자며 고개를 끄덕였다.

택시는 조용히 도로를 달렸다.

"벌써 다들 결혼을 했다니, 시간 정말 빠르다."

"다들에서 난 빼 줘."

"그러게. 넌 왜 빠졌을까?"

다경이 놀리듯 물었다.

"너야말로 소원이 결혼해서 아이 낳는 거 아니었어?"

"아……."

뒤늦게 옛일을 떠올린 다경은 조금 당황했다. 당시에는 공여자가 정해지지도 않았고, 상태가 나빠지는 걸 막기 위해 병원에 입원해야 하는 상태여서 무척 감상적이 되어 있었다. 16년이 지나서야 불현듯 그 발언이 민망해졌다.

"그런 건 그냥 잊어 주는 거야."

"하하하. 그래."

정민은 그저 허허 웃었다. 그는 아직도 당시의 광경을 또렷하게 기억하고 있었다. 희망 없는 얼굴로 먼 바다를 보며 중얼거리던 진희의 얼굴을 말이다. 넘실거리는 파도를 따라 기분 좋게 웃고 있지만, 그 뒤에 숨겨진 공허함을 그 어린 나이에도 느낄 수 있었다.

"그대야말로 결혼한 줄 알았는데, 어찌 된 일이야? 애인도 없다고 하고."

다경이 빙그레 웃으며 반격했다. 정민은 쑥스러운 얼굴로 어깨를 한 번 으쓱거렸다.

"어쩌다 보니 그렇게 된 건데, 꼭 이유가 있어야 하나?"

"그런 건 아니지만, 넌 우리 학교 인기 탑이었잖아. 따르는 여자애들이 많았으니까 금방 결혼할 줄 알았어."

"그것도 다 한때지. 지금은 그냥 나이 먹은 아저씨일 뿐이야."

"아저씨는 결혼하지 말라고 누가 막았어?"

정민은 싱겁다는 듯 피식 웃었다.

택시가 다경의 집 앞에 도착했다. 정민은 기사에게 잠깐 기다려 달라 하고, 다경과 함께 내렸다.

"오늘 정말 즐거웠어. 네 덕분이야. 고마워."

다경이 즐거운 목소리로 말했다.

"나도 즐거웠어. 자주 연락하자."

"응."

"들어가."

"그래. 조심히 가."

마지막 인사를 끝내고 머뭇머뭇 택시로 몸을 돌리던 정민이 문득 생각난 사람처럼 물었다.

"혹시 내일 영화 볼래?"

"영화?"

"그냥…… 내일 마침 토요일이고, 약속도 없는데 집에서 빈둥거리느니 영화나 한 편 볼까 생각하고 있던 참이었고, 그러니까 너도 시간 되면 같이 가자, 뭐 이런 아주 단순한 제안?"

정민은 마치 변명이라도 하듯 마구 이유를 갖다 붙였다. 얘기를 하고 보니 뭔가 추파를 던지는 것처럼 느껴졌기 때문이다.

바로 대답이 돌아오지 않아 괜한 소리를 했나, 생각할 때 다경이 빙긋 웃었다.

"그보다는 나 경복궁에 가 보고 싶어."

"경복궁?"

거절은 당하지 않았으니 어디라도 상관은 없는데, 경복궁이라니 조금 의외였다.

"아플 때는 서점도 그렇고 경복궁도 사람들이 많아서 갈 수가 없었거든. 몸이 다 나았어도 좀처럼 안 가게 되더라고. 같이 가 줄래?"

"그래. 같이 가자."

정민은 기분이 좋아져 활짝 웃었다. 말을 꺼낸 건 자신인데, 같이 가 달라는 다경의 말에 마치 데이트 신청이라도 받은 것 같아 기분이 날아갈 것 같았다.

어렸을 땐 짝꿍이었고, 아파서 힘들 때마다 가까이 있었지만 언제나 서먹서먹한 느낌이었는데, 그 벽이 지금에서야 허물어진 기분이 들었다.

"어서 들어가."

정민은 헤벌쭉 웃는 얼굴로 어서 들어가라고 크게 손짓을 했다. 다경은 손을 한 번 흔들어 보이고는 원룸 건물로 들어갔다.

다경이 건물 안으로 완전히 사라질 때까지 지켜보고 있던 정민은 신난 얼굴로 택시에 올랐다.

"많이 기다리셨죠. 죄송합니다."

"아이고, 괜찮습니다."

나이가 지긋한 기사가 기분 좋은 목소리로 대답하고는 차를 출발시켰다.

"여자친구예요?"

한참을 가다가 기사가 물었다.

"동창이에요."

"애인 아니고?"

식사하는 내내 친구들이 다경과 엮으려고 해서 진땀을 뺐는데, 기사님까지 그런 얘기를 하니까 기분이 묘해졌다.

"하하하. 아니에요."

"그래요? 아가씨를 하도 애틋하게 바라보길래, 난 이제 막 만난 사인 줄 알았네."

"네에? 제가요? 무슨 그런 말씀을……."

정민은 당황해서 헛웃음을 흘렸다. 기사님이 룸미러로 정민을 힐끔 쳐다보며 짓궂게 말했다.

"아니라면 아닌 거겠지만, 잘해 봐요. 인연이 뭐 별건가?"

"그런 거 아니라니까요."

"그러니까, 그런 거 아니지만 잘해 보라는 말이죠."

"하아, 아저씨도 참."

기사가 허허허, 웃었다.

내 표정이 어땠다는 거지? 그래도 그렇지, 애틋이 뭐야. 애틋이……. 다경이가 들으면 기겁하겠네.

정민은 창틀에 팔을 걸쳐 턱을 괴고는 민망한 마음을 창밖으로 날려 보냈다.

제10장

토요일 오후. 정민은 다경을 만나러 가기 위해 광화문역에서 내렸다.

밤새 잠을 설쳤는지 정신이 멍했다. 그녀를 다시 만나게 된 것이 신기하고 누구보다 뛸 듯이 기쁜 건 맞는데, 모르는 사람이던 '다경'과 어린 시절 아픈 추억으로 남아 있던 '진희'의 경계가 뒤엉켜 버린 것 같았다.

'아…… 이게 다 그 녀석들 때문이야.'

다경을 만나면서 지나치게 감상적이 되어 버린 자신의 탓도 있었지만, 한눈에 반해서 그렇다느니 하며 바람을 불어넣던 친구들을 탓하지 않을 수 없었다. 거기다 어제는 택시 기사까지 거들었다.

애틋하게 봤다고? 애틋할 수밖에! 아픈 친구였잖아. 인사도 없이 헤어진 친구잖아. 그래서 그런 거야. 오랜만에 만나서 반가움이 조금 과해서 그런 거야.

누가 따지는 것도 아닌데 변명이라도 하듯 속으로 계속 중얼거리던 정민은 다경과 만나기로 한 빵집 안으로 들어갔다. 오늘도 빵을 사기 위해 길게 줄을 선 손님들을 지나 매장 가장 안쪽으로 들어가니 다경이 무언가를 열심히 읽고 있었다.

"오늘은 또 뭘 그렇게 열심히 보고 있어?"

다경이 고개를 들었다. 그와 눈을 맞춘 그녀가 빙긋 웃었다.

"검토서 의뢰받았어."

"어디? 혹시 해림?"

"응."

맞은편에 앉으며, 정민은 그녀가 보고 있던 원고를 덮었다.

"노는 날엔 좀 놀아."

"너 기다리면서 읽은 건데."

"다음부터는 내가 일찍 나와야겠다."

마치 다음을 약속한 사람처럼 너무도 자연스럽게 나온 말에 정민은 속으로 적잖이 놀라고 있었다.

"커피 주문하고 올게."

정민은 모르는 척 슬그머니 커피를 주문하러 갔다. 다른 사람이라면 아무렇지 않을 말인데, 다경과의 일이라면 하나부터 열까지 모든 것이 의식되었다. 민망하게도…….

"애들이랑 을왕리 가자."

커피를 가지고 자리에 앉기 무섭게 다경이 말했다.

"바다 보고 싶어?"

다경이 수줍게 웃었다.

"집에만 있을 때는 몰랐는데, 너도 만나고 애들도 만나고 하니까 가 보고 싶은 곳이 생기네. 엄마가 밖에 좀 나가라고 잔소리를 할 때는 꼼짝도 안 했거든."

저도 모르게 안타까운 마음이 드는데, 다경은 아무렇지 않은 얼굴로 화사하게 웃었다. 자기만 심각한 건가 싶지만 다경이 지나온 시간들이 결코 가볍게 다가오지 않았다. 다시는 다경을 홀로 외롭게 두지 말아야 한다는 알 수 없는 책임감마저 들었다.

"부산은 어때?"

"부산?"

다경의 동그란 눈이 반짝였다. 덩달아 정민도 기분이 좋아졌다.

"네 얘기 들어 보니까 부산도 가 본 적이 없는 것 같아서."

다경은 면역력이 떨어지면서 사람이 많은 장소엔 갈 수 없었다고 했다. 학교를 다닐 때는 괜찮았다지만, 그럼에도 합창곡을 고르기 위해 함께 서점에 가 주었다고 생각하니 가슴이 아릿했다.

"기왕 가는 거 좀 더 넓은 거 보면 좋잖아. 해운대나 광안리로. 우리나라 유명 관광지잖아."

"그래. 가자."

다경이 들뜬 표정으로 고개를 끄덕였다.

어렸을 때는 다경이 이렇게 활짝 웃는 모습을 거의 본 적이 없는 것 같았다. 그녀는 언제나 무표정했고, 목소리는 무미건조했다.

수경이랑 주연과는 어떻게 친해질 수 있었을까 궁금할 정도였다.

초등학교를 다닐 때까지만 해도 다경은 친구들과 잘 어울리고 쾌활한 성격이었다고 한 걸 보면 그게 다 병 때문이라는 게 이해가 됐다. 이름마저 불량한 그 병은 다경을 그렇게 자기만의 세상에 가둔 듯했다. 긴 치료 과정을 거쳐 그녀는 비로소 자신의 본모습을 찾은 것 같아 얼마나 다행인지 모른다.

이다경 역자는 결코 '비사교적'인 사람이 아니라고 하면 선배인 의준은 신기해하면서 한편으로는 샘을 낼지도 모른다고, 정민은 생각했다. 자기 딴에는 세 번의 작업을 함께 해 오면서 그녀와 친하다고 생각하고 있을 텐데 말이다.

그런 생각을 하니 고소했다.

"애들도 같이 가는 거지?"

다경이 신나서 말했다.

'당연하지. 쑥스럽게 단둘이 어떻게 가.'

정민은 고개를 끄덕였다. 조만간 애들에게 연락해서 약속을 잡아 보자고 했다.

해운대와 광안리에 대한 정보를 이것저것 찾다 보니 어느덧 시간이 꽤 흘러 두 사람은 빵집을 나섰다. 오늘의 목적은 경복궁이니 말이다.

경복궁의 입구인 광화문으로 향하는데 한복을 입은 사람들이 여럿 보였다.

"우리도 한복 입고 올걸."

"근처에 대여하는 곳 있어. 갈래?"

"흠……. 아니. 오늘은 시간이 좀 늦은 것 같아."

"그럼 다음에 한 번 더 와. 그때는 일찍 와서 한복 입고 가면 되겠다."

"같이 와 줄 거야?"

다경이 대뜸 팔짱을 끼며 꼭 와야 한다는 표정으로 정민을 빤히 올려다보았다. 자연스럽게 낀 팔짱도 그렇고, 뭔가 좀…… 쑥스럽다.

"그래."

"고마워."

그녀의 상큼한 미소와 목소리에 심장이 크게 요동쳤다. 정신이 멍해져서 어찌할 바를 모르겠는데, 어서 가자며 재촉하는 그녀의 걸음은 가볍고 경쾌했다.

다경은 광화문 앞에서부터 사진을 찍어 달라고 했다. 문지기 아저씨 옆에서도 찍고, 사람들 틈바구니 속에서도 찍고. 보이는 곳마다 '찍어 줘!'를 외쳤다.

처음 연락을 할 때만 해도 어쩐지 말을 걸기가 어려웠는데, 지금은 어렸을 때부터 한동네에 살았던 친구처럼 그녀는 스스럼이 없었다. 이것이 바로 '동창'의 힘인가.

그래, 친구야. 우리는 친구야.

정민은 근정전 앞에서 사진을 찍으며 속으로 연신 중얼거렸다.

다경은 고운 빛깔의 한복에 댕기를 맨 젊은 여성들을 연신 부러운 눈으로 바라보았다. '예쁘다, 그치?'를 반복하며.

사실 예쁘기로 치자면 다경도 만만치 않았다. 다경을 처음 보앉을 때, 정민은 신기하다고 생각했다. 짝꿍으로 자신이 거절당했다는 사실보다 무심한 표정으로 선생님에게 자리를 바꾸겠다고 당당히 요구하던 무모함이 더 크게 와닿았다.

냉랭한 눈초리와 말투 때문에 주변에 친구가 없어서 그렇지, 이목구비가 또렷하고, 긴 생머리와 뽀얀 피부가 남학생들의 가슴을 설레게 했다. 본인은 몰랐겠지만……

탐스럽던 생머리는 단발이 되고, 커다란 안경이 얼굴을 반쯤 가렸지만 가만히 들여다보면 숨겨진 미모가 보인다. 거기다 오늘처럼 활짝 웃을 때면 예쁜 눈이 반달이 되어 심장을 두드렸다.

경회루, 교태전을 거쳐 향원정에 도착했다. 경회루는 반듯반듯한 남성적인 느낌이라면 향원정은 부드러운, 마치 봄날의 화사한 소녀 같은 느낌이었다.

정자까지 들어갈 수 있으면 좋겠지만 출입이 통제되어 있어서 향원정과 꽃들이 잘 어우러진 자리를 찾아 다경의 사진을 찍었다.

"저……"

사진 찍는 것이 막 끝났을 때 한 남자가 조심스레 말을 걸어왔다.

"죄송한데, 저희 사진 좀 찍어 주시겠어요?"

남자의 옆에 선 여자가 수줍게 웃고 있었다. 정민은 긍정의 의미로 웃어 보이며 남자가 건네는 휴대폰을 손에 들었다. 다경이 깡충거리며 그에게로 와서 섰고, 정민은 다정하게 서로를 얼싸안은 커플을 향원정을 배경으로 최선을 다해 예쁘게 찍어 주었다.

"저도 찍어 드릴게요."

남자가 휴대폰을 되돌려 받으며 말했다.

정민은 '어쩌지?' 하고 쳐다보는데, 다경은 벌써 아까 섰던 곳으로 가서는 그에게 어서 오라며 손짓을 했다. 정민은 사양도 못하고 남자에게 제 휴대폰을 건네고는 뻘쭘한 표정으로 다경의 옆에 섰다.

"좀 더 붙으세요."

남자가 큰 소리로 주문했다. 주춤주춤 옆으로 다가서는데 이번에는 '좀 더 다정하게요.' 라고 말했다.

애인 사이도 아닌데 더 이상 어떻게 다정해야 하는 거야?

그때 문득 무언가가 팔을 부드럽게 감쌌다. 깜짝 놀라서 쳐다보니 다경이 그에게 팔짱을 끼고서 고개까지 기대 왔다.

너…… 왜 이래, 갑자기.

"찍습니다!"

표정을 추스를 겨를도 없이 정민은 뻣뻣한 자세로, 누구보다 어여쁜 미소를 짓는 다경과 처음으로 사진을 찍었다.

"표정이 왜 이래."

저녁 식사를 하면서 사진을 확인한 다경이 깔깔거리며 웃었다.

이게 누구 때문인데! 갑자기 팔짱을 왜 껴서는 사람을 놀라게 하느냔 말이다. 그리고 그 남자도 그렇다. 난 정말 열심히 찍어 줬는데 표정이 이상하면 한 번쯤은 다시 찍어 주면 얼마나 좋아. 이렇게 찍어 놓고 나풀나풀 가 버리다니. 다 마음에 안 들어.

"이제 그만 보고 밥 먹어."

정민은 뚱한 얼굴로 다경의 손에서 휴대폰을 가져가 버렸다. 다경이 살짝 눈을 흘기며 항의했다.

"사진 보내 줘."

"나중에."

"뭐가 또 나중이야. 그냥 지금 보내."

"알았어. 나중에."

"으흥."

다경이 얄밉다는 표정으로 눈을 흘겼다. 휴대폰을 초기화하면 되려나?

"부산은 언제 갈 거야?"

다경이 스테이크를 부지런히 썰며 물었다.

"애들이랑 얘기해 봐야지."

"지금 연락해 보자."

고기를 입에 덥석 넣고는 다경이 휴대폰을 찾았다. 얘가 오늘따라 왜 이리 적극적이지?

"나중에 해."

정민이 다급하게 만류했다. 단둘이 있다는 걸 알면 친구들이 두고두고 놀려 먹을 것이다.

'옛날에도 그렇고, 진희라는 거 몰랐을 때도 그렇고. 둘이 아주 천생연분이라니까!'

친구들이 어떤 말을 할지 머릿속에 또렷하게 떠올랐다. 다경이 그 사정을 알 리 만무했다.

"넌 뭐가 자꾸 나중에야. 생각난 김에 물어보면 좋잖아."

"갑자기 이렇게 적극적으로 변하지 마. 무서워."

"뭐가?"

휴대폰의 통화 목록을 확인하던 다경이 의아하게 쳐다보았다. 정민은 난처해져 버렸다.

"그러니까 내 말은, 어렸을 때랑 지금의 너랑 매치가 잘 안 되어서 말이야. 이렇게 적극적이었나 싶기도 하고. 아무튼 적응이 잘 안 돼."

잠시 물끄러미 정민을 쳐다보던 다경이 입을 열었다.

"내가 아직도 이진희로 보여?"

무표정한 얼굴에서 흘러나오는 낮은 목소리에 정민은 저도 모르게 마른침을 꿀꺽 삼켰다.

"야아, 이진희! 장난치지 마."

"하하하하!"

배를 움켜잡은 다경이 숨이 넘어갈 것처럼 낮은 소리로 깔깔거리며 웃었다.

"나, 골수 이식하고 나서 혈액형이 바뀌었잖아. 그래서 성격도 바뀌었나 봐."

한참을 웃던 다경이 눈꼬리에 붙은 물기를 닦아 내며 천연덕스럽게 말했다. 정민은 안도의 한숨을 쉬며 이마를 한 번 쓱 닦아 냈다.

"진짜야? 골수 이식하면 성격도 바뀌어?"

"으이그. 그걸 믿니? 혈액형이랑 성격은 상관이 없다잖아."

겁주고, 이제는 놀리냐?

"하아, 진짜. 분위기도 어두컴컴한데 순간 무서웠어."

정민은 낮은 조도의 레스토랑을 휙 둘러보았다. 아까는 분위기가 좋다고 생각했는데, 다경의 장난으로 유령의 집에 앉아 있는 기분이 들었다. 다시 한참을 웃던 다경이 표정을 가다듬었다.

"알았어. 애들이랑 약속은 네가 정해. 대신 더 추워지기 전에 빨리 가자."

"그래, 알았어. 알았으니까 어서 밥 먹어."

정민은 지친 얼굴로 재촉했다. 다경은 통쾌한 얼굴로 식사를 다시 이어 갔다.

든든하게 배를 채우고 상큼한 아이스크림으로 입가심까지 끝낸 두 사람은 집으로 가기 위해 전철역으로 들어왔다.

정민은 집까지 데려다주려고 했지만 다경이 정색을 하며 싫다고 해서 종로3가 환승역까지만 동행했다. 집까지 안 가는 대신 다경이 타는 1호선 승강장까지 데려다주는 것으로 합의를 보았다.

"열차가 전 역을 출발했대."

다경이 전철이 오는 방향을 한 번 쳐다보고는 정민을 향해 돌아섰다.

"오늘 재밌었어."

"나도."

언제부터 그리 가까운 사이였다고, 헤어지려니 조금 아쉬웠다.

"그리고 오늘 내가 해 달라는 거 다 해 줘서 고맙고."

그건 좀 간지럽다.

다경이 방긋 웃으며 가방을 달라는 듯 손을 내밀었다. 정민은 대신 메고 있던 그녀의 가방을 내밀며 무뚝뚝하게 말했다.

"가방 좀 가볍게 해서 다녀. 어깨 빠지겠다."

"무거웠구나?"

"안 무거웠어. 안 무거웠는데, 넌 무거울 것 같아."

"나도 안 무거운데."

다경이 장난기 다분한 표정으로 고개를 갸웃거렸다.

"혈액형이 바뀌면 정말 성격도 바뀌는 거야?"

진심으로 궁금한데, 다경은 뭐가 또 그리 재밌는지 꺄르륵 웃음을 터뜨렸다. 심장이 쿵쾅쿵쾅 제멋대로 뜀박질을 한다.

"그거야 모르지. 그런데 나 초등학교 다닐 때까지만 해도 이런 성격이었어."

수경과 주연에게 들어서 알고는 있었으나, 역시 아직 적응이 안 된다. 그래도 우울한 것보다 쾌활한 것이 좋은 게 아니겠나.

"중학생이 되고 내가 아프다는 걸 알게 되면서 좀 많이 침울해했던 것 같아."

띠리리리리!

그녀의 말을 집어삼키려는 듯 요란한 소리가 플랫폼에 퍼졌다. 시끄러운 안내 방송이 울리고 전철을 타려는 사람들과의 간격이 좁아졌다.

"안 되겠다. 같이 가자."

복잡한 전철을 태워 보내려니 마음이 편치 않아서 같이 가려고 했는데 다경이 엄한 표정으로 제 가방을 품에 안았다.

"혼자 간다니까 그러네."

"사람이 너무 많아."

"됐거든."

정차한 전철이 치익! 소리를 내며 문을 열었다.

다경은 따라 들어가려는 정민을 힘차게 밀쳐 내고는 사람들과 함께 안으로 밀려들어 갔다. 사람들 사이로 고개를 내민 다경은 따라오면 죽는다는 표정으로 주먹까지 쥐어 보였다. 정민은 하는 수 없이 뒤로 물러나 다경이 자리를 잡은 곳까지 따라갔다.

전철이 다시 치익! 소리를 내며 문을 닫았다. 잠시 후 덜컹! 하는 소리와 함께 다경을 비롯한 승객들의 몸이 한쪽으로 휘청거리면서 전철이 서서히 움직이기 시작했다.

'괜찮나? 불안한데?'

그의 마음을 다 안다는 듯, 손잡이를 쥔 다경이 활짝 웃으며 손을 흔들었다. 전철은 곧 캄캄한 터널 속으로 빨려 들어갔다.

❋ ❋ ❋

삼사십 대 직장인들로 북적거리는 주점. 정민은 의준과 함께 술잔을 마주했다. 약속을 잡으려고 할 때마다 서로 시간이 맞지 않아 오늘에서야 만날 수 있었다.

자리에 앉기 무섭게 의준은 결혼 준비에 대한 고충을 털어놓았다. 오랜 연애 끝에 결혼을 하려는데 이제 와서 이것저것 맞지 않아 여자친구와 수시로 다툰다는 것이었다.

자신은 결혼은커녕 장기간 연애를 해 본 적이 없는 입장이기에 정민은 그저 고개를 끄덕이며 이야기를 들어 주는 것이 전부였다.

"결혼 준비하다가 깨지는 커플도 많다더니, 그 일이 나에게 벌어질지는 정말 상상도 못 했네."

의준이 술잔을 비우며 넋두리를 했다. 무려 7년의 시간을 함께 보낸 연인이기에 험난한 결혼 준비도 무난히 잘 해낼 거라 자신했던 모양이었다.

"결혼은 아무래도 현실이니까요. 연애할 때야 흠이 보여도 사랑으로 눈감고 넘어갈 수 있지만 부부가 되면 매일 그 흠을 보고 살아야 하는데 고치고 싶은 거 아니겠어요?"

"결혼도 안 한 사람이 뭘 그리 잘 아는 것처럼 말해?"

"결혼이야 안 했지만, 제 주변엔 죄다 결혼한 사람들만 있어서요."

정민은 사람 좋은 웃음을 보이며 의준의 빈 잔에 술을 채웠다.

"제 친구들도 결혼 준비할 때는 선배님처럼 스트레스를 많이 받아 했거든요. 심심하면 불러내서 술 마시자고 하는 통에 얼마나 피곤했게요."

"그런 식으로 나 디스하는 거냐?"

"풋! 뭘 또 그리 심각하게 받아들이세요?"

아님 말고, 하는 표정으로 의준이 입술을 삐죽이며 술을 넘겼다.

"그래도 막상 결혼하니까 다들 잘 살던걸요. 이제는 제 남편, 제 아내밖에 없어요."

"하 대리 친구들은 잘 사는구나. 내 친구들 반은 결혼 생활에 불만이 어찌나 많은지. 그런 걸 많이 봐서 그런가, 싸울 때마다 불안하더라고."

착잡한 표정으로 빈 술병을 확인하던 의준이 직원을 불러 술을 한 병 더 주문했다.

"본래 사람은 즐거운 일보다는 힘들고 속상한 일을 더 많이 털어놓기 마련 아니겠어요? 아마 선배님 친구분들도 행복하고 즐거운 일이 더 많으실 거예요."

"그래. 이혼하겠다는 친구 놈 빼면 뭐……."

"하하, 네. 하하하."

의준의 퉁한 대꾸에 머쓱해져서 정민은 싱겁게 웃었다.

"우중충한 내 얘기는 이제 됐고, 다른 얘기 하자."

한 시간 넘도록 자기 얘기만 해 놓고 뒤늦게 의준이 선심 쓰듯 말했다.

"이다경 역자 만난 얘기 좀 해 봐."

의준이 이제는 호기심이 가득한 눈으로 정민을 뚫어져라 쳐다보았다. 정민은 난처한 웃음을 지었다.

"무슨 얘기요?"

"뭘 쑥스러워해. 목소리 듣고 반해서 만나는 거 엄청 기대했을 거잖아."

"아아, 선배님. 그런 거 아니라니까요."

그게 언제 한 얘긴데, 의준은 지금까지도 정민을 놀려 먹고 있었다.

"괜찮아, 괜찮아. 창피해할 거 하나도 없어. 인연이 되려고 하면 얼굴 안 보고, 목소리만 듣고도 필이 팍 꽂힐 때도 있는 법이야. 먼저 일한 나보다 먼저 만났으면 후기 정도는 말해 줄 수 있잖아."

기대감 가득한 의준의 음흉한 미소에 정민은 낮게 한숨을 쉬었다.

의준의 입장에서는 다짜고짜 나이를 묻는 수상한 행동을 한 것이니 이제라도 이유를 알릴 필요가 있었다. 다경이 동창이라는 걸 알게 되면 한층 더 신나서 놀려 댈 것이 뻔했지만 말이다.

"결론부터 말씀드리면 말입니다."

술에 취해 눈이 반쯤 풀린 의준이 양손으로 턱을 괴고서 어서 말하라는 표정으로 헤벌쭉 웃었다.

"이다경 역자가 제 동창이에요."

"음? 동창?"

깜짝 놀란 의준이 상체를 꼿꼿하게 세우고서 물었다. 정민은 차분하게 이야기를 이어 갔다. 다경의 사생활이라는 생각에 병에 관한 이야기는 빼놓고 하다 보니 생각보다 짧게 끝났다.

"내 설명만 듣고, 이름도 다른데 동창을 떠올렸단 말이야?"

의준이 신기하단 표정으로 물었다. 개명한 이유가 궁금할 법도 한데, 마치 정민의 마음을 읽은 사람처럼 그 부분에 대해선 묻지 않았다.

정민은 머쓱하게 웃었다.

"바로 그 친구를 떠올렸다기보다는 비슷한 사람이 있었는데…… 하면서 생각난 거였어요."

"흐응. 그래?"

의미심장한 표정으로 의준이 쳐다보자 정민은 그럼 뭐가 더 있겠냐는 표정으로 어색하게 웃었다.

"내 덕이야."

"네?"

"내 덕에 오랫동안 연락 끊긴 동창을 만났잖아."

"후후. 네, 네. 맞습니다. 선배님 덕분입니다."

정민은 호탕하게 웃으며 순순히 인정했다.

"그러고 보면 두 사람 인연이 예사롭지 않아."

"하하하, 뭘 또 그렇게까지……."

"아무리 세상이 넓고도 좁다 해도 이런 경우는 흔치 않을걸? 하 대리는 이름이 그대로니까 이다경 역자는 바로 친구를 떠올렸겠지만, 하 대리는 아니었잖아. 다른 사람이라고 생각하면서도 나이까지 물을 정도면."

"나이는 내성적이라고 하니까 사회생활 많이 안 해 본 사람인가 해서 물어본 거고요."

"아무튼!"

순간 정민은 바짝 긴장했다. 의준이 게슴츠레한 눈으로 쳐다보며 테이블에 상체를 잔뜩 기댔다.

"하 대리, 어렸을 때 이다경 역자 좋아했던 거 아니야?"

"네에?"

정민이 기겁하며 목소리를 높였다. 의준이 능청스럽게 웃었다.

"뭘 모르는 척 놀라고 그래? 어렸을 때 그런 추억 하나쯤 다 있는 거 아니야?"

"선배님은 그랬는지 몰라도 저는 아닙니다."

"심심한 학창 시절을 보냈군."

정민이 정색까지 하며 부정하자 의준이 딱한 표정을 지었다. 그러다 금방 짓궂은 표정으로 바뀌었다.

"그나저나, 이다경 역자 예뻐?"

"참 나. 선배님 엄청 엉큼하십니다."

정민이 어처구니없다는 표정으로 대꾸했다.

"엉큼하다니! 사람 마음은 다 똑같아. 남자는 여자가 예쁜지 궁금하고, 여자는 남자가 잘생겼는지 궁금한 거 아니야? 그건 그저 자연스러운 본능이라고."

"뭐 그런 걸로 본능까지 가십니까."

의준이 한껏 억울해하자 정민은 헛웃음을 흘렸다. 하지만 의준은 포기하지 않았다.

"그래서 예쁘냐니까?"

"네. 예쁩니다. 이다경 역자가 어렸을 때도 무척 예뻤습니다."

"역시 그랬어."

"뭐가요."

정민이 황당하다는 듯 웃었다.

"어렸을 때부터 이다경 역자를 좋아했던 게 분명해."

"아아, 선배님. 진짜 왜 이러세요?"

그의 항의에 의준이 꿋꿋하게 대꾸했다.

"그러지 않고서야 벌써 세월이 이렇게 흘렀는데 이름도 다르고 얼굴도 모르는 사람을 두고 그 친구를 콕 집어 떠올릴 리가 없지."

의준의 억지에 정민은 웃음밖에 나오지 않았다.

"정말 억집니다. 선배님은 기억하는 동창이 하나도 없어요?"

"이제 슬슬 집에 가야겠다."

대답을 회피하며, 의준이 자리에서 일어나자 정민은 헛웃음을 흘렸다.

주점에서 나오자 재킷 주머니에 양손을 찔러 넣은 의준이 말했다.

"조만간 이다경 역자랑 술 한잔하자."

"술은 안 됩니다."

"어허! 벌써 단속이야? 내 여자다 이거야?"

의준이 정민을 괘씸하게 쳐다보았다. 지레 찔리는 사람처럼 정민은 펄쩍 뛰었다.

"아, 진짜 선배님. 자꾸 멀리 좀 가지 마세요. 전 그냥 이다경 역자가 몸이 많이 약해서 그러는 거예요. 술 같은 건 마시면 안 된다고요."

"역시. 이다경 역자를 잘 알아. 너무 잘 알아."

의준이 졌다는 표정으로 고개를 절레절레 저었다. 그러자 자신이야말로 졌다는 얼굴로 정민은 서둘러 택시를 잡았다. 안 그래도 아까부터 여자친구에게 문자가 계속 오는 듯한데, 어서 보내야 할 것 같았다.

"조만간 꼭 보는 거야!"

택시에 탄 의준이 창문에 고개를 내밀고서 외쳤다.

"네, 네. 알겠습니다. 어서 들어가세요."

"두 사람 인연 보통 아니라는 내 말 허투루 듣지 마!"

천천히 출발하는 차 안에서 의준이 기를 쓰고 마지막 말을 외쳤다.

'말이야 쉽지.'

정민은 멀어지는 택시를 보며 한숨을 푹 쉬었다.

남의 일이니 친구들도 그렇고, 의준도 그렇고 다들 쉽게 말하는 거다.

그녀가 진희라는 걸 알게 되었을 때 반가움이 가장 컸지만 당황했던 것도 사실이다. 그날은 이다경 역자에게 나름의 고백을 하려던 날이었다. 그녀를 통해 진희를 보았으나 그건 그저 단순한 계기였을 뿐, 앞으로 좀 더 친밀한 관계를 이어 가고 싶다는 말을 전하려 했었다. 그러나 그녀는 진희였고, 하려던 고백은 가슴 깊이 묻어 두게 되었다.

이다경 역자가 진희가 아니었다면 모를까, 설익은 감정을 드러냈다가 그녀에게 오히려 상처를 주게 될까 봐 정민은 염려하고 있었다. 어렸을 때 많이 아팠기에 마음이 쓰이고, 현재도 여전히 보살펴 주고 싶은 측은지심과 우정을 애정으로 착각하는 것일 수도 있으니 말이다.

'정신 똑바로 차리자, 하정민.'

그렇게 마음을 다잡은 그는 결연한 표정으로 지하철역을 향해 걸었다.

제11장

"헉, 이게 뭐야."

기획 회의를 하는 동안 도착한 택배를 확인하던 영미가 기겁한 소리를 냈다. 정민이 궁금한 표정으로 몸을 뒤로 젖혀 영미의 자리를 쳐다보았다.

"아아, 어떻게 해."

이젠 울 것 같은 목소리였다.

"왜 그래?"

정민을 비롯한 주변의 몇몇 직원이 궁금한 얼굴로 그녀 주위에 모여들었다. 영미가 울상을 지으며 한 뭉치의 원고지를 집어 들었다.

"원고지요."

문제의 원고지는 우체국 2호 박스에 빡빡하게, 그리고 꽉 채워져 있었다.

"이게 다 몇 장이야?"

"이천 장은 되겠는데?"

다들 신기한 표정으로 원고지와 박스를 살펴보고 있었다. 영미는 넋이 나간 얼굴로 의자에 털썩 주저앉았다. 함께 동봉된 메모를 보니 두 달 후에 출간일이 잡혀 있는 작가의 원고였다.

"출판사 입사한 지 5년이지만, 원고지로 원고 받기는 또 처음이네요."

"원로, 중견 작가들 중에는 아직도 육필로 작업하는 분들이 있기는 한데, 혹시 이분도 연세가 많아요?"

"육십 넘으셨으니까, 많다면 많지."

영미가 의자 뒤로 고개를 한껏 젖힌 채 멍한 목소리로 대답했다.

"컴퓨터를 쓸 줄 모르시나 봐요."

실용서를 담당하는 편집부 막내 직원이 위로하듯 말했다.

직원들의 대화를 잠자코 듣고 있던 정민이 훑어보던 원고를 박스에 다시 넣었다. 영미가 속상하단 표정으로 정민을 쳐다보았다.

"이걸 어쩌죠?"

"어쩌긴. 아르바이트생 써야지."

"짠돌이 사장님이 허락하실까요?"

"에이, 설마요. 우리도 할 일이 얼마나 많은데, 직접 하라고 할까요?"

막내 직원의 되물음에 영미가 '그치?' 하며 동조했다.

그러나 우려는 현실이 되었다. 짠돌이 사장님은 아르바이트생을 허락하지 않았고 졸지에 직원들이 몽땅 타이핑을 하게 되었다.

"다 몇 장이지?"

정민이 책상에 수북이 쌓인 원고지를 턱으로 가리켰다. 영미가 절망적인 표정으로 대답했다.

"메모에 보니까 천오백 장은 넘을 거래요. 딱 한 번 세어 봤는데 그것도 세다가 말았다고, 하아……."

영미가 이마를 짚으며 땅이 꺼져라 한숨을 쉬었다.

"영미 씨는 우선 작가님께 원고 잘 도착했다고 연락드려. 걱정하실 테니까."

"네."

영미가 작가와 통화를 하는 동안 편집주간을 포함해 편집부 전 직원이 산처럼 우뚝 서 있는 원고지 뭉치를 마치 경호하는 사람들처럼 빙 둘러서서 내려다보고 있었다.

"천오백 장 생각하고 우선 삼백 장씩 가져갈까요?"

정민이 먼저 제안했다.

"아아, 전 내일 마감이란 말이에요."

막내 직원이 발을 동동 굴렀다.

"난 오늘 외근 있어."

그에 질세라 국내 도서를 담당하는 남직원이 툴툴거리듯 말했다.

다들 망연자실 원고지를 바라보고 있는데 조용하고 마음씨 좋은 부장님이 원고지 한 뭉치를 손에 들었다. 그러더니 슬그머니 몸을 돌려 당신 자리로 돌아갔다. 부장님은 돋보기안경을 척, 쓰고는 워드를 열어 긴장된 얼굴로 한 자 한 자, 아주 정성스럽게 키보드를 두드리기 시작했다.

"오늘 부장님은 독수리 타법으로 워드 작성 신기록을 세우실 거야."

정민이 부장님을 안쓰럽게 바라보며 팔짱을 꼈다. 그사이 통화를 끝낸 영미가 돌아왔다.

"글씨는 또 왜 이렇게 악필이셔. 하나도 못 알아보겠네. 으아! 한자도 있어."

뚱한 얼굴로 원고지를 살펴보던 막내 직원이 몸서리를 쳤다.

"잠시만."

갑자기 한자(漢子) 하니까 생각나는 것이 있었다. 정민은 휴대폰을 꺼내 다경에게 전화를 걸었다. 점심시간 전이긴 한데 자고 있는 건 아닐까, 생각하고 있을 때 통화 연결음이 끊기고 다경이 전화를 받았다.

— 어. 정민아.

반가운 기색에 심장이 떨렸다. 경복궁에 다녀온 후로 서로 연락 없이 일주일이나 지났으니 반갑다면 반가운데, 왜 이리 심장이 떨리는 걸까.

정민은 애써 마음을 달래며 차분하게 말했다. 직원들이 지켜보고 있으니까.

"혹시 잤어?"

— 자기는. 벌써 일어나서 청소하고 있었어. 어쩐 일이야?

착각일까? 그녀의 목소리가 들떠 있는 것 같았다. 정민은 뒤늦게 망설였다. 일을 부탁하자니, 입이 쉽게 떨어지지 않았다. 통화의 목적을 눈치챈 직원들이 그를 간절하게 쳐다보았다.

"요즘 맡은 일 있어?"

— 아직 없어.

"지난번에 해림에서 준 원고 검토하고 있었잖아. 그거 아직 시작 안 했어?"

— 응. 계약 진행 중이래.

"아…… 그럼."

정민이 원고지를 손으로 탁 짚었다.

"부탁 하나만 해도 될까?"

— 뭔데?

문득 그녀의 목소리에서 실망감이 느껴졌다. 갑자기 미안해지기 시작했다.

"그게 말이지."

정민이 모여 있는 직원들을 눈으로 훑었다. 애니메이션 슈렉의 장화 신은 고양이처럼 다들 구해 달라는 표정으로 그를 쳐다보고 있었다.

"혹시 원고지 타이핑 좀 해 줄 수 있어?"

— 타이핑?

정민은 편집부에 어떤 일이 벌어졌는지 차근차근 설명하고는 한마디를 덧붙였다.

"내가 한우 사 줄게."

아르바이트비가 아까워서 직원들에게 직접 타이핑을 지시한 사장님이 한우값을 줄 리가 만무했다. 그러면 작가 접대 비용으로 청구하면 된다. 역자도 작가니까. 훗. 정민은 자신의 영리함에 감탄해 속으로 코웃음을 쳤다.

"원고지에 한자가 많아. 아무래도 넌 일본어를 전공했으니까 우리보다는 한자도 금방 알아볼 것 같아서."

― 알았어. 한우를 사 주겠다는데, 그 정도는 해 줄 수 있어.

"정말?"

정민의 반응에 직원들이 소리 없는 기쁨의 함성을 질렀다. 정민도 안도하긴 마찬가지였다. 원고지 문제를 해결할 수 있어서가 아니라, 제 착각일지도 모르지만 그녀의 목소리가 밝았기 때문이다. 괜히 긴장했다.

원고지를 직접 갖다 주기로 하고 통화를 끝냈다. 영미가 이제 막 세 장째 타이핑을 하고 있는 부장에게 달려가 원고지를 회수해 왔다. 영미는 감격에 겨운 표정으로 원고를 정리해 박스를 봉하기 시작했다.

"그런데 누구한테 부탁하신 거예요?"

기쁨이 가득한 얼굴로 국내 도서 담당자가 물었다.

"아아, 이다경 역자."

"에? 이다경 역자님요? 이번에 계약하신 분 맞죠?"

박스를 다 봉한 영미가 눈을 동그랗게 뜨고 쳐다보았다.

"응. 맞아."

"그런데 벌써 친구처럼 막 말 놓고 그러는 거예요?"

단 몇 분 전까지만 해도 절망감에 절어 있던 직원들이 호기심

이 가득한 시선으로 그를 말똥말똥 쳐다보았다. 정민이 어색하게
웃었다.

"처음엔 몰랐는데, 이다경 역자가 중학교 동창이었어."

"에에?"

"진짜요?"

다들 놀라움에 감탄사를 쏟아 냈다. 그녀에 대한 호기심을 진
정시키느라 정민은 진땀을 흘려야 했다.

"어쨌든 역자님이 대리님이랑 친구라니, 정말 우리에겐 복이에
요."

"그러니까 말이야."

"감사하다고 꼭 전해 주세요."

직원들의 인사를 들으며 정민은 원고를 챙겨 사무실을 나섰다.

30분가량을 달려 다경이 거주하는 원룸 주차장에 도착했다. 전
화로 도착했다는 것을 알리고 조수석에서 박스를 막 꺼냈을 때
다경이 주차장에 나타났다.

"어? 차 있었어?"

"회사 차야."

"아, 그렇구나."

"집까지 들어다 줄게."

"응."

다경이 먼저 올라가라고 계단을 향해 손짓했다.

"그거 가득이야?"

"좀 많지?"

"많아 보이기는 하는데, 책 하나 번역하면 그 정도 나올 것 같기도 하고. A4로 작업하니까 원고지 매수는 번역료 정산할 때나 알게 되거든. 그것도 금방 까먹고."

다경의 집은 5층 건물의 3층이었다. 엘리베이터가 없어서 평상시에 오르내리기 힘들겠다는 생각을 하는데, 다경은 쌩쌩하고 지친 건 오히려 그였다.

집에 도착하여 다경이 현관문을 열자 아담한 방이 한눈에 들어왔다.

"출간일이 언제야?"

"두 달 뒤. 아직 날짜 넉넉하니까 너무 무리하지 마. 나머지는 우리가 하면 돼. 너도 곧 해림에서 원고 올 거잖아."

"알았어."

다경이 선선히 웃으며 대답했다. 그 웃음에 마음이 크게 흔들려서, 정민은 서둘러 인사를 했다.

"그래, 그럼. 난 이만 갈게."

뭐에라도 쫓기는 사람처럼 돌아서려는 그를 다경이 불러 세웠다.

"차 한잔하고 가."

정민은 망설이는 표정으로 잠시 서 있다가 다경을 따라 집 안으로 들어갔다.

"집에 손님이 안 오니까 방석이 없어. 책상 의자에 앉아."

"그래."

그냥 맨바닥에 앉아도 상관없는데, 하다가 정민은 시키는 대로 얌전히 그녀의 책상 의자에 앉았다.

책상 위엔 지난 토요일에 샀던 책 중 하나가 펼쳐져 있었다. 한쪽에는 프린트한 일본어 원고가 수북이 쌓여 있었는데, 지난번에 그가 의뢰했던 원고였다.

"번역할 때는 종이로 읽는 게 편해서."

그의 행동을 지켜보고 있던 다경이 설명했다.

"PDF로 보내 주면 따로 프린트를 하는 거야?"

"응."

"따로 하지 말고 프린트해서 보내 달라고 하지 그랬어. 비용도 들 텐데."

"출판사 번거롭게 하는 것 같아서. 택배로 받으면 이삼 일은 또 시간이 허비되기도 하고."

"나랑 작업할 때는 프린트해서 갖다 줄게."

"친구가 편집자니까 그런 건 편하네."

"그건 내가 할 소리야. 친구 덕에 한시름 놨다고 직원들이 엄청 고마워해. 감사하다고 꼭 전해 달라고 했어."

싱긋 웃던 다경이 물 끓는 소리에 싱크대로 돌아서서 커피를 탔다.

"원두 같은 건 없는데, 믹스 괜찮지?"

"나 믹스 좋아해."

"아, 맞다. 바쁜데 내가 붙잡은 거 아니야?"

"괜찮아. 이 정도는 땡땡이 쳐도 돼."

다경이 뽀얀 김이 올라오는 잔 두 개를 들고 와서 책상과 면한 침대에 걸터앉았다. 정민은 다경이 준 따뜻한 커피를 한 모금 마셨다.

"집에 생각보다 책이 별로 없다?"

어렸을 때부터 책을 좋아했고, 현재는 번역 일을 하고 있으며, 금방도 독서 중이었던 것 같은데 책이 많아 보이진 않았다.

"집이 좁아서 책은 다 부모님 집에 있어. 부모님이 가까운 곳에 계시거든."

"아…… 그렇구나."

즐거운 표정으로 웃는 다경을 보고 있자니, 정민도 마음이 푸근해졌다.

"아, 상자 갖다 줄게."

함께 웃던 정민이 뒤늦게 생각난 상자를 현관에서 가지고 왔다. 그리고 책상 연필꽂이에 있던 커터 칼로 상자를 열었다.

"홋."

안을 들여다보며 짧게 웃자 다경이 몸을 일으켜 상자 안을 확인했다.

"영미 씨가 넣었나 보다."

상자 안에 초콜릿이 얌전히 놓여 있었다. 어쩐지 아까 주섬주섬 뭘 챙기더니.

"영미 씨라는 분이 국내 도서 담당이야?"

"응. 아까 원고 확인할 때 꼭 울 것 같은 표정이었거든."

"잘 먹겠다고 전해 줘."

"그래."

정민은 원고를 책상 위에 꺼내 놓고 박스를 납작하게 접었다. 시간을 보니 슬슬 사무실로 들어가야 할 것 같았다.

"이제 들어가야겠다. 커피 잘 마셨어."

"한우는 언제 사 줄 거야?"

"오늘 저녁에라도 사 줄 수 있어."

"그래, 그럼."

"어?"

'오늘?' 하는 표정으로 쳐다보자 다경이 싱긋 웃었다.

"오늘 사 달라고."

"하하하하, 알았어."

혈액형과 성격이 상관없다고? 아무리 원래 성격이라지만, 자신이 기억하고 있는 모습과 너무 다르니 혈액형이 바뀌면서 성격도 바뀐 거라고 주장하고 싶어진다.

어렸을 때의 그녀는 그와 대화 나누는 것조차 거부했다. 물론 여러 일들을 겪으면서 거리가 조금이나마 좁혀지긴 했으나 지금처럼 먼저 나서거나 한 적이 없었다.

달라진 외모에 이름까지 바꿔서일까? 아니면 알고 있던 성격과 달라서일까. 문득문득 진희가 아닌, 전혀 다른 사람을 대면하고 있는 기분이 들었다. 그녀를 향한 감정이 혼란스러운 건 아마도 그 이유 때문일지도 모르겠다.

내려오지 말라는데도 다경은 운동 좀 해야 한다며 1층까지 따라왔다. 그가 차를 빼는 동안 그녀는 마치 남편을 출근시키는 아내처럼 조금 떨어진 곳에서 자리를 지키고 있었다. 그게 또 어색해서 정민은 쑥스러운 미소를 지었다.

"이따가 퇴근하면서 전화할게."

하아, 이러니까 사귀는 사이라도 되는 것 같다.

"어디로 갈지는 네가 정해."

"집 근처에서 먹으면 돼. 여기서 조금만 걸어가면 큰 고깃집 있어."

회오리가 치듯 어지러운 마음을 모르는 그녀의 태평함이 부럽다.

"그래. 이따가 보자."

"응. 잘 가."

다경이 웃으며 손을 흔들었다.

쿵. 쿵. 쿵.

정민은 크게 울리는 심장 박동 소리를 애써 외면하며 서둘러 차를 출발시켰다.

저녁 7시가 갓 지난 시간. 정민은 원룸 건물 1층에서 초조하게 다경을 기다리고 있었다. 일을 하는 동안 괜찮아진 것 같았는데, 이곳에 도착하니 가슴이 다시 두근대기 시작했다.

두근거림을 인정할 수가 없어서 꾸역꾸역 참고 있었는데, 지금의 기분을 '설렌다'가 아니면 표현할 길이 없었다.

다경을 좋아하기라도 한다는 건가? 에이, 설마. 아닐 거야.

정민은 모든 것을 지워 버리고 싶은 사람처럼 두 눈을 지그시 감았다.

다경을 만나면서 너무 감상적이 되어 버린 탓일 거다. 다경은 어렸을 때 많이 아팠으니까 지금도 마음이 쓰이는 건 당연하다. 그저 친구로서 가지는 선한 마음? 아니, 호의라고 하면 될 것이다.

"뭐 해?"

아!

얼마나 골똘해 있었는지 다경이 바로 옆까지 다가온 것도 몰랐다. 정민이 기겁을 하며 한 걸음 물러나자, 다경이 황당하게 웃었다.

"네가 멍 때리고 있었던 거야."

정신이 없어서 멍청하게 쳐다보는 그를 다경이 나무랐다. 정민은 민망한 웃음을 보이며 머리카락을 쓸어 넘겼다.

"어, 그래."

"무슨 일 있어? 뭐가 그렇게 심각해?"

"아니야. 아무것도."

지금 느끼는 복잡하고 어려운 감정을 어찌 설명할 수 있을까.

정민은 어서 가자며 눈에 보이는 골목을 향해 서둘러 걷기 시작했다.

"거기 아니야."

말이 떨어지기 무섭게 정민이 휙 돌아서 반대편으로 향했다. 정민의 어색한 몸짓에 실없다는 듯 다경은 피식 웃었다.

저녁 식사가 끝나고 두 사람은 편의점에서 산 아이스크림콘을 하나씩 들고 집으로 향했다. 다경은 식사가 즐거웠는지 콧노래까지 불렀다.

정민은 속으로 길게 한숨을 쉬었다.

밥이며 아이스크림이며, 입으로 들어가는지 코로 들어가는지 알 수가 없었다. 밥은 먹지 않고 고기만 구워 대니 다경이 걱정스러운 얼굴로 어서 먹으라며 자꾸 권했다. 잔소리를 하며 살며시 미간을 구길 때는 어찌나 예쁘던지, 심장이 떨려서 똑바로 쳐다보고 있기가 힘들었다.

연애를 할 때도 이렇게까지 가슴이 떨리고 설레었던 적이 없어서인지, 무척 당혹스러웠다. 그저 옛날 감상에 젖어 잠시 착각하는 것이라고 아무리 둘러대 보아도 알 수 없는 아니, 사실은 알 것만 같은 감정이 스멀스멀 올라오고 있었다.

'내가…… 널 좋아하나?'

정민은 아이스크림을 먹는 둥 마는 둥 하면서 다경을 힐끔힐끔 훔쳐보았다. 그녀는 바람에 날리는 머리카락을 손으로 붙잡고 그저 아이스크림 먹는 것에 열중하고 있었다.

"차 한 잔 더 하고 가."

집 앞에 도착했을 때 다경이 권했다. 그녀는 콘과자를 아삭아삭 깨물어 먹고 있었다. 지금도 견디기 힘든데, 차까지 마시다가는 심장 마비라도 올 것 같았다.

"아니야. 늦었는데 집에 가야지."

"원고는 사분의 일쯤 했어."

"벌써? 해야 하는 일 두고 그것만 냅다 하고 있는 거 아니야?"

정말 걱정이 되어 물었다. 일손을 덜어 주는 건 고마운데 괜히 무리해서 하는 것이라면 미안하니까 말이다. 그런 그의 걱정을 안다는 듯 다경이 생긋 웃었다.

"당장 해야 하는 일도 없어. 책 읽는다고 생각하면 금방이야. 한 나흘이면 다 끝날 것 같아."

그래도 걱정이 된다.

"너무 무리하지는 마. 우리가 당장 일이 많아서 그런 거지, 네가 막 책임감 느끼고 혼자 다 끝내야 하는 일은 아니야."

"알았다니까 그러네."

다경이 호탕하게 웃으며 그의 등을 팡팡 두드렸다. 다짐을 받듯 정민은 다경을 잠시 지그시 바라보았다.

"도와줘서 고마워."

"뭐 이런 걸 가지고. 어렸을 땐 네가 나 많이 도와줬잖아. 도와줄 수 있어서 난 좋아. 게다가 거하게 저녁도 얻어먹었잖아."

다경이 또다시 생긋 웃어 보였다. 정민은 머뭇거리며 그녀의 시선을 피했다. 정말 큰일이다. 그녀의 모든 것이 의식된다.

"타이핑은 내가 다 끝낼게. 걱정하지 마."

계속 고집을 부리니, 더는 만류하기가 힘들었다.

"알았어. 타이핑 끝나면 메일로 파일 보내 줘. 원고지는 내가 나중에 찾으러 올게."

"그래. 꼭 와."

꼭 오라는 말이 이리도 설레는 말이었는지 생전 처음 알았다. 그래, 더 버티는 건 무의미했다. 솔직히 설렌다. 그녀의 모든 것이 다 설렌다.

"먼저 들어가."

정민은 어색하게 웃으며 들어가라고 손짓을 했다. 인정하는 건 인정하는 거지만, 갑자기 깨닫게 된 감정을 추스를 시간이 필요했다. 여기서 조금만 더 시간을 지체했다가는 무턱대고 고백이라도 할 것 같은 위기감이 들었다.

다행히 다경은 순순히 고개를 끄덕이더니 손을 흔들어 보이고는 건물 안으로 들어갔다.

이제 가면 되는데, 발이 떨어지지 않았다. 그녀와 떨어지는 것이 아쉽다.

그렇게 그녀의 뒷모습을 빤히 쳐다보고 있는데, 계단을 오르기 위해 코너를 돌던 다경과 눈이 마주쳤다. 정민은 저도 모르게 손을 흔들었고 다경도 활짝 웃으며 손을 흔들어 보이고는 계단으로 모습을 감췄다.

"하아……. 죽는 줄 알았네."

겨우 마음이 진정된 정민은 고개를 푹 숙인 채 길게 한숨을 쉬었다.

"어서 가!"

"깜짝이야."

뜬금없이 들려오는 소리에 정민이 고개를 번쩍 들었다. 다경이 2층 계단 작은 창문에 얼굴을 내밀고 있었다.

"어서 들어가."

"빨리 가. 늦었어."

작별 인사만 몇 번을 하는지. 정민은 어쩔 수 없다는 듯 싱긋 미소를 지어 보이고는 돌아섰다.

다경은 그가 멀어지는 모습을 한참 동안 지켜보다가 집으로 돌아왔다. 익숙하고 편한 공간으로 들어왔음에도 묘하게 허전하고 공허했다.

문득 무균실에서의 생활이 떠올랐다. 무균실은 하루에 두 시간, 딱 정해진 사람만 면회가 가능했다. 면회 시간이 끝나고 혼자 남게 되면 그리 외로울 수가 없었다. 고통이 따르던 그때와 지금을 비교하면 안 되겠지만, 홀로 남겨진 것에 대한 허전함은 별반 다르지 않은 것 같다.

낮에 정민으로부터 전화가 왔을 때 얼마나 반가웠는지 모른다. 경복궁에 다녀온 후로 연락이 없어서 계속 궁금해하고 있던 참이었다. 친구니까 편하게 먼저 연락하면 될 텐데, 선뜻 통화 버튼을 누를 수 없었다. 그러던 차에 그로부터 전화가 온 것이다.

반가웠다. 같은 반이었을 때는 눈길 한 번 주지 않아 놓고 이제와서 그의 연락을 기다리는 자신이 조금은 뻔뻔하게 느껴지기도 했다.

아무렴 어떠냐. 기다리던 그로부터 연락이 왔는데…….

그는 부탁이 있다고 했다. 사적인 관계에 주어진 공적인 부탁이었다. 기대감에 부풀었던 풍선이 순식간에 쪼그라들어 버렸다. 서운하고 조금은 실망스러웠으나 곧 마음을 고쳐먹었다.

이유가 무엇이건, 그가 자신을 떠올린 것이 중요했다. 그런 기회로라도 그를 만날 수 있으니 다행이라고 생각했다.

그를 기다리는 시간은 설레고, 얼굴을 보니 반가웠고, 대화를 나누는 시간은 즐거웠다. 그가 돌아가는 것이 아쉬울 만큼 말이다.

이런 기분, 참으로 생소하고 낯설다. 병마에게 빼앗겼던 사춘기를 되돌려 받는 기분도 들었다.

아…… 그래. 사춘기. 때늦은 사춘기가 온 거구나.

뒤늦은 깨달음에 다경은 민망한 미소를 지었다.

제 I 2장

삼 일 뒤 출간될 책의 인쇄 감수를 하고 있던 정민은 전화벨
소리에 무심히 휴대폰을 손에 들었다. 회사에서 보낸 업무 문자려
니 생각했던 그는 깜짝 놀랐다.

　[지금 바빠?]

　다경의 문자에 반가운 미소를 짓던 정민의 얼굴에 이내 그림자
가 드리워졌다. 오랜만의 연락이었음에도 마음껏 반가워할 수가
없어 마음이 쓰리고 아팠다.
　다경은 사흘 만에 타이핑이 끝났다며 문자를 보내왔다. 일을
금방 끝낸 놀라움보다 손가락이 얼마나 아팠을까 걱정이 먼저 앞
섰다.

정민은 바로 그녀에게 전화를 걸었다. 아무리 친구라지만 너무 무리한 일을 부탁한 건 아닌가 걱정하는 그를 위로하듯 그녀는 책을 손가락으로 읽는 색다른 경험이었다며, 재밌었다고 했다. 그 외 다른 이야기는 하지 않았다.

그렇게 짧은 통화를 끝내고 원고지를 받으러 간다고 하면서도 못 가고 벌써 여러 날이 흘러 버렸다.

사실은 일부러 안 간 것이다. 다경을 생각하면 고장 난 시계처럼 멋대로 움직이는 심장을 감당하는 것이 힘들었다. 그녀의 안부가 궁금하고 보고 싶은 마음은 커지는데 생각처럼 쉽게 용기가 나지 않았다. 바보처럼 말이다.

누구를 위한 망설임인가.

[지금 인쇄소 나와 있어. 왜?]
[오늘 해림출판사 가.]

심장이 욱신거렸다. 자신이야말로 연락을 하지 않았으면서, 다경의 연락이 다른 일 때문이라고 생각하니 기분이 울적해져 버렸다.

검토서를 작성했던 책의 판권 계약이 진행된 모양이었다. 누구보다 그 과정을 잘 알고 있으면서 무엇이 이리도 기분이 나쁜 걸까. 해림과는 세 번이나 작업했으니 한 번쯤 만날 수도 있는 일인데, 어째 내 사람을 빼앗긴 기분이 든다.

이쯤 되면 중증 아닌가?

정민은 고개를 몇 번 젓고는 문자를 입력했다.

[계약하러 가는구나?]

[응. 그런데 의준 에디터님이 오늘 너랑 같이 저녁 식사 하지 않겠냐고 해서.]

덜컹, 덜컹. 심장이 요란한 소리를 내며 뛴다.

용기가 나지 않아서 가장 쉬운 핑계, 원고지를 받으러 가는 것도 못 했는데 이보다 더 좋은 기회가 어디 있단 말인가. 울적하던 마음이 싹 사라져 버렸다. 지금은 이렇게 들뜨고 좋아도 막상 그녀를 보면 다시금 혼란에 빠지겠지만 이런 기회를 놓칠 수는 없었다.

정민은 심호흡을 여러 번 하고 전화를 걸었다. 그녀의 목소리가 들리자 겨우 진정시켰던 심장이 저릿저릿해졌다.

"김 선배가 밥 먹자고 했다고?"

— 응. 나더러 너한테 연락해 보고 알려 달라고 했어.

나는 이렇게 손까지 떨리는데, 그녀의 목소리는 평온하기 그지없었다. 정민은 괜히 서운하고 야속했다. 제 마음을 제대로 표현해 본 적도 없으면서 말이다. 이성으로서의 감정이 의식되면서 그녀의 반응 하나하나에 모든 것이 삐딱해져 버린 기분이다.

— 혹시 약속 있어?

그의 침묵을 사양으로 들었는지, 그녀가 나직하게 물었다. 정민은 어수선한 기분을 얼른 수습했다.

"약속은 없어. 넌 출판사에 언제 가는데?"

― 네가 올 수 있는 시간에 맞추려고 아직 시간 약속은 안 잡았어.

"퇴근해서 그쪽으로 갈게."

― 해림으로 오는 거야?

기분 탓인지 그녀의 목소리가 밝아진 것 같았다. 이젠 별의별 착각을 다 한다는 생각에 정민은 작게 실소를 흘렸다.

"응. 해림으로 갈게."

― 알았어. 이따가 거기서 보자.

"그래."

통화가 끝나고 정민은 인쇄한 종이를 손에 들었다. 퇴근하려면 아직 멀었는데 들뜬 심장은 어느덧 차로 달려가고 있었다.

도착했다는 연락을 하고 서성이고 있으니 다경이 의준과 함께 나타났다. 정민을 본 의준이 싱긋 웃으며 그의 등을 툭툭 두드렸다. 다경과도 인사를 하고 세 사람은 근처 이탈리안 식당으로 이동했다.

"아무리 동창이라지만, 역자님이 하 편집자만 만나고 나는 안 만나 주는 것 같아서 얼마나 서운했는지 모르죠?"

호탕함을 가장한 의준의 소심한 항의에 다경이 수줍게 웃었다.

'그건 우리 사이가 선배와는 차원이 달라서 그런 겁니다!'

라고 끼어들고 싶은 걸 정민은 다디단 케이크를 먹으며 달랬다.

책을 네 권째 작업하게 되는 해림에서 식사 대접을 했으니 후식은 소개를 받은 —이번에도 무의미해서 따지지 않았다.— 하늘에서 내라는 말에 세 사람은 식당과 멀지 않은 디저트카페에 와 있었다.

"제가 좀 낯을 많이 가려서요."

식사를 하면서는 일과 관련된 이야기를 주로 했는데, 디저트카페로 자리를 옮기고서는 이야기가 좀 더 자유로워졌다.

"지금이라도 뵀으니 소원 성취는 했네요. 처음에 역자님이 하 편집자 동창이라는 소리 듣고 엄청 소름 돋았거든요."

의준이 그때를 다시 떠올리듯 팔을 손으로 쓸었다.

"세상이 참 좁구나 싶더라고요."

"저도 신기했어요. 잘 믿기지도 않았고요. 그런데 이젠 편하게 이름 불러 주시면 안 될까요?"

"그럴까요?"

두 사람의 대화를 들으며 정민은 케이크를 깨작거렸다. 서로서로 아는 사이고 하니 예의상 함께 보자고 한 걸 수도 있는데, 괜히 끼었나 싶었다.

"그런데 하 편집자 말대로 정말 미인이시네요."

딴생각을 하고 있던 정민이 화들짝 놀라 고개를 들었다. 무슨 소리냐는 표정으로 쳐다보는 그를 못 본 척하며 의준이 설명을 덧붙였다.

"어렸을 때부터 예뻤다고 어찌나 침이 마르게 자랑을 하는지."

"잠깐. 내가 언제 침이…… 읍!"

다경에게 시선을 고정한 채 의준이 정민의 얼굴을 손으로 밀어 냈다. 당황한 다경의 양 볼에 홍조가 엷게 피었다. 정민은 허우적 거리고, 의준은 꿋꿋하게 말을 이었다.

"벌써부터 무슨 단속을 그리 하는지. 같이 술 한잔하자는데도 절대 안 된다고 펄쩍펄쩍 뛰는 거 있죠."

"선배님, 그건 이유가……!"

의준의 손을 겨우 치우고 정민이 따졌으나 다시 입이 막혔다.

"하여튼, 하 편집자 때문에 다경 씨는 영영 못 만나는 줄 알았 잖아요."

"선배님!"

참다못한 정민이 언성을 높이고, 의준은 혀끝을 빠끔 내밀며 약을 올렸다. 정민은 허탈한 웃음을 흘리고 말았다. 그런 말을 아 예 안 한 것도 아니고, 웃자고 한 농담에 기를 쓰고 따질 수도 없 었기 때문이다.

다경은 별다른 대꾸 없이 미소만 지었다.

그렇게 시답잖은 대화들을 나누다가 밤 9시가 넘어가면서 세 사람은 자리를 털고 카페에서 나왔다.

"다음에는 꼭 술 한잔 같이 해요."

작정이라도 한 듯 의준이 술 이야기를 다시 꺼냈다. '네, 네, 그러세요.' 하는 얼굴로 정민은 아무런 토도 달지 않았다.

"술은 잘 못 마시지만, 그럴게요."

정민은 그럴 필요 없다고 온 힘을 다해 표정으로 말했으나 다 경은 의준에게 선선히 웃으며 대답했다. 한 건 했다는 표정으로,

의준은 정민을 향해 어깨를 으쓱거렸다.

"교통편은 어떤 거 이용하세요?"

"전철이요."

"그럼 하 편집자랑 같이 가겠네요?"

다경이 정민을 쳐다보며 '네.'라고 대답했다.

"아쉽네. 난 버슨데. 그것도 이쪽으로 쭉 나가면 있는 버스 정류장."

의준이 아쉽다는 듯 버스 정류장을 향해 손짓했다. 기회다 싶어 정민이 두 사람 사이에 끼어들었다.

"우린 이만 갈게요, 선배님."

정민은 아까부터 눈에 거슬렸던 그녀의 묵직한 가방을 손으로 낚아챘다. 이번에도 다경은 괜찮다는 손짓을 했지만 가방은 이미 그의 어깨에 둘러진 뒤였다. 빨리 가라는 듯 쳐다보는 정민을 향해 의준이 히죽 웃었다.

"다경 씨. 조심히 들어가요."

"네. 안녕히 가세요."

세 사람은 작별 인사를 나누고 두 길로 나뉘어 헤어졌다.

전철역으로 향하는 골목은 간간이 지나는 사람들만 있을 뿐 조용하고 한적했다. 대화 없이 걷는 이 거리가, 다경은 어려웠다. 불편하거나 부담되는 건 아니니 어렵다는 말이 맞을 것이다.

자신에게 언제나 다정하고 웃음을 보이던 그가 저리 뚱한 표정을 짓고 있으니 어떻게 해야 할지 다경은 알 수가 없었다. 그렇다고 마냥 이렇게 어색하게만 있을 수는 없었다.

"저기 말이야."

"응."

깊은 생각에 잠겼던 사람처럼 정민이 움찔 놀라며 다경을 쳐다
보았다.

"지난번에 말했던 거……."

"지난번?"

"애들이랑 놀러 가기로 했던 거."

"아!"

뒤늦게 생각난 사람처럼 외마디 소리를 낸 정민이 미안한 표정
을 지어 보였다.

"깜빡했다. 미안해."

"미안해할 것까지는 없고."

"아니야. 정말 미안해. 내가 정신이 없어서 깜빡 잊고 있었어.
조만간 애들이랑 만나서 스케줄 짜자."

"정말 그래도 돼?"

무슨 소리냐는 표정으로 정민이 다경을 쳐다보았다.

"내가 부담 주는 것 같아서."

"애들 서운하게 그런 생각을 왜 해. 너 만나는 날을 애들이 얼
마나 기다렸는데."

'넌? 너도 기다렸어?'

이렇게 묻고 싶은데 다경은 차마 입이 떨어지지 않았다.

"그나저나 말이다."

"……?"

"넌 오늘따라 왜 이리 기운이 없어?"

그가 마치 의사 선생님 같은 표정으로 그녀의 얼굴을 이리저리 살폈다.

"기운 없는 거 아닌데."

"지난번에 봤을 때랑 좀 많이 다른데?"

"내가 그랬나?"

최대한 씩씩하게, 다경이 고개를 갸웃거렸다.

"설마. 이제 와서 나한테 낯가리는 건 아니지?"

"뭐어? 그런 말이 어디 있어."

"의준 선배랑 같이 있을 때 낯가려서 말 많이 안 하는 건 알겠는데, 나랑만 있는데도 통 말이 없잖아. 낯가림 뒤끝이 좀 긴가 보다?"

"뭐라는 거야."

다경은 저도 모르게 웃음을 터뜨리며 그의 팔뚝을 가볍게 두드렸다.

"그러는 너야말로 이제 와서 낯가림하냐?"

"왜 또 나한테 뒤집어씌워?"

"너 아까부터 엄청 심각한 표정이었던 거 알아?"

"내가?"

정민이 억울하다는 듯 되묻자 다경은 짐짓 엄한 표정으로 고개를 끄덕였다.

"그래. 내가 기운 없던 건 다 너 때문이야."

"무슨 계산이 그래?"

그가 억울해했다.

"원고 타이핑 때문에 만난 후로 오랜만에 본 거잖아. 그런데 네가 막 엄청 심각한 얼굴로 앉아 있으니까 나도 덩달아 기운이 없었던 거야."

"하하하. 내가 뭘 또 얼마나 엄청 심각했다고."

겸연쩍은 얼굴로 웃으며 그가 뒷머리를 긁적거렸다.

보고 싶었는데 그는 타이핑이 끝난 원고를 가지러 오지 않았다. 그래도 오겠다고 했으니 언젠간 오겠거니, 바빠서 못 오는 것이려니 생각하며 제 마음을 달랬다.

남은 핑계라고는 친구들과 함께 가기로 했던 부산 여행밖에 없는데, 막상 그 얘기를 꺼내자니 다들 바쁜데 놀러 가자고 어리광을 부리는 것일까 봐 선뜻 연락하기가 힘들었다.

그런 차에 해림에서 정민과의 저녁 식사 얘기가 나와 얼마나 좋았는지 모른다. 그가 바쁘다고 할까 봐 가슴도 졸였다. 그런데 막상 만나게 된 그는 계속 심각한 표정이었다. 서운하게도 말이다.

다경이 토라진 듯 새침하게 쳐다보자 그가 미안한 표정으로 웃었다.

"선배랑 같이 있어서 그랬나 봐. 너랑 단둘이 만났을 때랑은 아무래도 분위기가 다르니까."

"내가 싫어서 그런 건 아니고?"

"그런 말이 어디 있어. 네가 싫으면 오늘 나왔겠어?"

그가 펄쩍 뛰며 부정하자 서운한 마음이 조금은 가시는 것 같았다.

"그럼, 웃으면 안 될까?"

다경의 말에 그가 어리둥절해했다.

다경은 진심이었다. 그가 웃지 않으니 이상하게 자신도 웃음이 나오지 않았다. 뭐랄까. 그에게 자꾸 어떤 영향을 받고 있는 것 같았다. 제 기분을 위해 타인에게 무언가를 강요하면 안 되는데, 그에겐 자꾸 기대를 하게 된다. 더 정확히는 의지하는 건지도 모른다.

물끄러미 다경을 바라보던 그가 어깨를 다정하게 토닥였다.

"내가 요즘 생각이 많아져서 나도 모르게 계속 심각했나 보다. 오랜만에 너 봐서 좋아."

"……."

"진짜야."

그가 진지하게 한 번 더 강조했다.

나도. 나도 너 봐서 좋아.

이 말을 하지 못해서 다경은 그냥 미소만 짓고 말았다.

어느덧 전철역에 도착했다. 타이밍이 기가 막히게 다경이 타야 하는 열차가 도착한다는 안내 방송이 흘러나왔다.

"데려다줄게."

"으응. 아니야. 혼자 갈게."

아까보다 한결 마음이 가벼워진 다경이 고개를 저었다. 물론 본심이야 그가 바래다주었으면 했지만, 친구에게 그런 부탁을 할 수는 없었다. 남자친구라면 몰라도…….

잠시 고민하는 것 같던 정민이 순순히 가방을 내밀었다. 그런데 막상 그에게서 가방을 건네받으니 서운함이 다경의 심장을 가득 채웠다.

"가방 좀 가볍게 하고 다녀. 너 정말 이러다가 어깨 빠진다."

"악담을 해요."

"악담이 아니라 걱정이야."

"훗. 알았어."

그녀의 미소를 집어삼키듯 전철이 굉음을 내며 들어섰다. 다경이 손을 흔들며 전철 안으로 들어가는 걸 지켜보고 있던 정민이 순식간에 그녀의 뒤를 따라 들어갔다. 그러고는 안쪽으로 들어가는 다경의 가방끈을 붙잡았다.

"어?"

깜짝 놀란 다경이 돌아보았다. 정민이 빙긋 웃으며 가방을 도로 제 어깨에 둘렀다.

"같이 가자."

잠시 당황한 시선으로 바라보던 다경의 얼굴에 화사한 웃음꽃이 피었다.

제13장

"1박은 당연한 거 아니야?"

"뭐가 또 당연해. 우리는 가정이 있는 몸이라고."

민석의 주장에 수경이 한심한 표정으로 투덜거렸다.

부산 여행 계획을 짜기 위해 모인 그들은 저녁 식사를 끝낸 후 근처 카페에 작은 테이블 두 개를 붙여 다닥다닥 앉아 열띤 토론을 벌이고 있는 중이었다.

민석이 목소리를 높였다.

"결혼하면 친구들이랑 1박 여행도 못 가냐? 남편들이 그리 속이 좁아서야 써? 어?"

"그래서 너는 지난번에 와이프가 친구들이랑 놀러 간다고 하니까 심술부렸냐?"

"흠! 내가 언제?"

주연의 핀잔에 멋쩍은 표정으로 헛기침을 하던 민석이 얼른 말을 이었다.

"아무리 그래도 부산을 당일치기로 어떻게 다녀와."

"얘가 혼자 과거에 사시나. 전국이 일일 생활권인 거 몰라? 못 다녀올 건 뭐야. 이것저것 볼 것 없이 몇 곳만 찍어서 둘러보면 돼. 광안리랑 감천문화마을, 그리고 다경이가 가 보고 싶다는 보수동 책방 골목만 보면 되지. 점심은 밀면 먹고, 간식으로 씨앗호떡 먹고. 이른 저녁 먹고 KTX 타고 슝! 오면 되잖아."

수경이 숨도 안 쉬지 않고 당일치기로 부산에 다녀올 수 있다는 주장을 강하게 피력했다.

다경은 친구들의 열띤 토론을 난처한 표정으로 보고 있었다. 괜히 여행을 가자고 한 건 아닌지 살짝 후회가 들었다.

"그나저나 넌 그 몸으로 갈 수는 있는 거야?"

수경의 지적에 주연이 잠시 잊었다는 얼굴로 예쁘게 부른 배를 쓰다듬었다. 어느새 주연은 임신 7개월 차를 보내고 있었다.

"만삭도 아닌데 왜 못 가. 지난주에는 신랑이랑 강원도도 다녀왔어."

"신랑이 가래?"

"가라고 할 거야."

주연이 호언장담했다. 수경은 그래도 좀 불안했다. 이때다 하는 얼굴로 민석이 끼어들었다.

"그러니 1박을 해야 한다는 거야. 바쁘게 돌아다니지 않아도 되고, 주연이는 힘들면 숙소에서 쉬면 되잖아. 아!"

기발한 생각이 떠오른 표정으로 민석이 손뼉을 한 번 쳤다. 그러자 친구들이 모두 궁금해하며 그를 쳐다보았다.

"그냥 다 같이 가자."

"다 같이 가자니?"

"난 내 와이프 데리고 가고, 너희들은 남편 데리고 가고."

결혼 전부터 함께 만났던 터라 배우자들과도 다들 친한 편이었다. 가끔 이렇게 모일 수 있는 것도 미리 친분을 쌓아 놓은 덕분이었다. 주연이 친구들 중 세 번째로 결혼을 하면서 정민만 미혼이라 이후로는 동반 모임을 가져 본 적이 없었다.

"좋네! 이번 기회에 부부 동반으로 복작복작하게 가자. 아주 재밌겠어."

"그래. 차라리 그렇게 하자. 그러고 보니까 주연이 결혼식 후로는 동반 모임 가진 적 없잖아."

잔뜩 들떠 있는 세 사람을 말린 건 정민이었다.

"여보세요. 우린 아직 솔로거든요."

정민이 심드렁한 표정으로 다경과 자신을 손가락으로 가리켰다. 뒤늦게 그 사실을 깨달은 세 사람이 어깨를 축 늘어뜨렸다.

"너희는 왜 아직도 솔로인 거냐?"

민석이 한심한 표정으로 심술을 부렸다. 정민은 어처구니가 없어서 코웃음을 쳤고, 다경은 그저 허허 웃었다.

혼자 웃지 못하고 잠시 고민에 빠졌던 주연이 미안한 표정으로 말했다.

"아무래도 난 이번에 빠져야 할 것 같아. 나야 아직 충분히 움직일 수 있는데 신랑이 걱정할 것 같아."

정민이 잘 생각했다는 표정으로 주연의 어깨를 다독였다.

"그래. 잘 생각했어. 이번에 부산 다녀오고 헤어질 사람들도 아니고, 그렇다고 지구가 멸망할 것도 아니고. 다음에 같이 가자."

"그게 언제가 될까? 조금 있으면 만삭이고, 애기 낳고 나면 한동안은 집에서 꼼짝도 못 할 텐데."

"애기 데리고 움직일 수 있을 때쯤 되면 얘네도 결혼하지 않겠냐?"

민석이 터질 것 같은 웃음을 참는 얼굴로 다경과 정민을 번갈아 보았다. 수경이 신나서 말했다.

"부부 동반 여행을 위해서라도 얘네를 얼른 결혼시키면 돼."

"그러지 말고 둘이 결혼해라. 시간이 엄청 단축될 것 같다."

이때다 싶은 얼굴로 민석이 나란히 앉은 정민과 다경의 어깨를 꼭 붙였다. 당황한 다경이 양 볼을 빨갛게 물들였다.

"넌 어째 나이를 먹어도 하는 짓이 중학생 때랑 달라지지를 않았냐."

정민이 정색을 하며 민석의 이마를 찰싹 때렸다. 다른 친구들이 까르륵 웃음을 터뜨렸다.

'결혼이라고? 그것도 정민이랑?'

불쑥 얼굴이 붉어져서 다경은 화장실에 다녀오겠다며 자리를 피했다.

화장실에서 다경은 찬물로 씻은 손을 얼굴에 댔다. 예상대로 양 볼이 붉게 물들어 있었다.

"하아……."

다경은 세면대를 짚고서 길게 한숨을 쉬었다.

내가 어떻게 감히…….

슬픈 눈으로 거울 속의 제 모습을 물끄러미 바라보던 다경이 화장실에서 나갔다.

자리로 돌아가니 토론을 끝낸 친구들이 이마를 맞대고 무언가를 열심히 하고 있었다. 가장 먼저 합의점을 찾았던 날짜에 맞춰 열차, 숙소, 렌트카 예약을 하는 중이었다.

"요즘은 정말 좋은 세상이야. 휴대폰 하나로 다 끝나니까 말이야."

엄청난 일을 해결한 사람처럼 수경이 제 어깨를 두드렸다.

주연이 빠지면서 일정은 1박 2일로 정해졌다. 민석의 강력한 요구가 받아들여진 것인데 대신 점심때 맞춰 서울에 도착하기로 합의를 보았다고 했다.

"회비는 얼마야?"

"넌 낼 필요 없어. 우리가 다 해결했어."

민석이 다경의 어깨를 툭툭 두드렸다.

"그런 게 어딨어. 나도 내야지."

"네 완치 축하 여행이잖아. 네가 주인공인데 돈을 왜 내. 우리가 쏘는 거야."

자기는 가지도 않으면서 회비를 보태기로 한 주연이 어깨를 으쓱거렸다. 미안한 얼굴로 쳐다보는 다경에게 정민이 괜찮다는 표정으로 다정하게 미소 지어 주었다.

"자, 이제 가자. 너무 늦었어."

여행에 필요한 예약을 끝내고 민석이 자리에서 벌떡 일어났다. 저녁을 먹고 여행 일정을 잡는다고 카페에 죽치고 앉아 있었더니 어느새 밤 9시가 다 되어 있었다. 그들은 잡담을 하며 테이블을 정리하고 우르르 카페를 나섰다.

"그럼 우리는 그날 서울역에서 만나는 거야."

민석이 약속 장소와 시간을 한 번 더 상기시켰다. 알았다는 친구들을 향해 한 번 더 근엄하게 말했다.

"늦으면 벌금이야."

"알았다니까."

수경이 그만 좀 하라는 표정으로 쏘아붙이듯 말했다. 민석은 할아버지처럼 '에헴' 그러더니 다가오는 빈 택시를 재빨리 잡아서 주연을 먼저 태워 보냈다. 수경은 근처 버스 정류장으로 가고 나머지 세 사람은 지하철역으로 향했다.

"너를 만난 것도 신기한데, 이제는 여행까지 간다니. 믿기지가 않는다."

민석이 흥분이 가라앉지 않은 얼굴로 말했다.

"나도 그래. 여행이 뭐야. 정민이 아니었으면 너희랑 만나지도 못했을 거야."

"엄밀히 말하면 내 덕은 아니지."

두 사람이 가운데 껴 있는 정민을 쳐다보았다.

"다경이가 번역을 너무 잘해서 내 눈에 띈 덕이야."

"어쭈. 간지러운 소리도 제법 하는데?"

민석이 장하다는 표정으로 정민의 어깨를 툭툭 두드렸다. 민석과 함께 웃던 정민이 진지하게 말했다.

"번역 실력이 좋다는 건 진심이고, 자기 덕이라고 우기는 사람은 따로 있어. 해림출판사 김의준 편집자라고."

"누군데?"

민석은 어딜 감히 숟가락을 얹느냐는 표정이었다.

"다경이가 번역한 책 출간한 출판사 편집잔데, 옛날 직장 선배야. 자기가 소개 안 시켜 줬으면 다경이를 만났겠냐며 술 사라고 어찌나 성화던지, 결국 한 번 샀다."

"뭐가 그렇게 복잡해? 그냥 진희가 건강해진 덕이야. 아, 다경이."

민석이 얼른 이름을 정정하며 히죽 웃었다.

"후후. 그래. 다경이가 건강해진 덕이야."

두 사람의 말에 마음이 따뜻해져서 다경도 빙그레 미소를 지었다.

민석은 반대편 지하철을 타야 해서 개찰구를 들어가자마자 헤어졌다. 두 사람은 여전히 사람들로 북적거리는 승강장으로 내려갔다.

"이번 여행, 기대돼."

열차를 기다리면서 다경이 말했다.

"네 말대로 부산 처음이야. 꼭 해외여행이라도 가는 기분이야."

"지금은 건강하니까 이곳저곳 자주 다니면 돼."

"나랑 같이 다녀 주나?"

이런 질문은 안 하려고 했는데, 그에게 자꾸 기대를 품게 된다. 자주 목소리를 들을 수 있었으면, 또 만날 수 있었으면 좋겠다고 말이다. 그래서 스스로가 무언가를 간절히 바라는 어린 강아지 같은 표정으로 그를 올려다보고 있음을 다경은 전혀 몰랐다.

"네가 원한다면, 기꺼이."

여느 때보다 다정한 그의 미소에 다경은 가슴이 뭉클했다. 이러니 자꾸 욕심이 날밖에……. 더는 그를 귀찮게 해서는 안 된다.

"말만이라도 고마워."

"빈말 아니야."

"그럼 두 배 고마워."

다경이 진심을 담아 생긋 웃었다.

정민은 사춘기 소년처럼 괜히 쑥스러워지는 기분에 헛기침을 한 번 했다. 그의 마음을 안다는 듯 열차 도착 알림음이 요란하게 울렸다.

정민은 플랫폼에 너무 바짝 다가서 있는 다경의 팔을 잡고 슬쩍 뒤로 당겼다. 안전문이 있다지만 그래도 영 못미더워서다.

지하철이 도착하고 문이 열렸다. 두 사람은 승객들과 함께 열차 안으로 들어갔다. 정민은 명동에서 약속이 있었기 때문에 서울역까지 같이 가기로 했다.

평일 늦은 시간임에도 4호선에는 사람이 많았다. 얼마 안 있어 내려야 하니 깊이 들어갈 수는 없고, 정민은 최대한 공간을 확보하고 제 앞에 다경을 세웠다. 그러고는 그녀를 품듯 양손으로 선반을 잡고서 사람들에게 안 밀리려고 단단히 버티고 섰다.

달리는 지하철의 소음과 함께 군데군데 사람들의 말소리가 객차를 맴돌았다. 다경은 단단한 장벽처럼 제 뒤에 서 있는 정민을 슬쩍 돌아보았다.

다른 친구들에 비해 그를 만날 기회가 많아서 그랬을까. 오늘은 너무도 자연스럽게 그와 나란히 앉아 있었다.

식사를 할 때부터 여행 계획을 짜기 위해 갔던 카페에서까지 정민은 당연하다는 듯 그녀를 눈으로 좇았다.

그건 그녀도 마찬가지였다. 그냥 눈에 보이는 아무 곳에나 앉으면 되는데, 꼭 그를 쳐다보게 되었다. 그럴 때면 여지없이 그와 눈이 마주쳤다. 이쪽으로 오라는 듯 바라보는 눈빛에 이끌려 다가가면 그는 자연스럽게 그녀를 먼저 자리에 앉히고 옆자리에 나란히 앉았다.

다경은 자신의 작은 행동에도, 스치는 눈빛에도 민감하게 반응하는 그가 꼭 연인처럼 느껴졌다. 제 생각이 하도 어이없어서 다경은 속으로 실소를 흘렸다.

과대망상이다, 정말.

"왜? 어디 불편해?"

그가 귀에 대고 속삭이는 소리에 다경은 흠칫 놀랐다. 저도 모르게 터뜨린 헛웃음을 그는 불편해서 그러는 줄 안 모양이었다. 다경은 그를 반쯤 돌아보며 고개를 저었다.

"으응. 아니. 안 불편해."

다행이라는 표정으로 그가 빙긋 웃었다.

두 사람은 자연스레 다시 앞을 보고 섰다. 캄캄한 터널 속을 달리는 지하철 유리창에 비치는 그를 바라보는 다경의 입가에 엷은 미소가 걸렸다.

집으로 돌아와 씻고 자리에 앉으니 당연하다는 듯 정민이 떠올랐다. 16년 만에 재회를 한 후로 이 상태가 계속 이어져 왔다.

처음엔 신기하고 반가운 마음 때문이라고 생각했다. 그 덕에 어렸을 때를 떠올리며 추억에 젖을 수 있어 고마운 마음도 들었다. 편집자와 역자로 만났으니 업무 때문에라도 종종 그를 떠올리는 것이라고, 애써 그렇게 생각했었다.

하지만 그러려니, 그럴 수 있으려니, 뒤늦은 사춘기려니 생각했는데, 그건 아닌 모양이었다. 그의 모든 일상이 궁금해지기 시작했다. 그의 목소리가 듣고 싶고 보고 싶은데 먼저 연락할 용기는 없어 그의 연락을 기다리게 됐다. 여기도 가고 저기도 가자고 했던 약속들을 지키라고 조르고 싶었다. 그렇게 해서라도 그를 만나고 싶었다.

그를 만나기 전까지 그녀의 일상은 평범하다 못해 지루할 지경이었다. 아침에 일어나 느긋하게 청소를 하고 식사를 했다. 이후 책을 읽거나 맡은 번역 일을 하는 것이 하루의 대부분을 차지했다. 가끔 산책을 하고 마트에 다녀오는 것이 유일한 외출이었다.

이랬던 일상에 그가 끼어들었다. 자꾸 그를 찾고 의지하게 된다. 틈만 나면 그를 떠올리기도 하면서 어떤 '꿈'을 꾸게 된다.

다경은 책상 위에 있는 휴대폰을 물끄러미 쳐다보았다.

지금쯤 집에 도착했을 텐데, 잘 도착했는지 전화해 볼까? 하지만 우리가 언제부터 그런 사이였다고 간지럽게 전화를 할 수 있을까.

아랫입술을 깨물며 고민하던 다경은 졌다는 표정으로 휴대폰을 손에 쥐었다. 몇 번이나 누르려다 포기했던 번호를 찾아 어렵게 통화 버튼을 눌렀다.

두근두근. 심장 소리가 통화 연결음과 함께 머릿속을 울렸다.

— 응, 다경아.

그의 목소리를 듣자마자 이제는 머릿속까지 쿵쿵 뛰는 듯했다.

"집에 도착했어?"

— 그럼. 아까 도착했지.

"그랬구나."

— 왜? 그거 확인하려고 전화했어?

그가 놀리듯 웃기 가득한 목소리로 물었다. 속마음을 들켜서인지 얼굴이 달아올랐다. 아니라고 우기기에는 심장의 요동이 너무 컸다. 다경은 순순히 인정했다.

"응. 잘 도착했나 궁금해서 전화했어. 문자로 할 걸 그랬나?"

— 뭘 또 그렇게 진지하게 받아들여?

"아니…… 그냥……."

그러게, 그냥 웃어넘기면 될 것을……. 너무 긴장한 탓이다.

— 오늘 피곤했을 텐데, 일찍 쉬어.

"넌 내가 아직도 엄청 아픈 사람처럼 보이나 봐."

— 후후. 그런 건 아닌데, 예전엔 외출을 거의 안 했다고 하니까 조금은 걱정돼서. 요 근래 너무 자주 움직였잖아.

"피곤해도 친구들 만나서 좋아."

그리고 너도 봤잖아.

다경은 요란한 가슴을 손으로 지그시 눌렀다.

― 그렇다면 다행이고. 그래도 오늘은 일 같은 건 하지 말고 일찍 쉬어.

그의 목소리 뒤로 부스럭거리는 소리가 들렸다.

"지금 뭐 해?"

― 응?

"부스럭거리는 소리가 들려서."

― 아…… 미안. 뭐 찾다가 전화를 받아서.

그러고 보면 하던 일을 방해한 건 자신인데, 그가 사과를 하니 다경은 무척이나 미안해졌다.

"뭘 찾는데?"

당연하다는 듯, 이젠 시시콜콜한 것까지 물어본다. 그가 웃음기 묻은 목소리로 말했다.

― 궁금하면 같이 영화나 볼까?

"훗. 뭐?"

장난을 거는 것 같은 말투에 다경은 웃음을 터뜨리고 말았다. 그리고 행복했다. 그를 만날 수 있는 기회가 또 주어졌으니 말이다.

"무슨 영화?"

― 흠…… 글쎄. 한번 검색해 볼까.

그를 따라 다경도 노트북을 켜고 영화 검색을 시작했다.

"보고 싶은 영화도 없으면서 막 던지는 거야?"

그와 함께라면 싫어하는 공포 영화라도 씩씩하게 잘 볼 거면서 괜히 툴툴거렸다.

덩달아 웃던 정민이 말했다.

— '화이' 볼까?

"화이?"

— 여진구랑 김윤석이랑…… 조진웅도 나오네.

"나 여진구 좋아해. 나이도 어린 것이 나를 막 설레게 해."

— 다른 거 봐야겠다.

"뭐?"

토라진 것 같은 목소리에 괜히 기분이 좋아져서 자꾸 웃음이 나왔다. 그는 그저 장난일 수도 있는데, 속도 없이 혼자 좋아서…….

"그냥 '화이' 봐. 난 여진구를 꼭 봐야겠어."

— 이거 좀 무서울 것 같은데?

"나 무서운 거 엄청 좋아해. 그거 볼 거야."

이젠 마구 우기기 시작했다. 오로지 그와 만나는 것이 목적이니 영화가 무엇이든 전혀 상관없었다. 귀신이 튀어나와도 좀비가 뛰어와도 다 이겨 낼 수 있을 것 같았다. 안 되면 눈 감고 귀 막으면 그만 아닌가.

그렇게 영화는 '화이'로 정해졌다. 그리고 그를 만나는 날은 내일모레, 일요일 오후였다. 만날 장소와 시간을 정하고 전화를 끊는 다경의 얼굴에 행복한 미소가 가득했다.

※ ※ ※

[어디야?]

전철에서 막 내렸을 때 그로부터 문자가 왔다. 다경은 미소를 가득 품고서 그에게 전화를 걸었다.

"나 이제 막 전철에서 내렸어."

— 난 지금 영화관 로비 카페에 있어.

"일찍 왔네?"

— 너야말로 일찍 온 거 아니야?

그가 웃으며 되물었다. 그렇다. 다경은 약속 시간보다 무려 30분이나 일찍 도착했다. 그와 만날 시간을 기다리는 것이 초조해서 아예 일찌감치 집에서 나왔다.

"나야 원래 일찍 다니잖아."

오늘은 그를 만날 생각에 들떠서 일찍 나왔으니, 반은 틀렸다.

— 그럴 줄 알고 이번엔 내가 좀 일찍 나왔지.

정민의 목소리에 자랑이 가득했다. 다경이 배시시 웃었다.

금방 간다는 말을 남기고 전화를 끊은 다경의 걸음이 급해졌다. 1분이라도 일찍 그를 보겠다는 욕심에 피곤함도 잊었다.

사실 요 근래 다경은 피로감에 시달리고 있었다. 아마도 갑자기 여러 사람을 만나고, 외출도 잦아지다 보니 그런 것이라고 생각하지만 한편으론 불안감도 느끼고 있었다.

병원에 가서 혈액 검사라도 해 봐야 하는 건가 걱정되기는 하

는데, 혹시나 입원해야 한다는 소리를 들을까 봐 무서워서 엄두를
내지 못하고 있었다.

골수 이식 후 정기적으로 검사를 받고 있고, 특별히 통증을 느
낄 때면 별 거리낌 없이 병원에 가곤 했는데 요즘은 병원 자체에
거부감이 느껴졌다. 검사를 할 때마다 이식받은 골수는 부지런히
제 역할을 잘하고 있음을 확인하는데도 말이다.

아마도 정민이 때문이라는 생각이 들었다. 그에게 친구 이상의
감정을 느끼기 시작하면서 그렇게 바뀐 것 같았다. 보통 사람들과
는 다른 몸 상태가 정민을 만남으로써 두려워진 것이다. 이제야
겨우 마음이 가는 사람을 만난 것 같은데, 또다시 차가운 병실로
들어가게 될까 봐 무서워진 것이다.

이식하고 5년이 지났을 때 정기 검진을 받으러 갔다가 의사 선
생님께 벌벌 떨며 물어본 적이 있었다.

'저 완치된 건가요?'

선생님이 어리둥절한 표정으로 멀뚱멀뚱 쳐다보며 그녀에게 한
마디 했다.

'다경이는 벌써 완치됐지.'

재생불량성 빈혈은 골수 이식이 성공적으로 끝나면 완치된다고
했다. 그 이후는 바뀐 골수에 몸이 적응하는 과정인 것이다. 그런

데 지금은 안 하던 의심도 하게 된다.

나…… 정말 완치된 건가?

극장 로비로 들어선 다경은 가쁜 숨을 몰아쉬며 정민이 있다는 카페를 찾았다. 뒤늦게 피로감을 느낀 다경은 벽에 손을 짚고 천천히 걸음을 옮겼다. 그를 본다는 생각에 흥분을 한 나머지 평상시보다 빠르게 걸은 탓이었다.

'운동을 좀 하면 나아지려나.'

체력이 좋지 않다는 걸 알면서도 운동을 게을리한 것이 후회되었다. 그때는 겨우 회복된 몸을 혹사시키는 것 같아서 아무것도 안 했더니 흔한 말로 저질 체력이 되고 말았다. 좋아하는 사람도 생겼는데, 오래 함께하고 싶은 사람도 생겼는데, 이젠 정말 열심히 운동을 해야겠다.

다경은 곧 정민이 말한 카페를 발견했다. 천천히 걷다 보니 지친 몸이 어느 정도 회복된 것 같았다. 어쩌면 마음에 품은 사람의 얼굴을 보니 아드레날린이 솟구친 덕인지도 모르겠지만.

그와 시선이 마주친 다경이 활짝 웃었다.

"영화도 보는데, 엊그제 찾은 물건 보여 주는 거 아니었어?"

주문한 주스를 한 모금 마시고 다경이 물었다. 정민이 다정한 미소를 지었다.

"물건이 좀 많아서 차에 두고 왔어."

"설마 회사 차?"

"하하. 아니. 집에서 아버지랑 같이 쓰는 차 있어. 아무튼 영화

보고, 저녁 먹고, 이따가 보여 줄게."

"도대체 뭐길래 그래?"

"나한테는 엄청 중요한 물건이었는데, 넌 어떤지 모르겠다."

다경은 어리둥절했다. 그에겐 중요한데, 나에겐 중요하지 않은 어떤 것. 그와 공유한 것이 과연 있기는 했는지, 다경은 빠르게 기억을 더듬었다. 설마, 새로 사 준 교복 넥타이?

"그렇게 말하니까 궁금하잖아."

"이따가 볼 건데, 조금만 참아."

"얄미워. 이럴 줄 알았으면 밥 먹고 영화 볼 걸 그랬어."

"그래도 영화 먼저 보고 보여 줬을걸?"

"약 올리는 거야?"

다경의 샐쭉한 표정에 정민은 심장이 간질거렸다. 그 물건들을 보여 주었을 때 다경이 무슨 표정을 지을지, 그리고 무슨 말을 할지 정민이야말로 엊그제부터 계속 기대되고 궁금했다.

"도대체 물건은 언제 보여 주는 거야?"

집으로 향하는 차 안에서 다경이 다그치듯 물었다. 저녁을 먹고 나면 보여 주겠다는 물건을 다경은 한 귀퉁이도 구경을 못 했다.

"계속 그것만 생각하고 있었던 거야? 나랑 있는 게 재미없었나 보다?"

그가 아랫입술을 내밀며 서운한 표정을 지었다.

다경은 무슨 그런 말도 안 되는 소리를 하냐는 표정으로 눈을 커다랗게 뜨고 정민을 쳐다보았다. 그와 함께라면 멍하니 벽만 보고 있어도 재미있을 것 같은데, 그런 말을 하니 자신이야말로 서운하고 억울하기까지 했다. 그런 마음을 그는 모르겠지만……

"말이 되는 소리를 해라. 재미없으면 오늘 너를 만났겠어?"

"후후. 그래?"

그녀를 떠보듯 그가 히죽 웃으며 한 번 더 물었다. 다경은 두 눈을 부릅뜨고서 또박또박 힘주어 말했다.

"그. 래."

다경의 뾰로통한 표정을 보면서 정민은 속으로 조용히 웃었다. 그녀가 새침하게 토라진 모습에 가슴이 두근거렸다.

"들고 돌아다닐 무게가 아니라서 그래. 집에 도착해서 보여 줄게."

달래는 것 같은 목소리에 다경은 쭈뼛거리며 정민을 힐끔 쳐다보았다. 그의 선한 웃음에 혼자 삐쳤던 다경의 마음은 순식간에 풀어졌다.

언제 와도 조용한 골목으로 차가 들어섰다. 좁은 골목을 지나 그녀가 사는 원룸에 도착해 주차한 차에서 두 사람이 내렸다.

"잠깐 들어가도 되지?"

정민이 트렁크를 열며 물었다. 다경은 고개를 끄덕이며 그의 곁으로 다가섰다. 그가 꺼낸 건 꽤 큰 수납 박스였다.

"도대체 뭔데 이렇게 커?"

"내가 왜 집에서 보여 주겠다고 했는지 이제 알겠지?"

"어휴. 그만 좀 해."

다경이 뾰로통하니 그의 등을 아프지 않게 한 대 툭, 때리자 정민이 웃으며 앞장을 섰다.

3층에 도착해 다경이 전자 도어의 비밀번호를 눌렀다.

"난 왜 3층도 힘드냐?"

"여기 1층이 주차장이잖아. 넌 지금 4층을 올라온 거야."

현관문이 열리고 다경은 박스를 든 정민이 먼저 들어가게 했다.

"하……. 어쩌지."

"어쩌지는 무슨. 운동 부족이야."

"하하하. 네 말이 맞다. 종일 사무실 의자에 앉아 있으니 이 정도 올라오는 것도 힘에 부치지."

책상으로 향하는 정민의 뒤를 다경이 졸졸 따라갔다.

"어서 열어 봐."

다경의 눈에는 호기심이 가득했다. 긴장한 듯 정민이 작게 헛기침을 한 번 하고는 상자를 열어 잘 보이도록 내밀었다.

"아……."

박스 안의 내용물을 본 다경은 놀라서 외마디 소리를 작게 흘렸다. 그곳에는 그녀가 학교에 두고 왔던 교과서와 노트, 그리고 개인 사물들이 가지런히 담겨 있었다.

방학식 날, 짐을 챙기자니 반 애들이 호기심을 보일 것 같아 그대로 남겨 놓았던 것들이다. 어차피 학교를 그만둘 거라 필요하지도 않아서 담임에게 다 버려 달라고 미련 없이 말했었다. 그런데 그걸, 사물함에서 굴러다녔을 볼펜 하나까지 상자에 그대로 담아

두었다.

"이게 왜……."

"선생님이 버리려는 걸 내가 뺏었어. 난 네가 다시 돌아올 거라고 믿었거든. 그러면 다시 공부를 해야 하니까, 버리면 안 된다고 생각했어."

눈물이 그렁그렁 맺힌 다경이 제 손때가 묻은 교과서와 노트를 하나하나 꺼내 들춰 보고 손으로 쓰다듬었다.

"이걸 지금까지 보관하고 있었던 거야?"

"내가 말했잖아. 나에겐 중요한 물건이었다고."

"귀찮았을 텐데. 내가 학교 그만둔 지가 벌써 몇 년이야."

책상 의자에 앉은 정민은 감격스러워하며 물건들을 살펴보는 다경을 조용히 지켜보았다.

이제야 알 것 같다. 친구들과 그녀를 추억할 때마다 어째서 가슴이 아릿하게 아팠었는지를. 그녀를 다시 만났을 때 심장이 터질 것처럼 감격스러웠던 이유를. 그녀를 생각할 때면 가슴이 시큰거리던 이유를. 그녀를 만날 때마다 가슴이 울렁거리던 이유를, 상자를 찾으면서 깨달았다.

내가 이진희를 좋아했고, 지금도 좋아하는구나.

어린 시절에는 몰랐던 감정을 깨닫게 되자 가슴이 뻐근하게 벅차올랐다. 좋아한다는 감정을 채 깨닫기 전에 진희가 학교를 그만두면서 그 감정 역시 조용히 잠이 들었던 것이다. 깨닫지 못했기에 잠들어 있다는 것도 몰랐던 감정이다.

"요즘 들어 부쩍 드는 생각이 있어."

아득한 시선으로 제 물건들을 살펴보고 있던 다경이 고개를 들었다. 정민은 미소를 머금으며 용기를 내 말했다.

"만약 네가 학교를 그만두지 않았다면 나는 어떻게 되었을까. 아영 캠프도 같이 가고, 수학여행도 같이 가고, 체육 대회도 함께 하면서 2학년 2학기를 끝냈다면 내 마음은 어떻게 변했을까."

알 것 같기도 하고, 아닌 것 같기도 한 표정으로 다경이 그를 바라보았다. 정민은 할 말을 고르듯 잠시 뜸을 들이다가 신중하게 입을 열었다.

"그날, 네 물건들을 박스에 담으면서, 어렴풋하게 느꼈던 감정을 함께 넣어 두었던 것 같아. 아직 익지 못해 풋내 나고, 언제 어디로 튈지 모르는 감정들을 말이야. 언젠가 네가 돌아올 것이라는, 근거 없는 믿음으로 자물쇠를 채우고 망각의 땅속에 깊이 파묻었던 것 같아."

"그게 무슨……."

다경은 너무 놀라서 심장이 두근대다 못해 폭발할 것처럼 격하게 뛰었고, 온몸은 찌릿찌릿 전기가 도는 것 같았다.

당황하는 그녀를 지그시 바라보며, 정민이 부드러운 미소를 지었다.

"네가 진희라는 걸 알게 된 후로 나는 좀 혼란스러웠어. 너를 보면 좋고, 안 보이면 보고 싶고, 목소리가 듣고 싶은 마음이 과연 무엇인지 헷갈렸거든. 오래전 연락이 끊긴 친구를 다시 만난 반가움인 건지, 아니면…… 긴 시간 묻어 두고 깨닫지 못했던 감정인지."

"……."

"널 좋아하는 것 같아. 아니, 좋아해."

다경의 눈에 왈칵 눈물이 고여 들었다. 온기라고는 찾을 수 없는 병실에서 두려움과 외로움을 견딜 수 있었던 건 그와의 짧은 추억 덕분이었다. 따뜻한 말 한마디 제대로 건네지 않았던 자신을 보살펴 주고 도와주던 그를 떠올리고 그리워하는 것으로 막막한 시간을 버틸 수 있었다.

그랬기에 자신이야말로 그를 다시 만나 옛 향수에 흔들렸을 뿐이라고 생각했다. 그에게로 향하는 마음을 애써 외면하려고 했었다. 혹여 자신의 말과 행동이 그를 불편하게 하거나 부담스럽게 만들까 봐 염려되기도 했다.

그런데, 그가 좋아한다고 한다. 몸 한구석이 고장 난 나를……

다경은 두 손에 얼굴을 묻었다. 그의 고백이 감격스럽고 좋은데, 내 마음도 그렇다고 전하고 싶은데 선뜻 입이 떨어지지 않았다.

"다경아."

어깨에 닿는 그의 손이 무척 따뜻했다. 위로하듯 토닥이는 그의 손길이 어떤 대답을 하더라도 나는 상관없다고 속삭이는 것 같았다.

흐르는 눈물을 멈출 수 없어, 다경은 그대로 고개를 들고 그를 바라보았다. 따뜻한 시선을 보내던 그가 짓궂게 웃었다.

"감격해서 우는 거야?"

"흐음."

그의 부드러운 미소가 좋아서, 그의 다정한 음성이 좋아서, 다경은 얼굴을 잔뜩 찡그리며 서럽게 울었다.

"저기, 다경아."

"미안. 자꾸, 눈물이……."

겨우 꺼낸 말이 고작 이랬다. 괜찮다는 눈길로 바라보던 그가 책상 위에 있던 티슈를 몇 장 뽑아서 그녀에게 내밀었다. 다경은 끅끅 목으로 울며 티슈로 흠뻑 젖은 눈과 얼굴을 닦았다.

그렇게 울음을 삭이는 동안 정민은 냉장고에서 물을 찾아 컵에 따라 왔다. 다경은 훌쩍거리며 그가 내민 물을 한 모금 마셨다.

"이제 좀 나아졌어?"

그가 고개를 기울여 걱정스레 쳐다보자 다경은 민망한 미소를 지었다.

"옛날 물건 아직도 가지고 있냐고, 궁상맞다고 할까 봐 걱정했는데. 그건 아닌 것 같아 다행이다."

울음을 멈춘 다경을 다행스레 쳐다보며, 정민이 놀리듯 말했다. 다경은 엷은 미소를 지으며 고개를 저었다.

"지금까지 보관하고 있어 줘서 고마워."

눈가가 여전히 촉촉하게 젖은 그녀를 물끄러미 바라보던 정민은 괜히 헛기침을 몇 번 했다. 고백은 했는데 그녀가 그에 대해 아무런 말을 하지 않으니 뒤늦게 민망함이 몰려온 것이다. 그렇다고 당장 그녀가 어떤 대답을 해 주길 바라는 건 아니었다. 답답하고 궁금하기는 해도 제 마음이 이렇다 하여 그녀에게 강요할 수는 없는 노릇이니 말이다.

그가 제 대답을 기다리고 있다는 걸, 다경도 모르지 않았다. 그런데 좀처럼 입이 떨어지지 않았다. 나도 네가 좋다고, 너만 생각난다고 말을 할 수가 없으니 답답해서 속이 터질 것만 같았다.

"대답은……. 흠……."

다경은 낮게 마른기침을 했다. 고민이 깊어서일까, 목소리가 자꾸 가라앉으려고 했다.

정민이 그녀의 속마음을 읽은 것처럼 편안한 얼굴로 말했다.

"천천히 생각해. 날 피하거나 그러지만 않으면 돼."

"내가 널 왜 피해."

제 망설임 때문에 그가 오해하는 것 같아 다경은 속상했다. 제 망설임이 그를 좋아하기 때문이라는 사실조차 털어놓을 수가 없어 마음이 아팠다.

그런 그녀를 달래듯 그가 부드럽게 웃었다.

"그럼 됐어. 네가 마음 정할 때까지 기다릴게."

"……고마워."

그가 쑥스러운 표정으로 고개를 끄덕였다.

"그럼 이제 조금 더 친한 척해도 되겠지?"

"응?"

무슨 말인지, 다경은 어리둥절했다. 그러자 정민이 짓궂게 웃었다.

"연락도 자주 하고, 자주 만나고 그랬으면 좋겠어. 데이트 아닌 데이트."

너무 좋아서, 다경은 입꼬리가 자꾸만 위로 올라갔다. 자신 역시 바라던 일이었으니 말이다.

"그래. 자주 연락하고, 자주 보자."

"그러다 보면 너도 날 좋아하게 될 거야."

장난꾸러기 같은 표정으로 정민이 어깨를 으쓱거렸다. 그의 우쭐거림에 다경은 편안하게 웃을 수 있었다. 그리고 속으로 기도했다. 부디 그에게 제 마음을 온전히 전할 수 있는 용기가 생기길……

제14장

토요일의 서울역은 이른 아침부터 사람들로 북적거렸다. 정민은 바삐 지나는 사람들을 둘러보며 다경에게 전화를 걸었다.

― 여보세요.

휴대폰 너머로 들리는 그녀의 음성에 기분이 좋아져서 입술이 옆으로 길게 늘어졌다.

"어디쯤 왔어?"

어제 통화를 하면서 친구들과의 약속 시간보다 한 시간 일찍 만나기로 했다.

― 나 벌써 왔어.

"벌써?"

이럴 줄 알았으면 좀 더 서둘러서 오는 건데. 늦은 시간까지 통화를 하느라 피곤할까 봐 연락하지 않았던 것이 후회되었다.

"어디에 있어?"

— 여기…… 3층에 있는 카페.

정민은 곧장 에스컬레이터로 향했다.

"언제 왔어?"

— 얼마 안 됐어.

"일찍 나올 거면 연락을 좀 하지 그랬어."

— 너 잘까 봐.

수줍음이 느껴지는 대답에 정민의 입술 끝이 후루룩 풀렸다.

고민만 하다가 속마음을 모두 털어놓고 나니 세상이 완전히 뒤집힌 기분이 들었다. 가장 큰 변화는 그녀의 반응이었다. 고백에 대한 대답은 듣지 못했지만 그녀의 태도가 변한 건 확실했다.

"나야말로 너 잘까 봐 일부러 전화 안 했는데."

— 후후. 다음부터는 그냥 전화해야겠다.

"좋네. 다음부터는 배려 같은 거 하지 말고 전화하고 싶을 때 전화하자."

— 응. 알았어.

둘은 잠시 웃었다.

"잠은 좀 잤어?"

— 아니. 소풍 가는 것 같아서 잠을 설쳤어.

다경은 자신이 한심하다는 듯 웃었지만 그녀라면 충분히 그럴 수 있었다. 여행이라는 것이 원래 사람을 들뜨게 하지만, 제대로 된 여행 한 번 못 가 본 다경이라면 날밤을 새도 이상하지 않을 것이다.

"열차에서 좀 자. 금방 갈게."

3층까지 올라와서 잠시 헤매던 그는 커다란 카페를 발견하고 안으로 들어갔다. 다경은 제일 안쪽 테이블에서 무언가를 열심히 들여다보고 있었다. 또 일을 가져왔나. 가까이 다가가서 보니 그녀는 정말로 원고를 읽고 있었다.

"놀러 가는 날까지 일이야?"

"어서 와."

고개를 든 다경이 방긋 웃었다. 그 웃음이 너무 예뻐서 심장이 두근거렸다.

"뭐 보는 거야?"

"이번에 번역하는 작품."

"해림?"

"응."

"이제 그만 봐. 놀러 가는데 무슨 일이야?"

정민이 불만스럽게 말했다.

"책 대신 읽는 건데."

"됐어. 그만 봐."

보고 있던 원고를 아예 뒤집어 버리자 다경이 어쩔 수 없다는 듯 웃었다.

"저 봐. 가방도 엄청 빵빵하네. 또 노트북이랑 사전이랑 잔뜩 들고 왔지?"

"잔소리하기는. 노트북은 없어."

원고를 넣는 가방을 못마땅하게 쳐다보던 정민은 카운터로 가

커피를 주문했다.

커피를 기다리며 돌아보니 다경은 주문해 놓았던 케이크를 이제야 먹고 있었다. 정민이 저도 하나 먹어 볼까 하다가 커피만 들고 돌아왔다.

"다음부터는 혼자 궁상맞게 일찍 나오지 마."

"잠이 안 오기도 했고, 집에서 시간 보내는 것보다는 여기서 널 기다리는 게 더 좋을 것 같아서."

수줍은 듯 그녀의 양 볼이 발그레해졌다.

"내가 집으로 갈 걸 그랬나?"

정민은 턱을 괴고서 장난스럽게 말했다. 그 눈이 마주치자 다경이 쑥스러운 듯 얼른 시선을 피했다.

"수고스럽게 뭐 하러 그래."

누구는 먼저 고백하는 사람이 약자라는데, 다경을 보면 그건 아닌 것 같았다. 어찌해야 할지 몰라 쩔쩔매는 모습이 무척 귀여웠다.

"수고를 들이면 널 그만큼 더 많이 볼 수 있잖아. 그리고 널 만나는데 뭐가 수고야."

그의 담담한 대답에 다경의 양 볼이 더욱 빨갛게 달아올랐다. 잠시 머뭇거리던 그녀가 말했다.

"사실은 일찍 나오면 너를 몇 분이라도 일찍 볼 수 있을 것 같아서, 그래서 일찍 나왔어."

얼굴에서 시작된 홍조가 귀까지 번지더니, 고개는 점점 더 아래로 내려가 이제는 다경의 정수리가 훤히 보였다.

"이다경."

엄한 목소리에 다경이 눈만 살짝 치켜떴다.

"일찍 보고 싶어서 일찍 나왔다면서, 뭐 하는 짓이야. 정수리만 보이잖아."

정민이 장난스럽게 그녀의 정수리를 손끝으로 톡톡 두드렸다. 곤란한 듯 미간을 살짝 찌푸리던 다경이 흘러내린 머리카락을 귀 뒤로 쓸어 넘기며 머뭇머뭇 고개를 들었다. 그러나 시선은 엉뚱한 곳으로 향해 있었다.

"날 봐야지. 자꾸 딴청 피울 거야?"

아랫입술을 살짝 내민 다경이 그를 얄밉다는 듯 흘겨보았다. 고백한 후로 다경에게 더 빠져 버린 정민은 그녀가 무엇을 해도 다 예뻐 보였다.

테이블에 두 팔을 가지런히 포개고서 상체를 앞으로 기울인 정민이 다정하게 말했다.

"어렸을 때는 내가 몰래몰래 훔쳐봤었는데."

다경이 '정말?' 하는 표정으로 정민을 쳐다보았다.

"그때마다 민석이한테 들켜서 지금도 가끔 놀려."

아프다는 핑계로 혼자만의 세상에 갇혀 있느라 그런 일이 있었을 거라고는 생각도 못 했다. 그가 한 손으로 턱을 괴고는 씩 웃었다.

"내가 너한테 고백한 거 알면 애들이 놀랄까?"

"······글쎄."

"민석이는 이미 옛날부터 알고 있었다고 막 큰소리칠걸?"

그를 따라 작게 웃던 다경이 포크로 케이크를 자르기 시작했다.

"그냥 이건 좀 궁금해서 그러는데……."

"뭐가 궁금한데?"

정민이 턱을 괸 채로, 다경이 케이크 자르는 걸 지켜보며 물었다.

"그동안 만난 여자는 없었어?"

뜻밖이라는 표정으로 정민이 눈을 치켜뜨고 다경을 쳐다보았다. 그의 시선이 느껴졌지만 다경은 모르는 척 자른 케이크를 입에 넣었다.

"나더러 순정적이라던 주연이 말 잊었어? 난 일편단심 민들레 같은 사람이야."

"훗. 네가?"

"그래. 내가."

어이없다는 웃음을 흘리며 다경은 커피를 홀짝였다.

"어디 가서 그런 소리 하지 마. 아무도 안 믿을 거야."

"왜? 내가 어딜 봐서 여러 여자 만났을 것 같은데?"

다경은 할 소리를 하라는 표정으로 코웃음을 치고는 다시 케이크를 잘랐다.

"우리 나이가 몇인데, 여러 여자 만났다고 해도 뭐라고 안 해."

"정말이라니까."

다경은 다 이해한다는 표정으로 고개를 끄덕이고는 그에게 케이크를 내밀었다. 멈칫 고개를 살짝 뒤로 빼고 케이크를 힐끔 쳐다본 정민이 그것을 받아먹으려는 순간, 다경이 포크를 뒤로 빼 버렸다.

"뭐 하는 거지?"

불만스럽게 정민이 묻자 다경은 얄밉게 쿡쿡 웃고는 케이크를 제 입으로 쏙 넣었다.

"솔직하지 못한 것에 대한 벌이야."

황당한 표정으로 쳐다보던 정민이 인정한다는 듯 고개를 끄덕였다.

"그래. 깨끗하게 인정할게. 한두 명 만났어."

다경이 게슴츠레한 눈으로 쳐다보자 헛기침을 몇 번 하고는 정민이 덧붙였다.

"세 명."

"소박하네."

"그건 무슨 뜻이야?"

터지려는 웃음을 꾹 참으며, 다경이 케이크를 다시 그에게 내밀었다. 의심스러운 눈으로 쳐다보던 정민이 이번에는 그녀의 손목을 덥석 붙잡았다. 다경이 항의했다.

"어어, 반칙이야."

"반칙 같은 소리 하고 있네."

그러고선 정민이 케이크를 냉큼 먹어 버렸다. 달짝지근한 맛이 입안으로 퍼지자 정민이 눈살을 찡그렸다.

"으…… 달아."

아메리카노를 벌컥벌컥 마시는 그를 보고 있자니 다경은 행복했다.

"아무튼, 다 옛날 얘기야. 한 몇 달 사귀다가 말았어."

단맛이 사라지자 이제야 좀 살겠다는 표정으로 정민이 말했다. 그러자 다경이 웃으며 커피를 마셨다.

"네 말대로 다 옛날 얘긴데 무슨 상관이야."

"그런데 왜 물어보고 그래. 입장 곤란하게."

"내가 과연 몇 명의 여자를 물리친 건가 궁금해서."

"뭐어?"

황당하기 그지없는 대답이었다. 그러나 곧 생글생글 웃는 그녀로 인해 정민은 피시식 웃음을 흘리고 말았다. 그녀가 웃는 것만으로도 정민은 행복했다.

그렇게 사소한 이야기를 나누다 보니 수경과 민석을 만나기로 한 시간이 훌쩍 지나 버렸다.

"얘넨 왜 안 오지?"

곧 열차를 타야 하는 시간인데, 어째서 연락도 없는지. 정민은 의아한 얼굴로 휴대폰을 확인했다. 때마침 민석으로부터 전화가 왔다.

"여보세요?"

— 친구야. 이제 슬슬 열차 타러 가야 하지 않겠니?

"어디야?"

정민은 다경의 휴대폰으로 시간을 확인하고는 일어나라고 손짓했다. 다경이 가방을 챙기는 동안 정민은 휴대폰을 머리와 어깨에 끼고 테이블을 정리했다.

— 플랫폼으로 어서 내려오거라. 열차에서 보자.

"일찍 좀 다니면 어디 덧나냐?"

— 진희 아니, 다경과의 오붓한 시간을 방해하지 않기 위해 지금 전화한 거야.

"시끄러워."

정민은 민석에게 낮게 경고하고는 전화를 끊었다. 그는 다경의 가방을 대신 메고는 그녀의 손을 잡았다. 얼떨결에 손이 잡힌 다경은 얼굴을 붉힐 새도 없이 잰걸음으로 그를 따라갔다.

에스컬레이터에서 내리기 무섭게 플랫폼을 향해 돌진하듯 걸어가는 그의 손이 무척 따뜻하고 부드러웠다.

문득, 축구공에 맞았을 때 보건실로 데리고 가던 그가 떠올랐다. 맞은 사람보다 더 화가 나서 씩씩거리며 걸어가던 그의 손도 지금처럼 따뜻하고 부드러웠다.

지나가는 사람들을 이리저리 피하며 플랫폼까지 내려간 그는 열차를 확인하고 가장 가까운 칸으로 다경을 먼저 들여보냈다. 방향을 잃고 엉뚱한 칸으로 가려는 그녀의 손을 그가 다시 붙잡았다. 좁은 통로를 지나는 동안에도 그는 잡은 손을 놓지 않았다.

부산역에 도착하여 가장 먼저 한 일은 렌트카 인수였다. 정민이 차의 상태를 확인하고 직원의 설명을 들으며 대여 계약서를 작성하는 동안, 다경은 친구들과 함께 따뜻한 볕을 쬐며 앉아 있었다.

친구들과 대화를 나누면서도 다경은 정민을 응시하고 있었다.

합창 대회 지휘자로 뽑혔을 때는 뭐부터 해야 하는지 몰라 정신이 반쯤 나가 있는 것 같았는데, 지금의 그에게 그런 모습은 전혀 보이지 않았다.

하긴, 벌써 세월이 얼만데…….

렌트카 인수가 끝나고 정민이 돌아왔다. 그와 눈이 마주치자 다경은 저도 모르게 얼굴을 붉혔다.

"짐은 차에 싣고 근처에서 밥부터 먹자. 배고파 쓰러지겠네."

정민의 말에 우르르 일어난 세 사람은 부지런히 가방을 차에 싣고 근처에 있는 부대찌개집으로 향했다.

든든하게 배를 채우고 나서 이동한 곳은 보수동 책방 골목이 있는 남포동이었다. 용두산 공영 주차장에 차를 세우고 책방 골목까지 걸어갔다.

"그런데, 쟤네가 언제부터 저렇게 다정했어?"

나란히 걸어가는 정민과 다경을 보며 수경이 속닥거렸다. 수경은 아까 식당에서부터 두 사람의 사이가 심상치 않음을 느꼈다. 우연일 수도 있지만, 식당에서 나란히 앉았던 것부터 예사롭지 않았다. 곱씹어 보면 친구들과 어울려 만날 때마다 두 사람은 나란히 앉았던 것 같다.

특히 정민의 모든 기준은 다경인 것 같았다. 메뉴를 정하는 것도 다경에게 먼저 물어보고, 물을 따라 줘도 꼭 다경이 먼저였다. 그냥 그러려니, 대수롭지 않게 생각했는데 대수로운 것 같았다.

"너 은근히 둔하구나?"

민석이 놀리듯 말했다. 수경이 놀라서 그런 민석을 쳐다보았다.

"뭐야. 둘이 뭐 어떻게 된 건데?"

"둘만 보내기로 한 거 취소한 거 보면 모르냐?"

"그게 무슨 소리야."

수경이 답답한 얼굴로 민석의 옆구리를 찔러 댔다. 사실 두 사람은 정민과 다경만 부산에 보내기로 작전을 짰었다.

"월요일인가, 화요일인가. 정민이가 전화로 엉뚱한 수작 부리지 말라고 하면서 엄청난 소식을 알려 줬지."

"그러니까 그게 뭔데."

수경은 숨이 넘어갈 것 같은 표정이었다. 짓궂게 쿡쿡 웃던 민석이 손으로 입을 가리며 수경의 귀에 대고 속삭였다.

"다경이한테 고백했대."

"정말? 진짜?"

"쉿."

놀라서 펄쩍 뛰는 수경을 민석이 얼른 제지했다. 저만치 앞서가는 두 사람을 힐금 쳐다본 수경이 작게 속삭였다.

"그래서. 그럼 이제 두 사람 커플 되는 거야?"

"다경이는 아직 마음을 못 정했대."

"아니, 저렇게 연인처럼 다정하게 걸어가면서 무슨 마음을 못 정해?"

수경은 답답해서 제 가슴을 두드렸다. 어느 책방 앞에서 멈춘 다경과 정민이 나란히 책을 살펴보고 있었다. 수경과 민석은 그 모습을 한 발자국 떨어진 곳에서 지켜보았다.

"어쩌면 말이야."

"……?"

"다경이가 학교를 그만두지 않았다면 좀 더 일찍 가까워졌을 거야."

"그랬을까?"

"그럼."

자리를 옮기려는지 두 사람을 향해 정민이 얼른 오라는 듯 손짓을 했다. 수경과 민석은 앞에 두 사람과 거리를 두고서 느릿느릿 걸음을 옮겼다.

"학교 다닐 때도 정민이가 다경이 엄청 챙겼잖아."

"그랬지. 다들 진희 껄끄러워할 때 정민이만 한결같이 진희한테 말 걸고 관심 보이고 했으니까."

어린 시절을 떠올리며 두 사람은 고개를 끄덕였다.

"인연이야. 16년을 떨어져 있었는데도 다시 만난 거 보면."

무슨 대화를 나누는지 미소 띤 얼굴로 서로를 쳐다보며 웃는 두 사람을 향해 수경이 '어쭈.' 하고 코웃음을 쳤다.

"그러면 더더욱 같이 오는 게 아니었어. 오붓하게 데이트하시게 말이야."

"말도 마. 만약 그랬다가는 다경이가 엄청 부담스러워할 거라고 몇 번이나 신신당부했어. 괜히 분위기 깨지 말고 얌전히 따라오라고."

"아아, 내 짝지가 여기 없으니까 옆구리가 마구 시리구나."

"나도. 벌써 우리 와이프 보고 싶다."

그렇게 툴툴거리고 있는데, 정민이 빨리 오라고 재촉하는 바람에 두 사람은 부리나케 달려갔다.

좁은 책방 골목을 반쯤 들어갔다가 네 사람은 그대로 돌아 나와 '꽃분이네'가 있는 국제시장 골목을 거쳐 BIFF 광장으로 향했다. 그리고 나서 감천문화마을을 가기로 했기 때문에 갈 길이 바빴다.

빙글빙글 돌아 한 시간 가까이 걸었더니 다경의 걸음이 조금씩 느려졌다. 다경은 이렇게 오래 걸어 본 적이 없어서 힘들다며 미안해했다.

"우리가 무슨 단체 관광 온 것도 아니고. 힘들면 쉬었다 가도 돼. 괜찮아."

수경이 다경의 어깨를 다정하게 다독였다.

"좀 쉬자."

정민이 주변에 카페가 있는지 찾아보려 했지만, 다경은 괜찮다며 어서 씨앗 호떡을 먹으러 가자고 했다. 생각해 보니 씨앗 호떡을 사서 차로 가는 것도 괜찮을 것 같았다.

포장마차들이 즐비한 곳으로 들어서자 다경은 언제 지쳐 있었냐는 듯 두 눈을 반짝이며 눈앞에 있는 것을 다 먹겠다고 덤볐다. 부산 어묵으로 시작된 먹거리 투어는 길게 이어졌다.

다경은 바로 먹어야 하는 건 자리부터 잡고 보았고, 가져갈 수 있는 건 친구들 손에 차곡차곡 들려 줬다. 씨앗 호떡, 회오리 감자, 문어 꼬치, 납작 만두, 스테이크 등등. 다 먹고 말겠다는 다경의 식탐에 세 사람은 모두 놀라고 말았다.

"이제 가자."

마지막으로 '로띠' 라는 태국 길거리 음식을 제 손에 든 다경이 흡족한 얼굴로 말했다. 세 사람은 다른 걸 또 사자고 할까 봐 합심하여 다경을 에워싸고는 주차장으로 바삐 걸어갔다.

감천문화마을까지 가는 동안 다경은 지치지 않고 먹었다. 그녀가 잘 먹는 건 좋은데, 간식 먹겠다고 뒷자리에 앉는 바람에 정민은 칙칙한 민석을 옆에 태우고 운전을 해야 했다. 그래도 가끔씩 먹어 보라며 다경이 내미는 것을 받아먹는 것으로 심술을 잠재우고 있었다.

감천문화마을을 선택한 건 수경이었다. 남편과 연애할 때 와 봤는데 너무 예쁘고 좋았다며, 다경이도 좋아할 것 같다고 했다.

"아아, 너무 예뻐."

마을로 들어서기 무섭게 다경은 벽에 그려진 그림들을 보며 감탄사를 쏟아 냈다. 알록달록 아기자기하게 꾸며진 집들은 꿈을 꾸는 것 같았다. 좋아하는 사람과 친구들과 함께하는 시간이 너무도 행복했다.

"어! 저기 앉자."

수경이 어느 곳을 가리키며 다급하게 외쳤다. 어린왕자와 여우가 있는 포토존이었다. 한창 사진을 찍던 사람들이 물러나자 수경이 서둘러 다경을 데리고 갔다.

어린왕자 옆에 앉아 나지막한 산에 둘러싸인 마을을 보고 있자니 가슴이 탁 트이고 머리가 맑아지는 것 같았다.

"아, 정말 좋다."

"이제 자주 다니자."

나란히 앉아 마을을 굽어보고 있던 정민이 말했다. 다경이 그를 바라보며 행복한 미소를 지었다.

"꿈같아."

"꿈 아니야."

"뭘 또 그리 진지하게 받으실까?"

정민이 히죽 웃음을 보이며 그녀의 등을 툭툭 두드렸다.

"꿈만 같은 게 좋을까, 현실적인 게 좋을까?"

"그렇게 심오하게 말하지 마. 낭만 없어."

정민이 짧게 웃었다.

"난 꿈을 이뤘어."

"무슨 꿈인데?"

"너를 다시 만나는 꿈."

다경의 양 볼이 살며시 붉어졌다. 사춘기 시절의 풋내 나는 감정이 길고 어두운 터널을 지나 가을의 신선한 과일처럼 무르익은 것 같았다.

"너도 꿈을 이룰 수 있을 거야."

"……."

"난 그럴 거라고 믿어."

정민의 응원에 다경은 힘이 나는 것 같았다. 좋아하는 사람으로부터 고백을 받고도 제 처지로 인해 망설이고 있는 자신에게 괜찮다, 괜찮다 위로하는 것 같았다.

"고마워."

"새삼스럽게 인사는."

두 사람이 쑥스러운 미소를 나누고 있을 때 뒤에서 부르는 소리가 들렸다.

"다경아, 정민아!"

마주 보고 있던 그대로, 두 사람이 뒤를 돌아보았다. 마을이 한눈에 보이는 언덕 위에서의 다정한 두 사람을 민석이 찰칵, 사진으로 남겼다.

제15장

TV에서는 저녁 뉴스가 흘러나오고 창밖의 검은 바다는 소리 없이 일렁거렸다. 한겨울의 시린 바람이 불고 있음에도 가로등 불이 비치는 해변을 거니는 사람들이 제법 보였다.

 이곳저곳을 돌아다니다 보니 숙소가 있는 해운대는 해가 완전히 넘어가고 나서야 도착했다. 산책을 하기에는 바람이 너무 세서 바다 구경은 내일로 미뤄야 했다.

 친구들은 모두 저녁을 먹으러 가고, 다경은 홀로 남아 어둠과 나무에 둘러싸인 해운대를 감상하고 있었다. 피곤함이 밀려와서 더는 움직이기 힘들었기 때문이다. 끝까지 같이 있으려고 했는데 그랬다가는 내일 큰일이 날 것 같아 포기했다.

 띠리릭!

 전자 도어 소리에 다경이 뒤를 돌아보았다. 잠시 후 문이 열리고 저녁을 먹으러 나갔던 친구들이 우르르 들어왔다.

"벌써 왔어?"

다경이 의아한 표정으로 휴대폰의 시간을 확인했다. 수경이 고개를 절레절레 저었다.

"말도 마. 너 혼자 있다고 정민이가 어찌나 앓는 소리를 하는지."

"문수경. 앓지는 않았어."

근엄한 표정으로 반박하며 정민이 들고 있던 종이봉투를 테이블에 올려놓았다. 안에서 고소한 냄새가 솔솔 풍겨 왔다.

"의자가 모자라는데?"

조용히 객실을 둘러보던 민석이 말했다. 객실에는 테이블과 함께 커다란 의자 2개, 그리고 화장대 의자가 하나 있었다.

"열쇠 줘 봐. 우리 방에서 이거 하나 가져오면 되겠다."

민석이 카드 키를 챙겨 객실을 나갔다.

"하도 군것질을 많이 해서 밥 먹는 건 좀 부담되더라고. 치맥하면 어떻겠냐고 해서 치킨 사 왔어."

테이블에 앉은 수경이 신난 표정으로 종이봉투에서 상자 두 개를 꺼냈다. 하나는 치킨, 하나는 새우튀김과 감자튀김이었다.

"야, 이렇게 먹는 게 더 부담되지 않아?"

다경은 어이없다는 웃음을 흘렸다. 수경이 캔 맥주를 따서 내밀며 놀리듯 눈을 흘겼다.

"으응, 원래 밥 배랑 야식 배는 다른 법이야."

"넌 맥주 말고 음료수 마셔."

정민이 앞에 있던 맥주에 손을 뻗자 다경이 찰싹 때렸다. 그러고는 나무라듯 말했다.

"내가 애야? 나도 맥주 마실 줄 알거든?"

"마실 줄 모른다고 하는 소리가 아니라."

"됐어. 그냥 둬. 나도 맥주 마실 거야."

자기 딴에는 걱정이 되어서 말리는 것이겠지만, 정민의 걱정이 과한 것 같았다. 조금 피곤하긴 해도 병에 걸린 건 아니니까 말이다.

때마침 민석이 돌아왔는지 초인종이 울렸다. 민석까지 자리를 채우며 네 사람은 본격적으로 수다를 떨기 시작했다.

약을 올리듯 주연에게 전화를 거는 것도 빼먹지 않았다. 영상 통화로 호텔 밖의 전망도 보여 주고, 야식거리도 보여 주었다. 한 사람씩 돌아가면서 여행 소감을 밝히자 주연은 같이 오지 못한 것이 아쉬워 어쩔 줄 몰라 했다.

어렸을 적, 같은 교실에서 공부했던 얘기도 빠지지 않았다. 다경이 학교를 그만두면서 참석하지 못한 야영 캠프 이야기를 민석이 생생하게 들려주었다.

체육 대회에서는 줄다리기를 하다가 넘어져서 팔뚝이며 무릎이며 죄다 까진 이야기부터 정민이 장기자랑 사회를 보면서 인기가 폭발했다는 이야기까지 많은 것들을 듣게 되었다.

"내가 3학년 때도 정민이랑 같은 반이었거든."

수경이 내 말 좀 들어 보라는 표정으로 말했다.

"정민이 생일날 선물이 선물이. 와아, 나 완전 깜짝 놀랐잖아."

"과장 좀 하지 마. 그 정도는 아니었어."

정민이 난처한 표정으로 부정했지만 민석의 주장이 이어졌다.

"난 얘랑 고등학교 같이 갔잖아. 소문이 어떻게 났는지 모르겠는데, 여학생들 중에 얘를 아는 애들이 있을 정도였어."

"저기, 그만 좀 할래?"

더는 들어 줄 수 없었는지, 당황한 정민이 민석의 입을 막고 나섰다.

"흐음. 역시 그랬어."

팔짱을 끼고서 다경이 심각하게 운을 떼자 다들 궁금해하며 쳐다보았다.

"인기가 그 정도로 좋았으면 여자를 세 번밖에 사귄 적이 없다고 하는 건 좀……."

"네가?"

민석이 어이없다는 표정으로 정민을 쳐다보았다.

"내가 뭘?"

당혹스러운 표정의 정민이 덤비듯 따졌다. 그러자 민석이 고개를 주억거리며 말했다.

"세 명이나 되다니, 대단한걸?"

"뭐어?"

다경과 수경은 황당한 웃음을 터뜨렸다. 정민은 골치가 아프다는 표정으로 맥주를 벌컥벌컥 들이켰다. 민석의 말이 이어졌다.

"난 정민이는 연애 못 할 거라고 생각했거든."

"그건 왜?"

다경보다 수경이 더 궁금한 표정으로 물었다. 정민은 못마땅한 표정으로 감자튀김을 쉴 새 없이 먹기만 했다.

"정민이 짝은 다경이밖에 없으니까."

"큽!"

감자튀김이 목에 걸린 듯 정민이 입을 가린 채 기침을 하기 시작했다. 수경이 혀를 차며 냉장고로 물을 가지러 갔다.

"해병대냐? 한번 짝은 영원한 짝이게?"

싱거운 대답에 다경이 즐겁게 웃었다. 정민은 수경이 준 물을 마시고 헉헉 거친 숨을 몰아쉬었다.

"너 학교 그만두고 2학기 내내 정민이 혼자 앉았잖아."

"아, 맞다."

뒤늦게 생각난 표정으로 수경이 손뼉을 쳤다. 정민은 목에 걸린 사레가 넘어가지 않아 괴로운 표정으로 민석의 팔을 꽉 움켜잡았다.

"그만 좀 해."

힘겹게 흘러나오는 소리를 못 들은 척, 수경의 말이 이어졌다.

"2학기 되고 짝을 다시 정했거든. 그때도 제비뽑기로 자리를 정했는데, 쿠쿠."

그날이 생각난 듯 수경이 낮게 웃었다. 민석이 수경의 말을 이어받았다.

"너 학교 그만두면서 학생 수가 홀수가 됐잖아? 뽑기를 했는데 정민이만 덜렁 남은 거지."

"아이고."

안타까운 외마디를 외치는 다경의 얼굴엔 웃음이 가득했다. 말리기도 지쳤는지 정민은 아예 테이블에 이마를 대고 엎드려 있었다. 마치 계속 자고 있었던 사람처럼.

"결국엔 2학기 내내 정민이만 짝이 없었어."

"그래서 민석이가 엄청 놀렸지. 역시 정민이 짝은 진희밖에 없다면서. 진희가 자기 자리라고 비워 둔 거라면서 얼마나 놀려 먹었게."

그날을 떠올리며 두 사람은 크게 웃음을 터뜨렸다.

"그 왜, 잠자는 숲속의 공주처럼 내가 넌 연애 못 할 거라고 주문을 걸었는데, 무려 세 번이나 했단 말이야? 역시 난 요정이 아니었어."

안타깝다는 표정으로 민석이 고개를 절레절레 저으며 심각하게 결론을 내렸다. 술이 어느 정도 취한 수경은 재밌다고 한참을 깔깔거리며 웃었다.

"늦었다. 그만 일어나."

고개를 번쩍 들고서 정민이 민석의 뒷덜미를 잡았다. 민석이 우스꽝스러운 자세로 정민을 돌아보았다.

"왜에? 아직 먹을 거 많이 남았는데."

"그래. 뭘 가. 더 마시고 가."

아직 웃음이 가시지 않은 수경이 배를 움켜잡고서 말렸다. 즐겁게 웃고 있던 다경은 난처해하는 정민을 도와주기로 했다.

"내일 일찍 올라가기로 했잖아. 이제 슬슬 자야지. 벌써 11시야."

"그래. 빨리 일어나. 다경이 피곤해."

정민의 염려대로 다경은 피곤함을 느꼈지만, 최대한 괜찮은 척하고 있었다. 끝끝내 민석은 정민의 손에 이끌려 의자와 함께 그녀들의 객실에서 쫓겨나고 말았다.

"아직 안 씻었지? 먼저 씻어."

"이거 치우고."

"대충 정리만 하면 돼. 어서 씻어."

수경의 재촉에 다경은 먼저 씻으러 욕실로 들어갔다.

씻고 나오니 테이블이 깨끗하게 정리가 되어 있었다. 수경까지 씻고 나서 두 사람은 TV의 볼륨을 낮추고 나란히 놓인 싱글 침대에 자리를 잡고 누웠다.

"진희야."

오랜만에 듣는 이름이 정겹게 느껴졌다.

"응?"

"정민이 괜찮은 친구야."

"응. 알아."

다경은 예능 프로그램에서 박장대소를 하고 있는 연예인들을 보고 있었다.

"친구 말고 남자로 말이야."

"……."

다경이 고개를 돌려 수경을 쳐다보았다. 수경은 이불을 얌전히 덮고서 눈을 감고 있었다.

"우리는 다들 시집, 장가갔는데 왜 정민이는 짝이 없냐고 놀려 먹기는 했는데."

수경이 눈을 뜨고 천천히 고개를 돌려 다경을 쳐다보았다.

"그게 다 너 만나려고 그랬던 건 아닌가 싶다."

"……."

빙긋 미소를 지어 보이던 수경이 아예 자신을 향해 돌아눕자 다경도 얼굴 밑에 손을 포개고는 수경과 모로 마주 보고 누웠다.

"농담처럼 장난처럼 하는 말이긴 해도, 진심이야. 우리는 너희 둘이 잘됐으면 좋겠어. 잘 어울려."

"우리 친해."

싱거운 대답에 수경이 입술을 삐죽거렸다. 수경은 정민이 고백했다는 이야기에 대해 훈수를 두고 싶어도 더 얘기를 꺼낼 수 없었다. 민석이 절대로 알은척하면 안 된다고 했기 때문에 입이 근질거려도 꾹 참아야 했다. 하지만 수경은 꿋꿋하게 말했다.

"조만간 좋은 소식 들려줘."

씩 웃어 보이던 수경이 똑바로 누워 눈을 감자 다경도 TV를 끄고 눈을 감았다.

정민은 좋은 사람이고 다정한 사람이다. 신경질적이기만 했던 자신의 어린 시절이면 몰라도, 성인이 된 지금은 그가 좋은 사람이라는 걸 너무도 잘 알고 있었다.

자신을 바라보는 시선은 언제나 따뜻했고, 목소리에는 진심과 다정함이 가득 담겨 있었다. 그를 보고 있노라면 마음이 편안하고, 함께하는 시간이 아까울 정도로 빠르게 흘러갔다.

아팠을 때는 흐르는 시간이 암흑 속으로 빨려 들어가는 것만 같아서 느리게 흘러가게 해 달라고 기도를 했는데, 지금은 그와의 시간이 줄어드는 것이 아쉬워 천천히 흘러가라고 기도를 한다.

'하아······. 보고 싶어.'

이불을 뒤집어쓴 다경은 아쉬운 한숨을 길게 내쉬었다.

드르륵.

갑자기 울리는 휴대폰 진동 소리에 다경이 감은 눈을 떴다. 문자를 확인하는 그녀의 입가에 길게 웃음이 걸렸다.

[피곤한 건 좀 어때? 괜찮아?]

정민이었다. 다경은 얼굴에 웃음을 가득 담고서 답신을 입력했다.

[응. 괜찮아. 걱정시켜서 미안.]

[좋아하는 사람 걱정하는 건 기본 아니야?]

우쭐거리는 그의 얼굴이 보이는 듯했다.

[민석이는?]

[오자마자 씻지도 않고 뻗었어. 아······ 혹시 자는 거 깨운 거 아니야?]

[아직 안 자고 있었어.]

[뭐 하고 있었어?]

[그냥 멍 때리고 있었지.]

씩 웃으며 문자를 전송한 다경은 이내 시무룩해졌다. 문자로는 보고 싶었던 마음이 가시지 않기 때문이었다. 통화라도 하면 나아 질까 하는 생각에 손가락이 자꾸 통화 버튼으로 향했다.

그의 고백을 들은 이후로 그와의 관계에 몇 가지 변화가 생겼 다. 가장 큰 변화는 저녁이면 늘 그와 전화 통화를 한다는 점이었 다. 그 전에는 이런저런 생각들로 전화하는 것이 어렵기만 했는 데, 지금은 누가 먼저랄 것 없이 전화를 걸어 서로의 목소리를 듣 는다.

문자도 많이 늘었다. 자신이야 집에서 일을 한다지만 정민은 직장인이니 업무 시간에는 짬이 날 때 그가 먼저 연락을 해 왔다. 점심은 먹었는지, 오늘은 무슨 일을 하고 있는지 등등을 물어보곤 했다.

그러고 있노라면 그와 연인이 된 것 같은 기분이 들곤 한다. 자 신은 아무런 대답도 하지 못하고 망설이는 입장임에도 말이다.

[오늘은 푹 자고, 바다는 내일 실컷 보자.]

문자에서도 그의 부드러움이 느껴진다면, 정말 제대로 빠진 거 겠지? 이불 속에서 다경은 수줍게 웃었다.

[그래. 너도 잘 자.]

[응. 내일 봐.]

도돌이표 같은 인사가 끝나고 다경은 휴대폰을 내려놓고 똑바로 누워 눈을 감았다. 빨리 시간이 흘러 내일이 되었으면 좋겠다는 생각을 하며……

✼ ✼ ✼

포근한 이불 속에서 뒤척거리던 다경이 얼굴을 빠끔 내밀었다. 캄캄한 실내는 여전히 밤에 머물러 있는 것 같았다.

협탁을 더듬어 휴대전화를 찾아 시간을 확인했다. 오전 8시였다.

'커튼 때문에 그런가?'

다경은 흐트러진 머리카락을 정리하며 침대에서 일어나 창문 전체를 가리고 있는 커튼을 쳐다보았다. 옆 침대에는 수경이 이불을 반쯤 걷어차고는 깊은 잠에 빠져 있었다.

조용히 침대에서 내려온 다경은 수경에게 이불을 잘 덮어 주고는 창문으로 향했다. 커튼을 살짝 걷어 내니 환한 바깥 풍경이 한눈에 들어왔다.

"와아……."

넓게 펼쳐진 바다를 보며 다경은 낮게 외마디 소리를 흘렸다. 수경이가 깰까 봐 커튼 안으로 들어가서 밖을 내다보고 있자니 산책이 하고 싶어졌다.

다경은 살금살금 욕실로 가서 나갈 준비를 마쳤다.

휴대폰을 챙겨 밖으로 나가려던 다경은 정민이 생각났다. 어제 술도 많이 마셨으니 지금쯤 자고 있을 텐데, 그와 산책하고 싶은 욕심이 생겼다.

어떻게 하지?

객실 문 앞에서 서성이던 다경은 이내 허탈한 웃음을 흘렸다. 이런 생각을 하는 것 자체가 조금은 염치없는 것 같아서다. 아무리 자신을 위한 여행이었다 해도 어제 종일 제 옆에서 이것저것 챙기고 보살펴 주지 않았던가. 피곤해서 단잠에 빠져 있는 그를 깨우면 안 될 것 같아 다경은 혼자 다녀오기로 했다.

카드 키를 챙겨 조용히 밖으로 나가서 문이 잘 잠겼는지 확인하고 막 돌아섰을 때였다. 다경은 의아한 표정으로 서 있는 정민을 발견했다.

"어……."

놀라서 아무 말도 못 하는데 정민이 다가왔다.

"어디 가?"

"……잠깐 산책이나 좀 하려고. 넌?"

"잘됐네. 같이 가자."

그가 웃으며 엘리베이터 쪽을 가리켰다.

"너도 산책 가려던 거였어?"

"뭐, 비슷해. 일찍 일어났는데 할 일이 없었거든."

두 사람은 나란히 엘리베이터에 섰다.

"그럼 연락하지."

"잘 것 같아서 안 했어."

"나도."

다경의 해맑은 웃음에 정민도 활짝 웃었다.

호텔을 나선 두 사람은 도로를 건너 해변가로 향했다. 이른 아침에도 그들처럼 산책을 나온 사람들이 몇 명 보였다.

해안가에 설치된 산책로를 따라 동백섬으로 향했다. 천천히 계단을 오르며 우렁차게 들려오는 파도 소리를 감상했다. 인어상 앞에서는 사진도 찍었다.

계속 걷다가는 되돌아오는 데 시간이 걸릴 것 같아, 적당한 곳에서 걸음을 돌렸다.

"해변가 좀 걸을까?"

시간을 확인하며 정민이 물었다.

"애들 일어나려면 아직 멀었을 거야. 어쩌면 조식은 우리 둘이 먼저 먹어야 할지도 몰라."

"그럼 바다 구경 좀 더 하다가 밥 먹으러 가자. 언제 또 바다에 올지 모르는데 실컷 구경하고 가야지."

그러자는 표정으로 고개를 끄덕인 정민이 걸음을 떼자 다경이 총총 그의 옆에 바짝 다가섰다. 모래사장으로 내려가면서 정민이 손을 내밀었다. 다경은 사양하지 않고 그의 손을 잡았다. 두 사람은 손을 꼭 마주 잡은 채 모래사장을 거닐었다.

"사실은 아까 같이 산책 가자고 문자 보내려고 했었어."

"그렇다면 우리 통했네."

"……."

"나도 너한테 문자를 보낼까 말까 엄청 고민하다가 그냥 나간 거였으니까."

그의 부드러운 미소에 가슴이 설레었다. 그의 고백이 있었음에도 저만 떨리는 것일까 봐 걱정했는데, 결국엔 다 부질없는 일이었다. 이제는 그에게 마음을 전할 때가 되었다. 조금 두렵지만, 그에 대한 마음이 더 크므로…….

"여기 잠깐 앉자."

다경이 걸음을 멈추었다. 정민은 고개를 끄덕이고는 적당한 곳에 그녀와 나란히 앉았다. 꾸준히 밀려오는 파도와 멀찍이 보이는 수평선을 감상하고 있던 다경이 조용히 운을 뗐다.

"너를 만나면서 어리광이 늘었다는 생각이 들어."

"훗, 어리광?"

황당한 표정으로 정민이 나직이 웃었다. 다경은 엷게 웃으며 고개를 끄덕였다.

"부모님이 나를 위해 고생을 정말 많이 하셨지만 결국 병과 싸우는 건 내 몫이었으니까, 모든 것을 혼자 견뎌야 했어. 이식을 받은 후에도 마찬가지였던 것 같아. 바뀐 몸과 변한 세상에 적응해야 하는 건 내 일이었으니까, 언제나 혼자서 해결하고 견뎌야 한다고 생각했어."

정민의 눈에 안타까움이 번지고, 다경은 옛 기억을 더듬는 표정으로 먼 바다를 바라보았다.

"그런데 네가 나타난 거야."

"……."

"사람들의 관심과 손길을 마다하기만 했는데, 이젠 욕심이 생겨. 너의 관심을 받고 싶고, 네 손을 잡고 싶은 욕심이……."

잔잔한 시선으로 바라보고 있던 정민의 두 눈이 커다래졌다.

"네가 그랬지? 내가 학교를 그만두던 날, 내 물건을 담으면서 어렴풋하게 느꼈던 감정도 함께 넣어 둔 것 같다고. 근거 없는 믿음으로 그 상자를 닫았다고."

다경은 여느 때보다 부드럽고 행복한 미소로 그를 바라보았다.

"나도 그랬던 것 같아. 학교를 나서면서 내 마음을 모두 그 시간, 그 장소에 놔두었던 것 같아. 친구들과의 작은 추억, 너에 대한 마음도 모두……."

"다경아……."

그의 따뜻한 음성이 파도 소리와 함께 밀려들었다. 다경은 고개를 약간 기울여 무릎을 붙잡고 있는 그의 손등에 제 손끝을 살짝 대 보았다. 움찔하는 것 같던 그의 손이 머뭇머뭇 그녀의 손끝을 수줍게 잡았다.

"나도 네가 좋아. 알고 있었지?"

"하하하, 그런가?"

정민이 머쓱한 표정으로 웃었다. 다경은 그의 크고 따뜻한 손을 꼭 잡았다.

"누군가와 친구 관계를 벗어난다는 건 나에게 큰 도전이야."

"……?"

"자신이 없기도 하고, 조금은 무섭기도 하거든."

"왜 그런 생각을 해?"

"난…… 아팠으니까. 그래서 남들과 많이 다르니까."

정민은 안타까웠다.

"다르지 않아."

"그래도 욕심낼 거야."

다경은 그의 반박을 못 들은 척 말을 이어 갔다.

"처음엔 내 감정을 인정할 수 없었어. 어린 시절의 좋은 추억 때문인데 착각하지 말자, 오해하지 말자, 계속 나를 타일렀어. 우리는 친구니까 좋은 감정이 드는 건 당연하다고 말이야."

어느새 그를 향해 반쯤 돌아앉은 다경은 양손으로 그의 손을 만지작거리고 있었다.

"어린 시절의 기억이 단순한 추억이어도 상관없다는 생각이 들어. 그 덕에 너에 대한 감정이 좀 더 발전했으니까."

"나도 그랬어. 어린 시절의 서툰 감정이 일으킨 착각이면 어쩌나, 내가 제대로 알지 못해서 오히려 너에게 상처를 주면 어쩌나 정말 고민을 많이 했어. 그런데 어쩌겠어. 그때는 그때고, 지금도 네가 너무 좋은데. 이렇게 보고 있어도 계속 보고 싶고, 목소리가 듣고 싶고, 너의 하루가 궁금한걸."

바람이 흐트러뜨린 다경의 머리카락을 그가 다정한 손길로 정리해 주었다. 다경은 빙긋 웃으며 그에게로 좀 더 다가가 팔짱을 끼고 어깨를 살며시 기댔다. 손을 꼭 잡은 두 사람은 어깨를 맞대고서 파도가 일렁이는 바다를 함께 바라보았다.

"야영 캠프에 같이 가고, 체육 대회도 함께하고, 졸업까지 같이 했다면 우리의 인연이 지금까지 이어졌을까?"

"……그건 모르지."

같은 생각에 두 사람이 쿡쿡 낮게 웃었다.

"아쉬움은 아쉬우니까 아쉬움이야."

"훗. 그게 뭐야."

유쾌한 표정으로 다경이 정민을 바라보았다. 그런 그녀를 마주 바라보는 그의 눈길이 그윽해졌다.

"아무렴 어때. 지금 우리가 이렇게 만났는데."

"고마워. 나를 계속 기억해 줘서."

"난…… 네가 여기 있어 줘서 고마워."

행복감에 젖은 눈길로 서로를 바라보는 두 사람의 거리가 천천히 가까워졌다.

제16장

서울역에 도착하자마자 걸음이 빨라졌다. 정민은 피로감에 초
췌해진 다경의 손을 꼭 잡고 있었다.

　몇 걸음 앞선 수경과 민석은 먼저 택시 정류장으로 가서 줄을
섰다. 이윽고 택시 탑승 순서가 오자 근처에 서 있던 정민과 다경
을 향해 다급하게 손을 까딱거렸다.

　정민은 다경을 택시에 먼저 태우고 두 개의 가방을 안고 뒤따
라 올랐다. 뒤에서 수경이 외쳤다.

　"다경아, 집에 가서 푹 쉬어."

　"응. 미안해."

　얼굴이 하얗게 질린 다경이 바깥을 내다보며 말했다. 민석이
얼른 가라며 택시 문을 닫았고, 두 사람을 태운 택시는 다경의 집
을 향해 달렸다.

"아저씨. 빠른 길 아시면 그쪽으로 좀 부탁드릴게요."

"그래요."

아저씨가 룸미러로 뒤를 한 번 쳐다보며 대답했다.

"미안해, 정민아."

다경의 목소리는 많이 지쳐 있었다. 정민은 다경을 안타깝게 바라보았다.

아침 식사를 할 때까지만 해도 괜찮아 보였는데, 호텔을 나오면서부터 다경은 걷는 것도 많이 힘들어했다. 정민이 옆에서 부축을 해도 해결이 안 될 정도로 축축 가라앉고 있었다.

알고 보니 다경은 어제부터 피로감을 느끼고 있었고, 친구들에게 걱정을 끼칠 것이 염려되어 참고 있었던 것이다. 정민은 속상한 마음에 오히려 다경을 나무랐다. 힘들면 힘들다고 밝혔어야지, 참고 있어 봐야 오히려 더 일을 크게 키울 뿐이라며 말이다.

수경과 민석이 괜찮다며 말리고 나서고, 다경은 잔뜩 기가 죽은 모습이었지만 정민은 화가 풀리지 않았다. 더불어 자신에게도 화가 났다. 좀 더 유심히 살펴보았다면 말하지 않아도 그녀의 상태를 눈치챌 수 있지 않았을까 하는 아쉬움 때문이다. 아쉬움과 속상함이 머릿속을 어지럽혔다.

"화내서 미안해."

"내가 잘못한걸. 다음부터는 안 숨기고 얘기할게."

정민은 낮게 한숨을 쉬고는 그녀의 어깨에 팔을 둘러 제 쪽으로 당겼다. 다경이 그의 어깨에 얼굴을 기댔다.

빠르게 달려 준 택시 기사 덕에 곧 다경의 집 앞에 도착했다.

정민은 두 개의 가방을 어깨에 모두 둘러메고 다경의 손을 잡고서 계단을 올랐다.

다경의 집으로 들어선 정민이 책상에 가방을 내려놓으며 말했다.

"정말 병원 안 가도 되겠어?"

"내일 오전에 일찍 가면 돼."

외투를 벗어 옷장에 넣고 침대에 걸터앉은 다경이 옆자리를 톡톡 두드렸다.

"이리 와 봐."

정민이 의아한 표정으로 다경에게 다가가 나란히 침대에 걸터앉았다.

"아까는 말해 봐야 안 믿을 것 같아서 얘기 안 했는데."

"……."

정민은 잔뜩 긴장했다. 그 긴장감을 읽었는지 다경이 그의 손등을 따뜻하게 감쌌다.

"골수 이식하고 벌써 10년이 넘었어. 그건 이미 완치되고도 남았다는 얘기고, 어제오늘은 정말 단순 피로니까 병하고는 아무런 관련이 없다는 거야."

할 말은 많았지만, 정민은 아무런 말도 꺼낼 수가 없었다. 그녀만큼은 아니어도 자신도 다경의 병에 대해 여러 정보를 찾아서 보았고, 골수 이식을 받고 10년이 넘은 그녀가 완치되었다는 것도 너무도 잘 알고 있었다.

그럼에도 오늘처럼 갑작스럽게 피로감을 호소하며 흔들린다면 걱정되기 마련 아니겠나. 다른 사람도 아니고 자신이 아끼고 좋아하는 사람인데 말이다.

"그리고, 종종 이렇게 피곤하고 힘든 적이 있어. 그때마다 병원에 가서 혈액 수치도 확인해 보고, 영양제도 맞고 그래. 1년에 한 번씩 정기 검진 해 보면 항상 정상 범위야."

"하아……."

정민은 괴로운 한숨을 흘리며 머리를 엉망으로 흐트러뜨렸다. 다경은 살짝 미간을 구기며 머리를 엉망으로 만드는 그의 손을 붙잡았다.

"이러지 마. 네가 속상해하는 거 견디기 힘들어."

우울한 표정의 다경을 보고 있자니 정민은 마음이 쓰리고 아팠다. 자신이 이런 태도를 보일 때마다 다경이 힘들어할 거라는 것이 눈에 선했다. 그래서 이미 좋아하는 마음을 가지고 있었음에도 고백에 대한 대답을 늦게 할 수밖에 없었던 건 아닌가 생각되었다.

정민은 미안한 미소를 지으며 그녀의 양손을 다정하게 붙잡았다.

"알았어. 안 그럴게. 대신 다경아."

"응."

"다시는 네 몸 상태에 대해서 숨기지 마. 그래야 나도 널 믿을 수 있어."

"알았어."

"사소한 것도 절대 숨기면 안 돼."

"알았다니까."

재차 당부하자 다경이 빙긋 미소를 지었다.

"그리고 나한테는 어리광 부려도 돼."

"……."

"힘들면 도와 달라고 하고, 아프면 호오— 해 달라고 말해."

정민이 손등에 따뜻한 입김을 불자 다경의 양 볼이 발그레해졌다. 다경은 행복한 미소를 지으며 고개를 끄덕였다.

"그럼……."

망설이듯 다경이 운을 떼자 무슨 말이든 다 하라는 표정으로 정민이 바라보았다.

"나랑 놀다 가."

"훗. 쉬어야 하잖아."

어린애 같은 표정에 정민은 낮게 웃음을 터뜨렸다.

"어차피 점심때잖아. 잠깐 숨 좀 돌리고 나가서 밥 먹자. 근처에 돈가스 맛있게 하는 집 있어."

정민의 얼굴에서 웃음이 떠나지 않았다. 그는 다경의 머리를 다정하게 쓰다듬었다.

"그래. 같이 밥 먹자."

눈웃음을 짓는 다경의 얼굴에 행복감이 가득했다.

"병원에 가면 무슨 검사 해?"

"혈액 검사만 해."

"어떤 거 보는 건데?"

식사를 마치고 돌아와 두 사람은 천장을 보고 침대에 나란히 누워 있었다. 환기를 시키기 위해 아주 조금 열어 놓은 창문 틈으로 일상적인 소음이 작게 들려왔다.

"음…… 헤모글로빈이랑 백혈구, 혈소판, 철분 이런 거 수치 확인하는 거야."

"그것만 검사해도 충분한 거야?"

다경은 살며시 웃으며 그에게로 고개를 돌렸다.

"훗. 자꾸 잊는 것 같은데, 나는 완치가 되었어요."

"그걸 몰라서 물어보는 게 아니잖아. 그냥 그 병에 대해 잘 모르니까 궁금한 게 많은 거야."

다경은 걱정스레 바라보는 그를 응시하다가 그의 어깨에 머리를 기댔다. 잠시 머뭇거리던 정민은 팔을 빼서 다경에게 팔베개를 해 주었다. 다경이 좀 더 그에게로 다가갔다.

"혹시나 하는 마음에 하는 거야. 검사할 때마다 정상인데도 마음이 아직 바뀐 몸에 적응을 못 하는 것 같아."

"……."

"오늘 유달리 피곤했던 건 안 하던 장거리 여행을 해서 그런 걸 거야. 지난번에도 말했지만 나 너 만나기 전까지는 외출도 거의 안 했으니까. 체력도 좋지 않은데 부산까지 내려가고, 친구들이랑 하는 여행이라 들떠서 무리한 탓이야."

"그렇다면 다행이고."

낮게 한숨을 쉬며 정민이 다경의 어깨를 토닥였다.

"내일 병원에 가서 검사하면 결과는 바로 나와?"

"아니. 한 사나흘 걸려."

"결과 나오면 바로 알려 줘야 해."

"알았어."

걱정하지 말라는 말을 덧붙이고 싶었지만, 다경은 하지 않았다. 그 말을 해 봐야 실랑이밖에 되지 않는다는 걸 잘 알기 때문이다. 자신 역시 눈으로 수치를 보아야 마음이 놓이는데, 그는 더할 거라는 생각이 들기도 했다.

그녀가 걱정하고 염려해야 하는 것은 다른 것이었다.

늦은 오후가 되어 정민이 집으로 돌아가고 다경은 저녁에 걸어서 15분 거리인 부모님의 집으로 갔다.

현관문을 열고 집 안으로 들어가자 소파에서 뉴스를 보고 있던 아빠가 반갑게 맞아 주었다.

"오오, 우리 딸. 어서 와."

다경은 손을 뻗으며 반가움을 표현하는 아빠에게로 가서 두 손을 잡았다. 아빠가 다경을 옆자리에 앉혔다.

"지금 막 닭볶음탕 다 됐는데, 딱 맞춰서 왔네. 어서 손 씻고 와."

주방에서 엄마가 높은 목소리로 말했다. 다경은 웃으며 거실 화장실로 가서 손을 씻고 주방으로 들어갔다.

아빠는 벌써 식탁에 앉아서 숟가락을 들고 있었다. 다경이 자리에 앉자 엄마가 전골냄비를 식탁 중앙에 놓았다.

"부산은 잘 다녀왔어?"

아빠가 친근하게 웃으며 다경의 앞접시에 닭다리를 놓아 주었다. 다경은 사양하지 않고 다리를 한입 물었다. 부모님은 그녀가 잘 먹는 모습을 보는 것이 가장 행복했다.

"네. 재밌었어요. 다음에 엄마 아빠도 같이 가요."

"잘 놀았다니 다행인데, 엄마 아빠 선물은?"

닭다리를 뜯으며 다경이 슬쩍 눈을 흘겼다.

"으응. 무슨 선물을……."

"너 아까 들고 온 건 뭔데?"

아빠가 황당하단 표정으로 물었다. 다경은 닭다리를 입에 문 채로 헤헤 웃었다.

"떡 사 왔어요."

"떡은 우리 동네에도 많아, 애."

엄마가 시큰둥하게 대꾸하니 다경은 고기를 열심히 씹으며 손을 젓고는 소파로 가서 작은 쇼핑백을 들고 왔다.

"노노. 그거랑은 비교 불가."

"뭔데 그래?"

엄마가 여전히 의심스러운 눈길로 쳐다보았다. 다경은 빙긋 웃으며 쇼핑백에서 앙꼬절편이 담긴 팩을 꺼내 보였다. 납작하게 나열된 절편은 안에 든 단팥 앙꼬가 다 비칠 정도로 피가 얇았다.

"이거 부산에서 엄청 유명한 떡이래요. 한 사람 앞에 두 팩밖에 팔지 않아요."

"얼마나 맛있길래 그래?"

상미는 밥을 먹다 말고 팩을 뜯어 떡을 하나 입에 넣었다. 과하게 달지 않으면서도 부드러운 떡과 앙꼬가 입안에서 퍼지자 상미가 환하게 웃었다.

"진짜 맛있네. 여보 먹어 봐요."

"밥 먹다 말고 무슨 떡이야."

라고 하면서도 아빠 역시 궁금한 표정으로 떡을 한입에 넣었다. 진지하게 떡을 먹던 아빠의 눈매가 반달처럼 휘었다.

"맛있네."

"그렇죠, 그렇죠. 이거 두 팩 사수하느라 힘들었어요."

다경이 신나서 목소리를 높였다. 한 사람 앞에 두 팩씩 샀는데 거기서 먹은 건 정민이 것이었다. 자기들 건 꽁꽁 숨겨 놓고 정민이 것만 게 눈 감추듯 죄다 먹어 버렸다.

"우리 딸 덕에 맛있는 걸 먹어 보네?"

엄마가 두 번째 떡을 집으며 웃었다.

"나야말로 친구들 덕에 맛있는 거 먹었지, 뭐."

다경의 쾌활한 모습에 부모님도 흐뭇하게 웃었다. 아프기 시작하면서 어둡기만 하던 성격이 이식을 받으면서부터 한결 부드러워졌지만, 지금처럼 쾌활하고 유쾌해 보이는 건 정말 오랜만이었다. 부모님은 다경의 성격이 어린 시절의 친구들을 만난 이후부터 달라졌다는 것을 확실히 느낄 수 있었다.

식사를 마치고 함께 TV를 보던 아빠가 먼저 안방으로 들어가고 다경은 엄마와 싱크대에 나란히 서서 설거지를 했다.

"엄마."

"응?"

엄마의 목소리가 콧노래를 부르듯 흥겨웠다.

"나…… 좋아하는 사람 생겼어요."

"으음? 누구?"

엄마가 과장된 표정으로 새침하게 서 있는 다경을 쳐다보았다. 다경은 수줍어서 엄마를 쳐다보지 못하고 열심히 설거지만 했다.

"정민이."

"정말? 진짜?"

엄마가 놀라움을 금치 못하는 표정을 지어 보였다.

알고 보니 딸이 얘기해 줬던 하정민이 그 '하정민'이 맞더라는 말을 듣고 상미는 얼마나 놀랐는지 모른다. 흔한 말로 세상은 넓고 좁다더니, 이런 인연으로 만나게 될 거라고 누가 상상이나 했겠는가 말이다.

좀처럼 외출을 하지 않던 다경이 누군가를 만나기 위해 집을 나섰다는 것만으로도 놀라운데, 그 사람이 정말 그 '하정민'이라니. 상미는 다경만큼이나 많이 놀랐다. 사실 말은 안 했으나 동일인이길 살짝 기대하고 있기도 했다.

그런데 이제는 좋아하는 사람이라니. 다경이 이식 수술을 받은 이후로 가장 기쁜 일이 아닐 수 없었다.

"정민이는? 정민이도 좋대?"

당사자보다 더 들떠서 홍조 띤 얼굴로 엄마가 물었다. 다경은 부끄러움에 입술을 삐죽거렸다.

"정민이가 먼저 고백했어."

"어머. 그럼 이제 둘이 연애하는 거야? 그래?"

더는 못 견디겠다는 표정으로 다경이 엄마의 옆구리를 쿡 찔렀다.

"엄마가 더 신난 것 같아."

"그럼 신나지, 안 나? 세상에, 우리 딸이 드디어 연애를 한다니. 엄마는 아주 하늘을 날아갈 것만 같은걸?"

잔뜩 흥이 오른 엄마의 대꾸에 다경도 크게 웃었다.

설거지가 끝나고 다경은 엄마와 식탁에 나란히 앉아 대화를 이어 갔다.

"언제부터 사귀게 된 거야? 혹시 어제 여행 가서 고백받은 거야?"

"아니. 고백은 지난주에 받았는데…… 내가 오늘 대답했어요. 나도 좋아한다고."

"어머머머. 너무 낭만적이야."

과하다 싶은 엄마의 반응에 다경은 헛웃음을 흘리고 말았다. 그러다 이내 진지한 표정으로 엄마의 손을 잡았다.

"그런데 엄마."

"응?"

얼굴엔 웃음기가 가득하지만, 상미는 걱정스러운 마음으로 다경을 바라보았다.

"나…… 정말 괜찮을까?"

"뭐가?"

"정민이랑 사귀는 거 말이야."

"서로 좋아하면 연애하고, 사랑하는 거지 뭐가 문제야?"

"좋아해서 만나다가 사랑하게 되어서 결혼까지 하고 싶어지면 어떻게 해야 돼?"

엄마를 바라보는 다경의 얼굴엔 근심과 묘한 두려움이 짙게 내려앉아 있었다. 상미가 안타까운 표정으로 다경의 손을 양손으로 꼭 잡았다.

"결혼하고 싶으면 결혼하는 거야, 다경아. 어려워할 거 없어."

"나…… 임신 못 할 수도 있잖아."

상미가 속상한 표정으로 다경을 지그시 바라보았다.

"아기 가질 수 있어. 왜 그런 걸 걱정해."

"엄마도 알잖아요. 나 골수 이식 때문에 항암제 먹은 거. 그것 때문에 불임 될 수 있다는 것도 알잖아요."

다경을 바라보는 상미의 속이 답답했다.

"다경아. 넌 어렸을 때 먹은 거라 선생님이 괜찮다고 했어. 지금 생리도 정상적으로 하고 있잖아."

"그래도……. 만에 하나라는 게 있잖아요."

"그렇게 불안하면 조만간 엄마랑 산부인과 가서 검사받아 보자. 그런데 받으나 마나 결과는 정상일 거야. 이식하고 벌써 몇 년이나 지났는데."

"그럴까?"

불안해하는 다경을 상미가 안쓰럽게 바라보며 그녀의 어깨를 포근하게 감쌌다. 다경이 엄마에게로 몸을 기댔다.

"그럴 일 없으니까 걱정하지 말고 마음껏 좋아하고, 마음껏 사랑해."

"……."

"그래서 너 닮고, 정민이 닮은 손주 볼 수 있으면 엄마는 여한이 없겠다."

"이제 막 사귀기 시작했는데 무슨 벌써 손주야."

다경은 심드렁하게 말하며 엄마의 품에 더욱 얼굴을 묻었다. 아무리 엄마라지만, 그런 말을 듣고 있자니 너무 부끄러워 온몸이 녹아 버릴 것만 같았다.

상미는 우리 딸이 언제 이렇게 컸나, 하는 생각을 하며 다경의 어깨를 다정하게 토닥거렸다.

✷ ✸ ✷

"병원은 다녀왔어?"

퇴근 후 집에 들른 정민이 걱정스레 물었다. 다경은 못 말린다는 표정으로 피식 웃었다.

"응. 다녀왔어."

"괜찮다지?"

"검사 결과는 다음 주에 알 수 있어."

"무슨 검사 결과가 그렇게 늦게 나와?"

정민은 저도 모르게 화를 내고 말았다. 걱정이 잔소리처럼 들리고, 과한 걱정으로 오히려 다경을 불안하게 만들까 봐 종일 전화하고 싶은 걸 겨우 참았던 그였다. 그런 주제에 그녀의 얼굴을 보자마자 신경질을 냈으니, 정민은 미안해지기 시작했다.

"미안. 나는 걱정이 돼서."

"으응. 아니야. 괜찮아."

다경이 빙그레 웃으며 고개를 저었다. 정민은 다경의 손을 꼭 잡았다.

"오늘은 좀 어때? 푹 쉬고 있었어?"

"응. 어제 엄마가 해 주는 밥 먹고 푹 잘 쉬었어."

"다행이다."

안심된다는 얼굴로 정민이 다경의 머리카락을 다정하게 쓸어 넘겼다. 다경이 설레는 미소를 지었다.

"걱정하는 마음 알겠는데, 이제는 안 했으면 좋겠어. 아니면 조금만 해."

"……."

"네 마음 고마운데, 좋은 생각 하고 행복한 생각 하기에도 바쁜 시간에 우울한 생각 하는 거 싫어."

"후우……. 그래. 조심할게."

정민이 작게 한숨을 쉬었다. 다경의 말이 맞다. 보고 싶은 마음에 달려왔으면서, 아무리 좋은 마음에 하는 걱정이라도 아까운 시간을 허비하는 건 어리석은 일이었다.

"이번 주 토요일에 어디 가고 싶은 곳 있어?"

"음……. 삼청동 한옥마을!"

어린아이처럼 외치는 다경을 보고 있노라니 정민은 마음이 짠했다. 기분 좋은 외출을 마다할 사람이 과연 얼마나 되겠는가. 그런 기회를 스스로 차단하며 지내 온 다경이 새삼스레 안쓰러웠다.

그러나 곧 마음을 고쳐먹었다. 좋은 생각만 하기로 했으니, 행복한 일만 만들기로 했으니 앞으로 그런 시간들을 많이 만들면 된다고 말이다.

❊ ❊ ❊

토요일 점심 무렵. 오늘도 만남의 장소는 광화문 교보문고였다. 일찌감치 약속 장소에 도착한 정민은 가판대에 진열되어 있는 책들을 둘러보고 있었다.

얼마 전 다경이 번역한 하늘출판사의 책이 가판대에 진열되어 있었다. 다경이 번역해서인지, 여느 때보다 흐뭇하게 책을 보고 있을 때 누군가 가볍게 어깨를 두드렸다. 활짝 웃는 다경이었다.

"어, 내가 번역한 거네?"

다경은 인사를 눈인사로 때우고 책부터 집어 들었다. 슬쩍 서운했으나 속 좁게 굴 수 없으니 정민은 열심히 웃었다.

"초기 판매 반응 괜찮아."

"그래? 책 재미있었는데, 좋다."

쿵쿵.

다경의 화사한 미소에 심장이 큰 소리를 내며 뛰기 시작했다. 그녀를 좋아하게 되어 고백을 하고, 그녀에게 좋아한다는 고백을 받은 이후로 더 설레고, 가슴은 벅차올랐다.

여기 보세요! 내가 이 사람을 좋아해요!

마치 주변 사람들에게 크게 외치고 싶은 양 심장은 크고 묵직한 소리를 내며 뛰고 있었다.

정민은 떨리는 마음을 품고서 다경의 손을 잡았다. 수줍은 미소로 그를 바라보던 다경도 팔짱을 끼듯 다른 손으로 그의 팔을 가볍게 붙잡았다.

다정하게 서점을 나온 두 사람은 점심을 먹기 위해 한 이탈리안 레스토랑으로 향했다. 오늘은 고르곤졸라 피자가 먹고 싶다는 다경의 주문이 있었다. 하지만 좋은 곳이 있다며 데리고 간 레스토랑은 안타깝게도 없어진 데다 다른 가게가 문을 열려는지 내부 수리 중이었다.

"너무 오랜만에 왔나 보다."

"마지막으로 온 게 언젠데?"

"글쎄······. 한 2년 됐나?"

2층 간판을 올려다보며 정민이 기억을 더듬었다. 피식 웃던 다경은 장난기가 발동했다.

"그 말은 가장 최근에 하던 연애가 1년 전이라는 거?"

"무슨 소리야."

무작정 걸음을 옮기며 정민이 억울하다는 듯 말하자 다경은 싱글싱글 웃으며 그에게 되물었다.

"설마 이탈리안 레스토랑을 남자들끼리 왔다고 할 건 아니지?"

"못 올 건 또 뭔데? 내 친구들 중에 파스타 좋아하는 애들 많아. 남자들끼리는 이런 데 오지 않는다는 편견을 버려."

정민은 표정을 굳히며 강하게 주장했다. 그런다고 물러날 다경은 또 아니었다.

"흠…… 그래? 편견이라면 미안. 그래서 같이 온 사람이 누군데?"

"그, 뭐시냐. 있어. 회사 사람."

"아아……. 사내 연애?"

짓궂은 미소를 지으며 고개를 끄덕이는 다경을 정민은 황당한 표정으로 쳐다보았다. 이러면 안 되는데, 난처해서 어쩔 줄 몰라 하는 정민을 놀리는 재미가 은근히 좋았다. 이래서 민석이 툭하면 정민을 놀리나 싶기도 했다.

"넌 도대체 그런 게 왜 궁금한 거야?"

"궁금할 수도 있지 뭐. 심술은."

오히려 삐친 사람처럼 다경이 아랫입술을 삐죽 내밀자 정민은 어이가 없어 헛웃음을 흘렸다. 그러나 곧 다정이 그의 팔짱을 끼며 화사하게 웃었다.

"다시는 그런 말 안 할게. 화내지 마."

애교 섞인 목소리에 정민은 그만 당혹스러운 마음을 스르륵 풀어야 했다. 맑은 눈동자에 심장이 녹아내릴 것만 같았다.

"흠, 흠! 그래, 다음부터는 그런 말 하지 마."

"응, 응! 우리 다른 식당으로 가자."

응석 섞인 목소리에 입가가 완전히 풀려 정민을 헤벌쭉 웃음을 보였다.

떨어지면 큰일이라도 나는 사람들처럼 찰싹 붙어서 골목을 돌아다니다가 원하던 이탈리안 레스토랑을 발견했다. 분위기 좋은 그곳은 이미 손님들로 가득했다. 토요일이라 그런지, 커플 단위의 손님이 유독 많아 보였다.

두 사람은 몇 분 기다렸다가 창가 자리로 안내받았다. 다경은 오늘 운이 아주 좋다며 즐거워했다. 다경이 먹고 싶다던 고르곤졸라 피자와 버섯샐러드, 그리고 스파게티를 주문했다.

만족스러운 식사를 마치고 밖으로 나오기 무섭게 다경은 케이크가 먹고 싶다고 했다. 그 많은 걸 다 먹고도 케이크를 또 먹겠다고 하니 정민은 당황하지 않을 수 없었다. 그런 그의 생각을 읽은 듯 다경이 헤벌쭉 웃었다.

"여자는 디저트 배가 따로 있다는 말도 몰라?"

"하하하. 그래, 가자."

여느 때보다 활기차고, 잘 먹는데 무엇인들 안 되겠나. 끔찍할 정도로 다디단 케이크를 가뿐하게 해치운 다경의 표정은 더욱 빛이 났다.

삼청동까지 가는 길은 그리 호락호락하지 않았다. 별생각 없이 버스를 탔다가 사람이 너무 많아서 목적지까지는 가지도 못하고 내려야 했으니 말이다. 사람이 많은 상가들이 보이길래 무작정 내려서 걸어가기로 했다.

그 결정은 나쁘지 않았다. 아기자기한 상점들이 많아서 지겹거나 심심하지 않았다. 가는 길에 눈에 띄는 상점에 들러 물건도 구경하고, 다경은 티셔츠까지 구입했다.

버스든 뭐든 타고 빨리 이동하는 것도 좋지만, 천천히 걸으며 주변의 풍경과 사람들을 둘러보고 도란도란 대화를 나누는 것도 좋았다. 단, 흠이 있다면 발바닥이 조금 아프다는 것.

"발바닥 아프다."

정독 도서관까지 왔을 때 다경이 걸음을 멈추더니 허리를 굽혔다.

"업어 줄까?"

"풋. 뭐어?"

무릎을 짚고 서 있던 다경이 짧게 웃음을 터뜨렸다. 정민은 홀로 진지하게 말했다.

"왜? 옛날엔 너 업고 얼마나 잘 뛰었는데?"

"설마. 민석이 얘기 들어 보니까 아주 끙끙댔다던데?"

"그 말을 믿어?"

정민이 억울하다는 표정으로 따지듯 물었다. 다경은 웃으며 허리를 펴고 손을 저었다.

"아니. 안 믿어. 난 네 말만 믿어."

"그럼 업혀."

그가 정말 업어 줄 사람처럼 몸을 낮추고 앉자 다경은 당황했다.

"야아, 뭐 하는 거야. 됐어."

다경은 황급히 그의 팔을 잡아 일으켰다. 그러고는 주변을 둘러보았다.

"그러지 말고, 어디서 좀 앉았다 가자."

"어, 저기 벤치 있다."

때마침 인도에 있는 벤치가 눈에 띄었다. 두 사람은 종종걸음으로 가서 벤치에 앉았다.

"어휴, 이제 좀 살 것 같다."

지나는 사람들이 없는 틈을 타서 다리를 쭉 뻗고 앉은 다경이 안도의 한숨을 쉬었다.

"주연이가 조만간 보자던데, 연락받았지?"

"응. 조금 있으면 막달이라 못 움직인다고 그 전에 보자고 하더라."

"꼭 그것 때문은 아닐걸?"

"그럼?"

다경이 궁금하단 표정으로 쳐다보았다. 정민이 히죽 웃었다.

"우리 둘이 사귄다니까 궁금한 게 많아서 보자는 거야."

"훗. 그런가?"

다경이 낮게 웃으며 그에게서 시선을 돌렸다. 그와 매일 통화를 하는 시간이 좋고, 지금처럼 함께 있을 때면 행복해서 가슴이 벅찬데, 불쑥불쑥 새삼스럽게 쑥스러울 때가 있었다.

"그런데 엊그저께 만나자고 전화해서는 이것저것 잔뜩 물어봤어."

정말 얼마나 이것저것 묻던지 대답하느라 다경은 진땀을 흘려야 했다.

"나한테는 별거 안 물어보던데."

"넌 남자잖아."

"그래?"

정민이 조금은 서운한 듯 되묻자 다경이 빙그레 미소를 지으며 그를 쳐다보았다.

"남자들끼리만 통하는 대화가 있듯, 여자들끼리만 통하는 대화

314

도 있는 법이야."

"그래서 뭐 물어봤는데?"

"여자들끼리만 통하는 대화라니까?"

정민이 졌다는 표정으로 피식 웃었다. 다경도 함께 웃으며 주연과의 통화 내용을 되짚곤 몰래 얼굴을 붉혔다.

— 그래서! 키스는 한 거야?

대뜸 이렇게 물어서 얼마나 당황했는지……. 얼버무리다 끈질긴 질문 공세에 결국 시인하고야 말았다. 주연이 비명을 지르며 어찌나 좋아하는지 민망해서 온몸이 활활 타오르는 것 같았다.

— 그렇게 긴 시간을 지나서 다시 만난 거 보면 인연 아니겠어? 난 너희 둘이 꼭 결혼했으면 좋겠어.

이제 막 사귀기 시작한 사이인데 벌써부터 결혼을 얘기하니 조금은 당황스럽기도 했으나 상상하고 있노라면 기대도 되고 행복하기도 했다. 딱 하나만 빼면…….

벤치에서 휴식을 취한 후 정민은 근처에서 대기 중이던 외국인 관광 통역사에게 길을 물어보았다. 관광 지도를 펼쳐 표시까지 해 주며 친절하게 안내해 준 덕분에 북촌한옥마을은 쉽게 찾을 수 있었다.

"여기서 사는 사람들은 엄청 스트레스받겠다."

다경이 벽에 붙은 현수막을 보며 안타깝게 말했다. 현수막에는 조용히 해 달라는 호소가 적혀 있었다. 분위기 좋은 한옥을 볼 수 있어서 좋기는 한데 거주자들에 대한 배려가 아쉽게 느껴졌다.

정민이 고개를 잔뜩 숙이고서 귓속말로 속삭였다.

"우리라도 조용히 하자."

"아, 깜짝이야."

귓속을 간질이는 입김에 깜짝 놀란 다경이 귀를 막았다. 나무라듯 바라보는 그녀의 양 볼에 홍조가 드리워졌다. 정민은 기분 좋은 표정으로 껄껄 웃었다.

좁은 골목을 따라 언덕을 오르다 보니 제일 위에서 사람들이 아래쪽을 향해 무리 지어 사진을 찍고 있었다. 다경은 궁금한 표정으로 뒤를 돌아보았다.

"뭘 찍는 거지?"

"글쎄?"

정민도 따라서 뒤를 돌아보았으나 줄지어 오가는 사람들 말고는 별로 눈에 띄는 것이 없었다. 다른 사람들처럼 제일 꼭대기에 오른 다경은 무작정 휴대폰을 들고 똑같이 사진을 찍었다.

"어때?"

휴대폰을 확인하는데 정민이 다가와 고개를 내밀었다.

"그냥 이렇게 풍경 찍는 건가 봐."

다경도 잘 모르겠다는 표정으로 그냥 웃고 말았다.

북촌한옥마을을 둘러보는 건 그리 오래 걸리지 않았다. 지리를 잘 모를뿐더러 발바닥이 다시 아파 오기 시작해서 다경이 다른 곳으로 가자고 했다.

슬슬 하늘도 어두워지기 시작하고 좀 이르긴 해도 저녁 식사를 하면 적당할 것 같았다.

"오늘따라 운이 없는데?"

관광 가이드에게 길을 물어보고 온 정민이 난처한 웃음을 지었다. 맛집이라며 검색한 식당이 아예 없어졌다는 것이다. 어쩐지 아무리 근처를 돌아도 안 보이더라니.

"그나저나 관광 가이드님들 엄청 능력잔데? 가게도 다 알고."

다경은 신기한 시선으로 외국인에게 길을 안내하고 있는 가이드를 바라보았다.

"나도 나중에 가이드 해 볼까 봐. 일본어 배운 거 써먹어야지."

"관광사 시험 봐야 할걸?"

"보면 되지. 너도 알잖아. 나 공부 잘하는 거."

새침하게 쳐다보며 다경이 옆구리를 쿡 치자 어련하시겠냐는 표정으로 정민이 웃었다.

"당신은 계속 번역을 하세요."

"배운 거 제대로 하는 게 낫겠지?"

다경이 팔짱을 바짝 당기며 생글생글 웃었다. 정민은 그녀의 얼굴을 톡톡 두드리고는 고개를 끄덕여 주었다.

두 사람이 선택한 식당은 일본인이 운영한다는 주점이었다. 가보려던 식당은 없어졌으니 멀리 가지 않고 근처에서 찾다가 선택한 곳이었다. 자그마한 규모에 세월이 느껴지는 주점이었다.

"아, 일본어 발휘 좀 하려고 했더니."

한국인 직원이 주문을 받아 가자 다경이 아쉬운 표정으로 웃었다. 그러자 정민이 슬쩍 놀리듯 말했다.

"왜? 그냥 일본인인 것처럼 일본어를 하지."

"아항. 그 생각을 못 했네?"

장난기 가득한 그녀를 보며 정민은 환하게 웃었다. 그녀와 나누는 이런 소소한 대화와 웃음이 정말 좋았다.

다경이 웃을 때마다 정민은 가슴이 욱신거렸다. 마음씨 좋은 공여자를 만나지 못했다면 다경의 예쁘고 다정한 웃음을 영원히 보지 못했을 것 아닌가. 그런 생각을 하면 그녀와의 모든 시간이 소중하고 귀했다.

"난 생일이 두 개야."

맥주 반 잔을 마셨을 뿐인데, 다경의 양 볼이 발그레했다.

"하루는 내가 태어난 날이고, 하루는 골수 이식을 받은 날."

정민은 애틋하게 그녀를 바라보았다.

"우리 집은 매년 그날을 내가 태어난 날보다 더 크게 챙겨. 부모님은 내가 혈액형까지 바뀌어서 더 새로 태어난 것처럼 느껴지나 봐. 나도 그래. 면역 치료 중에는 죽을지도 모른다는 공포감에 하루하루가 너무 괴롭고 힘들었거든. 그런 시간에서 벗어나게 해준 날이니까 태어난 날보다 의미가 훨씬 더 크지."

약간의 술기운을 빌려서일까? 그렇게 무거운 이야기를 하는데도 다경은 생글생글 웃고 있었다. 보고 있는 것만으로는 충분하지 않아서 정민이 손을 내밀었다. 다경이 손을 얹자 정민은 그 손을 꼭 잡았다.

"매년 그날이 되면 나한테 골수를 기증해 준 분에게 감사하고, 지금까지 우리 가족을 지켜 준 하늘에 감사해. 그런데 이젠 감사할 게 하나 더 늘었어."

"그게 뭔데?"

"널 다시 만난 거."

"……."

"너를 만나면서 꾸역꾸역 닫고 있던 문을 활짝 열 수 있게 되어서 너무 행복해."

양 볼이 발그레한 다경이 눈이 보이지 않을 정도로 활짝 미소를 지었다. 그 예쁜 모습을 보고 있자니 새삼스럽게 가슴 깊은 곳에서 뜨거운 것이 울컥 올라왔다. 정민은 감격스러운 미소를 지으며 다경의 손을 양손으로 꼭 잡았다.

"너에게 그런 사람이 될 수 있다면 내가 더 행복하고 감격스러운 일이지. 나야말로 병을 꿋꿋하게 이겨 낸 네가 얼마나 대견하고 고마운지 몰라."

"숨을 쉬고 있는 한 순간 한 순간이 너무 귀하고, 그 순간에 너를 생각할 수 있어서 좋아."

정민이 불만스러운 표정으로 장난스럽게 말했다.

"그거야말로 내가 하고 싶은 말인데, 네가 선수를 치네."

"후후후. 역시 사랑은 타이밍이라니까?"

"선수는 빼앗겼지만 너에 대한 마음은 변하지 않아. 난 너랑 오래오래 사랑하고 싶어."

다경이 놀란 표정으로 눈을 동그랗게 뜨더니 이내 해사하게 웃었다.

"나도. 너랑 오래오래 사랑하며 살고 싶어."

자그마한 테이블을 사이에 두고 손을 맞잡은 두 사람의 눈동자에 사랑과 행복이 가득 넘쳤다.

제17장

거리를 지배하던 냉기가 서서히 물러날 무렵, 이른 봄소식과 함께 주연이 아이를 낳았다. 여덟 시간의 진통 끝에 예쁜 딸을 얻은 주연은 그 정신없는 와중에도 우는 아이의 사진을 찍어 친구들에게 문자를 돌렸다.

친구들은 주연이 산후조리원에 들어가기 전에 병문안을 가기로 했다. 다들 직장인이기 때문에 조금이나마 시간적으로 여유가 있는 다경이 출산 선물을 준비하게 되었다.

예정일보다 출산을 일찍 하는 바람에 급히 준비하느라 허둥대기는 했으나 다경은 기쁜 마음으로 선물을 준비했다. 친구들과 상의해서 선택한 선물은 산모를 위한 과일 바구니와 아이 신발과 외출복이었다.

백화점 식품 매장에서 과일 포장을 기다리는 동안 퇴근한 정민이 도착했다.

"이것만 끝나면 돼?"

"응. 다른 건 벌써 샀어."

다경이 들뜬 표정으로 선물 꾸러미를 들어 보였다. 정민은 웃으며 쇼핑백을 대신 들었다.

"검색해 보니까 비타민이 풍부한 과일이 산모들한테 좋대."

직원이 리본을 묶고 있는 과일 바구니를 다경이 흐뭇하게 바라보았다. 선물 포장이 끝나고 정민은 무거운 바구니를 번쩍 들고 주차장으로 향했다.

병원으로 가는 동안 퇴근한 친구들은 벌써 병원에 도착했다며 전화가 왔다.

"우리도 한 10분이면 도착해."

정민이 통화를 끝내고 블루투스를 귀에서 뺐다.

"아기라니……. 너무 신기해."

다경이 무릎 위에 올려놓은 쇼핑백을 쓰다듬으며 감격해서 말했다.

"친구들 중에 아기 처음이야?"

"응. 대학교 다닐 때 특별히 친하게 지낸 사람이 없어서 친구들은 너희가 다야. 친척 중에도 조카들은 있는데 이렇게 갓난아기를 보는 건 처음이야."

"아기 좋아해?"

"그럼. 아기들은 보고 있는 것만으로도 가슴이 따뜻하고 사랑이 마구 샘솟잖아."

구름 위를 걷는 것 같은 표정으로 다경이 대답했다. 정민은 흐뭇하게 웃었다.

"나도 아기 좋아해."

"……."

"우리도 결혼하면 아기 빨리 갖자."

"……응."

대답은 했으나, 다경은 마음이 복잡했다.

정민에게 고백을 받은 후로 계속 불안해하니 엄마가 그녀를 데리고 산부인과에 갔다. 충분히 임신이 가능하다는 진단을 받았고, 지금까지도 꾸준히 병원을 다니며 관리를 하고 있음에도 불안감은 좀처럼 가시질 않았다.

정민은 아직 그녀의 그런 사정을 모른다. 지난달에 청혼을 받았을 때 감격한 것과는 별개로 마음의 짐도 얻었다. 그를 사랑하고 부부가 되어 서로 의지하며 살고 싶은 소망을 조이는 짐이었다.

'오늘은 얘기를 해야겠지?'

다경은 운전하는 그의 옆모습을 슬쩍 훔쳐보았다.

"뭘 훔쳐봐? 그냥 대놓고 봐."

불쑥 들리는 소리에 다경은 흠칫 놀랐다. 뻣뻣한 자세로 앉아서 슬그머니 고개를 돌리니 전방을 주시하는 그의 입에 웃음이 가득했다. 덕분에 긴장이 풀린 다경은 피식 웃으며 그의 팔을 가볍게 잡았다.

"능청꾸러기."

"소심쟁이."

"허……."

황당한 표정으로 반쯤 입을 벌리고 있는 사이 차가 정지 신호를 받아 잠시 멈추었다. 그가 고개를 살짝 기울이고 다경을 쳐다보았다.

"사랑해."

"훗."

뜬금없는 애정 표현에 잠시 헛웃음을 터뜨리던 다경이 정민의 손을 꼭 잡았다.

"나도 사랑해."

흐뭇하게 바라보던 그가 고개를 내밀자 다경이 머리가 아플 정도로 달콤한 입맞춤을 했다.

병원복을 입은 산모는 활기가 넘쳤다. 주연은 자연 분만의 위대한 힘이라며 두 주먹을 불끈 쥐어 보였다.

오늘 다경은 주연의 남편을 처음 보았다. 다른 친구들은 이미 결혼 전부터 알고 지내는 사이였으나 다경은 아직 인사할 기회가 없었다. 수더분한 인상의 남편은 주연보다 두 살 위였다.

"주연이한테 말씀 많이 들었어요. 여기서 뵙게 되네요."

남편이 가볍게 묵례를 하며 다경을 반갑게 맞았다.

"인사는 이제 그만하고, 얼른 가서 우리 애기 보고 와."

주연이 빨리 가라고 재촉하는 바람에 다들 따뜻한 방에 앉아 보지도 못하고 그대로 밖으로 쫓겨났다. 주연의 남편 안내로 네 사람은 신생아 면회실로 향했다.

주연이 입원한 병원은 목욕 시간을 제외하고는 자유롭게 면회가 가능했다. 아기를 볼 수 있는 유리창 옆에 비치된 인터폰으로 전화를 걸고 면회 카드를 보여 주니 자그마한 아기를 간호사가 안아 보였다.

"어머, 세상에."

"어머머머, 저 입 봐! 너무 귀여워!"

"야아……. 작구나?"

한껏 들떠서 외치는 여자들과 달리 민석은 시큰둥한 목소리로 말했다. 정민은 조용히, 그러나 감격스러운 눈으로 아기를 보고 있었다.

"아앙, 어떻게 하면 좋아. 콱 깨물어 주고 싶어."

유리창에 바짝 붙은 수경이 중얼거렸다.

"남의 애를 왜 깨물어. 나중에 너 애기 낳으면 그때 많이 깨물어 줘."

민석의 시답잖은 대꾸에 수경이 눈을 흘기며 아프게 팔을 한 대 때렸다. 다경은 반쯤 입을 벌린 채 입을 오물거리는 아이를 눈이 빠져라 쳐다보았다.

"어휴, 침 흘리겠다."

수경이 짓궂은 미소를 지으며 다경의 옆구리를 쿡 찔렀다. 그러며 정민을 쳐다보았다.

"너희 얼른 결혼해."

유리창에 손을 대고 선 다경은 아이를 보느라 정신이 없고, 정민이 대표로 대답했다.

"걱정 안 해도 다 알아서 하거든?"

"자슥⋯⋯."

민석이 정민의 어깨에 팔을 얹고서 대견하게 쳐다보았다. 마치 동생을 장가보내는 큰형님 같은 표정이었다. 정민은 가소롭다는 표정을 지으며 민석의 팔을 밀쳐 냈다. 결혼 얘기만 나오면 수줍어져서 다경은 웃고만 있고, 정민이 대신 대답했다.

"이번 주에 다경이 부모님 뵙고, 다음 주는 다경이가 우리 집으로 인사 갈 거야."

"오오. 슬슬 시작하는구나."

수경이 두 사람을 번갈아 보며 신나서 말했다.

"결혼 준비하면서 궁금한 거 있으면 다 물어봐. 여기 선배가 세 명이나 있다."

"후후. 알았어."

정민이 즐거운 만큼 다경도 즐거웠지만, 오늘은 기필코 자신이 안고 있는 고민을 털어놓을 생각을 하고 있으니 생각만큼 웃음이 쉽게 나오지 않았다.

역시나 그것을 간파한 정민이 그녀를 집에 데려다주며 조심스럽게 물었다.

"무슨 고민 있어?"

병원에서 나와 친구들과 저녁 식사를 하고 집에 돌아가는 길이었다. 따로 카페에 들러 이야기를 해야 할지, 아니면 집에서 차를 마시며 이야기를 꺼내야 할지 고민하고 있던 참이기도 했다.

"너한테 할 얘기가 있어."

다경의 진지한 표정을 확인한 정민이 차를 도로가에 세웠다.

"저기 카페 들어가서 얘기할까?"

"아니. 지금 얘기할래."

불안해 보이는 다경의 손을 정민이 꼭 잡았다. 어떤 말이든 다 들겠다는 다짐이기도 했다.

잠시 할 말을 고르던 다경이 조심스럽게 입을 열었다.

"미리 얘기했어야 했는데…… 무서워서 말을 못 했어."

"……."

"나…… 아기 못 가질 수도 있어."

정민은 어리둥절했다. 그가 별다른 대꾸를 하지 않으니 다경이 재촉하듯 다시 말했다.

"골수 이식 전에 항암 치료 받았어. 방사선 조사까지는 안 했는데 엄청 센 항암제를 먹었거든. 항암 치료 받으면 불임이 될 수도 있다고……."

"내가 빨리 아이 갖자고 해서 걱정했구나?"

그가 웃으며 묻자 다경은 가슴이 찌릿하며 아팠다.

"너한테 고백받고 계속 고민했어. 내가 하도 걱정하니까 엄마가 병원에 가서 검사받자고 해서 다녀왔는데……."

"……."

"괜찮대. 충분히 임신할 수 있다고……."

"하하. 그런데 뭐가 걱정이야?"

진지하게 듣고 있던 정민은 작게 웃음을 터뜨렸다. 다경이 아이를 갖지 못한다고 해도 상관없지만 병원에서 괜찮다고 하는데 걱정을 사서 하는 그녀가 안쓰러웠다.

"그래도 혹시 모르잖아. 아이 가지려고 하는데 계속 안 생기면…… 그때는……."

"네 책임 아니야."

정민이 단호하게 말했다.

"아이는 생길 수도 있고, 안 생길 수도 있는 거야. 원한다고 무조건 아이를 가질 수 있다면 세상에서 그것만큼 쉬운 일이 없을 걸? 건강한 사람들도 아이 못 갖는 경우가 얼마나 많은데. 아이를 가질 수 있다면 정말 좋겠지만, 안 생겨도 그건 네 책임이 아니야. 그러니까 그런 일로 괜히 걱정하지 마."

"그래도……."

"어허! 괜찮다니까."

정민은 얼굴에 걱정이 가득한 다경의 양손을 힘주어 잡았다. 하지만 다경은 답답했다.

"네 말뜻은 알겠는데, 부모님 생각은 다를 수도 있어. 그러니까 미리 말씀드리자."

"안 해도 돼."

어느새 웃음기가 사라진 그의 목소리에 힘이 들어갔다.

"왜? 이건 아주 중요한 일이야. 말씀드려야 돼."

"싫어. 안 할 거야."

"정민아."

"만약 정말 만약 아이가 생기지 않는다면, 그건 네가 항암 치료를 받아서가 아니라 아직 때가 아니기 때문인 거야. 생기면 좋은 거고, 안 생기면 안 생기는 대로 인정하고 받아들이면 그만이야."

다경은 더 반박할 수가 없어 낮게 한숨을 쉬었다.

"그럼 나 아팠던 건 말씀드리자."

"그것도 싫은데."

"나도 싫어."

그의 억지에 다경은 결국 화를 냈다.

"완치되어서 건강하니까 됐다면서 그 얘기는 왜 안 하는데?"

"……."

"이것저것 물어보실 텐데 거짓말하는 거 싫어. 아파서 학교 그만뒀다는 거 말씀드릴 거고, 내가 재생불량성 빈혈이라는 고약한 병을 앓았다는 것도 말씀드릴 거야. 다 나았는데 말 못 할 이유가 없잖아."

"……."

"만약에 말이야. 혹시 그것 때문에 결혼 반대하셔도 난 괜찮아."

"그럴 일 없어."

정민이 눈에 힘을 주면서 단번에 부정했다.

"우리 부모님 그럴 분들 아니야. 내가 사랑하는 사람이라면 분명히 허락하실 분들이라고."

"그런데 왜 말하지 말라고 해. 결혼해서 부모님께 죄짓는 기분으로 살고 싶지 않아."

다경의 말이 다 맞았다. 다 나아서 건강하고 임신도 할 수 있다는데 굳이 불임 이야기는 꺼낼 필요도 없다면서, 병력에 대해서는 함구하는 건 모순이었다. 정민은 안타까운 표정으로 다경의 손을 다정하게 쓰다듬었다.

"미안해. 네가 병 때문에 부담스러워할까 봐 그런 거야."

"화내서 미안해."

"아니야. 내 생각이 짧았어."

정민이 슬프게 바라보는 그녀의 머리를 가볍게 쓰다듬었다.

"내가 미리 부모님께 말씀드려 놓을게."

"정말이지?"

"그래. 약속해."

"고마워."

정민이 빙그레 웃으며 다경을 품에 안았다.

"당연히 해야 하는 말이었는데 뭐가 고마워."

"다 고마워. 전부 다."

포옹을 푼 정민이 빙긋 웃으며 그녀의 입술에 짧게 입을 맞췄다. 다경의 양 볼이 발그레해졌다.

"사랑해."

"사랑해."

서로를 바라보는 두 사람의 시선에 사랑이 가득했다.

❊　❊　❊

오늘 다경은 정민의 부모님을 만나 뵙기로 했다. 정민은 이 주일 전에 벌써 다경의 부모님을 만나고 갔다. 다경의 부모님은 여느 때보다 기쁘게 정민을 맞았고 후한 점수를 주었다.

다경이 가장 아프고 힘들 때 옆에서 도와준 것과 16년의 세월을 뛰어넘어서 다시 만난 인연이라는 것만으로도 부모님의 환심을 사기에 충분했다.

이제 남은 건 오늘 다경이 정민의 부모님을 만나는 것이다. 오늘 부모님의 마음을 얻는 데 성공하면 결혼까지 순조로울 것이다. 그것을 잘 알기에 다경은 아침부터 잔뜩 긴장하고 있었다.

"후우……."

저도 모르게 심호흡을 깊게 하자 정민이 걱정스레 바라보며 다경의 손을 꼭 잡았다.

"긴장했어?"

"응. 조금."

다경은 엷게 웃으며 고개를 끄덕였다. 정민이 부드럽게 웃으며 말했다.

"괜찮아. 우리 부모님도 널 좋아하실 거야."

"……."

그런 말을 들어도 다경은 전혀 긴장이 풀리지 않았다. 그와 결혼하고 싶다는 생각이 들 때부터 시작된 걱정은 오늘로 최고조에 이르렀다.

"정말 부모님께 항암 치료 받았던 거 말씀 안 드려도 될까?"

"괜찮아요."

이미 다 결론 난 일이었지만 다경은 마음이 무겁기만 했다.

"하지만……. 만약 아이가 늦어지면 부모님이 많이 궁금해하실 거야."

금방까지도 부드럽게 웃던 정민의 표정이 굳어졌다.

"아이는 너만의 책임이 아니라니까?"

"그래도……."

"아이가 늦어도, 혹시 생기지 않더라도 책임은 나랑 같이 지는 거야. 나도 아이를 바라지만 그것보다 중요한 건 너야. 난 네가 병을 이겨 내고 지금 나와 함께 있다는 사실이 감사하고 행복해. 만약 네가 필요한 때에 이식을 받지 못해 지금 이곳에 없었을 거 라는 걸 생각하면 가슴이 떨리고 무서워."

"……."

정민이 단호한 표정으로 그녀를 잡은 손에 힘을 주었다.

"아이는 다음 문제야. 그러니까 주눅 들거나 위축될 필요 없어. 알았어?"

"응."

다경은 미세한 미소를 지으며 더는 이야기를 붙이지 않았다.

죽음의 절망을 이겨 내고 새로운 삶을 얻은 것만으로도 엄청난 축복이지만 사랑하는 사람의 아이를 갖지 못할 수 있다는 염려는 쉽게 놓을 수 없었다. 어렸을 때는 병이 나았으면 좋겠다는 바람으로 막연히 아이를 낳고 싶다고 했지만, 사랑하는 사람이 생기고 결혼을 앞둔 지금은 지극히 현실적인 이야기가 된 것이다.

병원에서는 자연 임신은 물론이고 정상적인 출산도 가능하다고 했지만 다른 사람은 없는 결함을 몸에 지닌 그녀로서는 걱정할 수밖에 없었다. 병원에 갈 때마다 확인받아도 불안한 것이 그녀의 심정이었다. 이 불안감을 떨치는 유일한 방법은 '아기'일지도 모른다.

"자꾸 생각하지 마."

그녀의 마음을 들여다보고 있는 사람처럼, 정민이 굳은 목소리로 말했다. 아니라는 척 웃어 보여도 정민의 진지한 표정은 풀리지 않았다.

"진짜야. 생각 안 해."

"……."

"진짜라니까?"

다경은 빤히 쳐다보는 그의 팔을 장난스레 한 대 툭 쳤다. 졌다는 듯 작게 한숨을 쉰 정민이 그녀의 손을 꼭 잡았다.

드디어 정민의 집에 도착했다. 현관문을 열고 들어가니 거실에서 기다리고 있던 어머니가 가장 먼저 현관까지 나왔다.

"어서 와요. 어서 와요."

양팔을 벌리며 다가오는 어머니의 얼굴에 활짝 웃음꽃이 피었다. 곧이어 인자한 미소의 아버지도 현관까지 그녀를 맞으러 나왔다.

"잘 왔어요. 어서 들어와요."

"네. 감사합니다."

스스럼없이 맞아 주는 두 분의 배려에 다경은 긴장의 끈을 조금 풀 수 있었다. 오히려 두 분이 긴장한 듯 허둥대는 것 같기도 했다.

"음……. 그럼 우리 식사부터 할까?"

그녀를 잠시 물끄러미 쳐다보던 어머니가 잰걸음으로 주방으로 향했다. 아버지는 허허 웃으며 그녀를 거실로 데리고 갔다.

"제가 좀 도와드리는 게……."

소파에 앉지 못하고 주방으로 가려는 그녀를 아버지가 서둘러 말렸다. 이어 그 소리를 들었는지 어머니가 주방에서 큰 소리로 외쳤다.

"인사하러 온 손님은 주방에 들어오는 게 아니에요!"

한 톤 올라간 목소리에는 활기가 가득했다. 정민이 어서 앉으라고 손짓을 하자 다경은 수줍게 웃으며 그의 옆에 얌전히 앉았다.

"번역 일 한다면서요?"

"네. 그런데 말씀 편하게 해 주세요."

"허허허. 그래요, 그럼."

아버지의 호탕한 웃음에 다경은 기분이 좋아졌다. 아버지가 아들인 정민의 어깨를 잡으며 흐뭇하게 바라보았다.

"이 녀석이 출판사 다니는 것도 신기한데, 번역가 선생님을 직접 보니 또 신기하네."

"선생님이라는 말씀은 좀……."

부담스러운 표정으로 말끝을 흐리니 아버지가 허허 웃었다.

"나 빼고 얘기하지 말고, 다들 식사하러 와요."

어머니가 식탁 앞에서 환하게 웃으며 손짓을 했다.

식탁은 진수성찬으로 차려져 있었다. 요리가 취미시라고 하시더니, 어머니가 실력 발휘를 제대로 한 것 같았다.

"차린 건 별로 없지만 많이 먹어요."

어머니가 갈비구이 접시를 다경에게 밀어 주며 살갑게 웃었다. 다경의 입가에 행복한 미소가 번졌다.

"너무 많아서 뭐부터 먹어야 할지 모르겠어요."

"천천히 다 먹으면 되지."

"잘 먹겠습니다."

어머니가 인자하게 웃으며 고개를 끄덕였다.

식사를 하면서도 이어진 대화는 즐거웠다. 중학생 때 헤어졌다가 최근에 다시 만난 것에 대해 정민의 부모님도 많이 신기해했다.

"우리는 깜짝 놀랐지 뭐야."

어머니가 아버지를 한 번 쳐다보더니 웃으며 운을 뗐다.

"정민이가 생전 누구 만난다는 얘기를 한 적이 없거든. 저래서 장가는 가려나 생각했는데, 대뜸 결혼할 사람이 있다지 뭐야."

정민이 쑥스러운 얼굴로 뒷머리를 긁적거렸다. 그 바람에 뒷머리가 삐죽 삐져나오자 다경이 웃으며 뒷머리를 정리해 주었다.

"결혼하고 싶은 사람이 누굴까 엄청 궁금했는데, 중학교 동창이라고 해서 또 한 번 놀랐지."

"제가 아팠다는 얘기 듣고 또 놀라셨겠어요."

다경이 조심스럽게, 미안한 표정으로 말했다. 하지만 아버지는 웃으며 손을 들어 보였다.

"조금 놀라긴 했는데, 이젠 다 나아서 건강하잖아. 솔직히 지금도 아프다고 하면 고민을 했겠지만, 저 녀석이 좋다고 하면 허락했을 거야. 우리가 평생 같이 살아 줄 것도 아니고, 자기들 좋으면 되는 거 아닌가."

아버지는 '그렇지?' 하는 표정으로 어머니를 한 번 쳐다보았다. 정민도 '거봐.' 하는 표정으로 히죽 웃었다. 정말 쓸데없는 걱정이었다는 듯, 그녀의 병에 관한 이야기는 금방 끝났다.

부모님은 그녀가 하는 일에 대한 호기심이 많았다. 아들이 출판사에 다니고 외서를 담당한다고는 해도 번역에 대해 폭넓게 알고 있는 건 아니니까 말이다.

"치료받느라고 학교도 그만뒀다면서 번역가가 되었다니, 정말 장해. 부모님이 엄청 대견해하시겠어."

어머니야말로 흐뭇한 표정으로 다경을 바라보았다. 다경은 가만히 미소를 머금었다.

"저는 아프다고 투정만 부렸지, 고생은 부모님이 다 하셨는걸요."

"부모는 자식 아프면 대신 아파 주고 싶은 법이야. 딸이 이렇게 건강해졌으니 고생 같은 건 벌써 잊으셨을걸."

"엄마 아빠도 그렇게 말씀하시기는 하는데……. 앞으로 제가 효도해야죠."

"우리 눈치 보지 말고 부모님께 잘해 드려."

뜻밖에 듣는 따뜻한 말에 다경의 눈이 커다래졌다. 그러자 아버지가 인자하게 웃었다.

"빈말 아니고 진심이야."

"우리는 저 녀석이 사고 치지 않고 잘 자라서 결혼하는 것만으로도 충분해. 결혼하고 나서도 행복하게 잘 사는 거 보여 주면 그만이고. 거창하게 효도를 하니 마니 이런 거 신경 쓰지 않아도돼. 우리는 우리대로 편하게 살 거니까."

아버지가 애틋한 시선으로 어머니를 한 번 쳐다보았다.

전혀 예상치 못한 부모님의 말에 다경은 어리둥절하기만 했다. 예의상 하는 말일지도 모른다는 의심이 들기도 하지만, 서로를 애정의 시선을 바라보는 부모님을 보고 있자니 진심이라는 말이 믿고 싶어졌다.

"너희 식 올리고 신혼여행 갈 때 우리도 여행 갈 거야. 한 이주일."

어머니가 새 신부처럼 화사하게 웃었다. 정민도 몰랐는지 황당하다는 듯 물었다.

"두 분 언제부터 계획하신 거예요? 저한테는 말도 없이."

"우리 놀러 가는 걸 너한테 뭐 하러 얘기해?"

"아니, 그래도 전 아들이잖아요. 부모님이 여행 가시는데 미리 알면 안 되나요?"

"신경 끄세요."

어머니까지 가담해서 정민의 항의를 가뿐하게 받아쳤다.

"그래서 계속 물어보신 거예요? 상견례 언제 할 거냐고?"

"그래. 우리 여행 가려고 계속 물어봤다."

어머니가 약 올리듯 혀를 낼름 내밀어 보이자 정민은 황당해서 헛웃음을 흘렸다. 친구처럼 스스럼없이 대화하는 정민과 부모님을 보고 있자니 마음이 절로 따스해졌다. 어린 시절, 냉랭하고 까칠하기만 했던 자신에게 따뜻하게 대해 주던 그가 부모님의 영향을 받아서였다는 생각이 문득 들었다.

이렇게 좋은 분들인데…….

아들 결혼식보다 당신 여행 계획에 들떠서 이야기하는 어머니와 그 모습을 흐뭇하게 지켜보고 있는 아버지를 보고 있자니, 다경은 마음 한구석이 불편해지기 시작했다. 자신이 품고 있는 고민과 걱정을 정말 모르는 척 계속 숨겨야 하는 건지 의문이 들었던 것이다.

정민은 부담을 갖게 하는 것이 싫어서 얘기를 하지 않아도 된다고 하는지 몰라도, 숨기는 것이야말로 부모님과의 관계를 어렵게 만드는 것일지도 모른다는 생각이 들었다.

"어머님 아버님."

귀국할 때 선물 사 오라는 얘기를 한창 하고 있을 때, 다경이 조심스레 그들 대화에 끼어들었다. 웃음기가 가득한 얼굴로 모두가 다경을 쳐다보았다. 다경은 최대한 미소를 머금은 채 떨리는 목소리로 말했다.

"정민이는 말씀드리지 말라고 했는데…….."

"다경아."

그녀가 무슨 말을 하려는지 눈치챈 정민이 손을 잡으며 서둘러 말렸다. 하지만 다경은 애원하듯 정민을 한 번 쳐다보고는 다음 말을 궁금해하는 부모님에게로 시선을 옮겼다.

"무슨 얘긴데? 편하게 해."

아버지가 부드러운 목소리로 말했다. 걱정스레 바라보는 정민의 손을 지그시 잡으며 다경이 용기를 내어 말했다.

"저는 아무리 생각해도 말씀드리는 것이 옳은 것 같아요. 두 분 너무 좋은 분들이시고, 저를 따뜻하게 맞아 주시는데 아무 말도 하지 않는 건 죄를 짓는 거라는 생각이 들어요."

어머니가 상체를 앞으로 기울이며 다경을 너그러운 표정으로 바라보았다.

"무슨 말이든 편하게 해."

"……네."

대답하는 다경의 목소리가 크게 떨렸다. 잠시 심호흡으로 마음을 다잡은 다경이 차분하게 말했다.

"골수 이식하기 전에 전처치로 항암 치료를 하거든요. 아시는지 모르겠지만…… 항암 치료로 불임이 될 수도 있다고 해요."

"다경이는 치료가 10년 전에 끝나서 그런 걱정 안 하셔도 돼요. 병원에서도 임신 가능하다고 했는데 다경이가 자꾸 걱정을 해요."

정민이 얼른 다경의 말을 거들었다. 식사가 거의 끝난 식탁 위로 침묵이 흘렀다. 초조하고 불안한 마음으로 고개를 떨구고 있던 다경은 제 손을 꼭 잡아 주는 정민의 손을 빤히 쳐다보았다.

"병원에서 가능하다고 하면 가능한 거지 뭘 그리 깊게 생각해?"

어머니의 부드러운 음성에 다경이 고개를 들었다. 그녀와 눈이 마주치자 어머니는 아까보다 더 따뜻하고 인자한 시선으로 말했다.

"우리야 예쁜 손주 볼 수 있으면 좋지만, 그렇다고 너무 스트

레스받지 마. 그렇게 마음 쓰면 아이가 오려다가도 안 온다."

"어머님……."

감격한 다경은 목이 메었다. 아버지가 진지하지만 온화한 목소리로 말했다.

"우리도 인터넷으로 병에 대해 알아봤어."

"아…… 그러셨어요?"

다경의 등을 다정하게 쓰다듬으며, 정민이 되물었다. 아버지가 고개를 끄덕였다.

"치료받은 지 오래됐고 병원에서 건강하다고 했으니 언젠가 아이는 생기겠지. 그보다는 치료가 정말 힘들고 어렵더라. 얼마나 고통스럽고 무서웠을지 생각하면 아이가 다 뭐냐. 다경이가 지금 건강하게 잘 지내고 있는 것이 큰 축복이지."

"고맙습니다. 흑."

떨리는 목소리로 인사를 하던 다경이 결국 울음을 터뜨렸다. 어느새 어머니도 눈시울이 붉어져 눈가를 닦아 내고 있었다.

"정민이가 너에게 위로가 되었다니 정말 다행이야. 부모님께 말씀드려. 우리는 괜찮으니까 염려하시지 말라고. 조만간 상견례 날 잡아 뵙자는 말 꼭 전해 주고."

"네. 그럴게요. 정말 감사합니다."

눈물로 얼굴이 잔뜩 젖은 다경은 몇 번이고 감사하다는 인사를 했다. 그런 그녀를 안쓰럽게 지켜보고 있던 어머니가 크게 헛기침을 한 번 했다.

"흠! 밥 다 먹었으면 우리 이제 과일 먹을까?"

"제가 도와드릴게요."

식탁에서 일어나던 어머니가 빙긋 웃었다.

"나 사과 잘 못 깎는데, 네가 좀 할래?"

"네. 저 사과 잘 깎아요."

"그래, 그럼. 같이 하자."

어머니가 흔쾌히 따라오라며 손짓을 하자 다경이 자리에서 얼른 일어나 어머니에게로 갔다.

"정민이 넌 아버지랑 식탁 치워."

"네!"

아버지가 느릿느릿 그릇들을 한쪽으로 치우며 투덜거렸다.

"왜 나까지 하라고 그래."

"그럼, 우리만 다 해요?"

어머니가 돌아보며 톡 쏘아붙이자 아버지가 자리에서 벌떡 일어나더니 부리나케 반찬 접시를 치우기 시작했다.

"이기지도 못하면서 꼭 그러시더라."

정민이 쿡쿡 웃으며 작게 속삭이자 아버지가 찡긋 윙크를 했다.

"재밌잖아."

"아버지도 참……."

못 말린다는 표정으로 정민이 고개를 절레절레 저었다.

다경은 늦은 밤이 되어서야 정민의 집을 나설 수 있었다. 얼떨결에 야식 내기 고스톱을 치면서 치킨까지 먹느라 그렇게 되었다.

정민의 차에 오르는 다경의 얼굴엔 웃음이 가득했다.

"오늘 재미있었어?"

"응. 정말 즐거웠어."

정민은 만족스러운 표정으로 차를 출발시켰다.

"괜한 걱정 했다, 그치?"

"말씀드리길 잘했지?"

고개를 끄덕이던 다경이 새침하게 되묻자 정민은 피식 웃었다. 자기 딴에는 다경이 부담을 갖는 것이 싫어서 하지 말라고 했던 것인데, 결론은 다경의 생각이 맞았다.

"그래. 네 생각이 옳았어."

"내 걱정 해서 그런 거 알아."

"알아주면 고맙고."

싱긋 웃는 그를 사랑스럽게 바라보던 다경이 기어를 잡고 있는 그의 손등에 제 손을 덮었다. 정민이 그녀의 손을 꼭 잡았다.

"난 정말 운이 좋은 사람 같아."

"날 만나서?"

"풋."

밉지 않게 흘겨보던 다경이 웃음기 가득한 목소리로 말했다.

"마음씨 좋은 기증자 덕분에 이식받아서 큰 후유증 없이 빠르게 회복한 것도 그렇고. 너를 다시 만나고 좋은 시부모님 만난 것도 그렇고. 어렸을 때는 이렇게 힘든 병이 왜 나한테 찾아왔을까, 하늘이 원망스럽고 세상이 싫었는데 너를 만난 것으로 다 보상받은 것 같아."

"보상이라……."

음미하듯 말을 되뇌던 정민이 다경을 한 번 쳐다보았다.

"그런 말 들으니까 좀 쑥스러운데?"

"날 잊지 않고 기억해 줘서, 정말 고마워."

흐뭇한 미소를 지어 보이던 정민이 차를 도로가에 세웠다. 그녀를 향해 돌아앉은 정민이 다경의 양손을 꼭 잡았다.

"나야말로 네가 병 잘 이겨 내고 건강해져서 고마워. 민석이 말대로 내 짝은 그때 이미 정해져 있었나 보다."

"옆자리가 비어서 외롭지 않았나 모르겠네?"

다경이 장난스럽게 말하자 정민은 웃으며 그녀의 머리카락을 귀 뒤로 쓸어 넘겼다.

"외로웠으면 아마 벌써 결혼했을걸?"

"대답이 묘한데?"

얄밉다는 듯 흘겨보자 정민이 웃으며 다경을 안았다. 다경도 행복한 미소를 지으며 양팔로 그를 꼭 끌어안았다.

"사랑해."

"나도 사랑해."

달콤한 속삭임에 이어 서로를 지그시 바라보던 두 사람의 입술이 살포시 겹쳐졌다.

에필로그

병원에 입원하게 되었다. 내가…….

골수 기증 서약서를 쓰고 무려 14년이 흐른, 날 좋은 가을. 기증이 필요한 환자가 있다며 담당자로부터 연락이 왔다. 새까맣게 까먹고 있던 일이라 연락받았을 당시는 당황하고 놀라지 않을 수 없었다. 그러나 곧 마음에 안정을 찾고 기증하겠다고 대답했다.

퇴근해서 골수 기증을 하게 되었다고 하니 다경은 많이 놀란 눈치였다. 자신이야말로 기증자의 아름다운 결단으로 인해 새 생명을 얻은 환자였으니 만감이 교차하는 모양이었다.

"골수 채취하는 거 엄청 아프고 힘든데, 괜찮겠어?"

투병을 하는 동안 골수 채취를 여러 번 경험해 본 다경은 겁에 질려 말했다. 나는 웃으며 그런 다경을 안심시켰다.

"요즘은 골반뼈에서 채취하지 않아."

"그럼?"

"헌혈하는 것처럼 혈액으로 채취한대."

"와…… 진짜?"

다경이 신기한 표정으로 두 눈을 크게 떴다.

"응. 성분헌혈 알지? 그것처럼 혈액으로 골수를 거르고 그 혈액을 다시 내 몸에 넣어 주는 식이래."

"세상이 정말 좋아졌구나."

그제야 마음이 놓인 듯 다경은 꼿꼿하게 세웠던 허리에서 힘을 뺐다.

"나야 환자니까 골수 채취할 때 고생하는 건 어쩔 수 없는 건데, 나 때문에 기증자까지 고통을 겪겠구나 생각하니까 엄청 미안했었거든."

"그 와중에 기증자 걱정이라니. 우리 다경이 엄청 착했네?"

내가 웃으며 머리카락을 뒤로 쓸어 넘기자 다경이 얄밉다는 듯 흘겨보았다.

결혼할 때 어깨까지 닿았던 다경의 머리카락은 이제 등까지 자라 있었다. 머리카락이 어깨에 닿아서 거추장스럽다고 하더니 하루는 머리를 계속 기를지 말지 나한테 물어본 적이 있었다. 그런 어려운 걸 왜 나한테 묻는지. 아무거나 괜찮다고 했다가 이유 모를 구박을 받기도 했다.

"기증받을 사람이 누군지 얘기 들었어?"

"기본 사항만 알려 주던데. 중학생이래."

"아……."

다경의 눈에 안타까움이 번졌다. 연락 오면 무조건 기증하겠다고 생각은 하고 있었는데, 중학생이라는 말에 다짐을 조금 더 빨리하게 되었다.

"어떤 병?"

"백혈병."

"하아……. 힘들겠다."

다경은 제 일처럼 안쓰러워했다.

결혼을 앞두고 뜬금없이 양가 부모님들과 함께 여행을 떠났던 날. 부모님들이 야식 내기 고스톱을 하는 동안 우리는 펜션 근처로 산책을 갔었다. 그때 다경은 병원에서 어떤 치료를 받았었는지 처음으로 자세하게 알려 주었다. 웃으며, 무슨 모험담을 들려주듯 말했지만 나는 듣는 것만으로도 괴로웠다. 그 일을 비슷한 나이의 아이가 겪고 있다고 생각하면 다경은 자신이 아픈 것처럼 힘든 것이었다.

"기증 결심해 줘서 고마워."

"후후. 네가 받는 것도 아니면서 뭐가 고마워."

"난 병을 앓아 봐서 골수 기증이 얼마나 소중한지 아니까."

"네가 골수 기증받아서 완치되었는데, 내가 당연히 갚아야지. 나야말로 너한테 골수 기증해 준 분에게 평생 고마워하면서 살 거야."

서로를 향해 미소를 짓던 두 사람은 식탁 위로 손을 꼭 맞잡았다.

＊　＊　＊

최종적으로 유전자가 일치하다는 결과를 받은 나는 건강 검진을 받고 2박 3일의 일정으로 병원 1인실에 입원하게 되었다. 내가 골수를 기증한다는 소식에 양가 어머님이 놀라서 병원에 찾아오셨다.

"별것도 아닌데 뭐 하러 여기까지 오셨어요?"

입원 직후라 그런지 정말 아무것도 안 하고 있어서 두 어머니를 뵈니 민망하기까지 했다. 다경이처럼 장모님은 당신이 수혜자 가족이라도 된 것처럼 계속 미안한 표정이었다. 우리 어머니는 '기증'이라는 걸 처음 접하게 되니 걱정하시는 건 당연하고 말이다.

두 어머니를 안심시킨 건 다경이었다. 내가 알려 준 대로 헌혈하는 것처럼 골수를 채취하니 걱정하지 않아도 된다고 차분하게 설명했다. 안 그래도 침대 옆에 혈액을 분리하는 복잡한 기계가 있어서 두 어머니는 그나마 마음을 놓을 수 있었다.

채취는 다음 날이라 밤엔 다경이와 침대에서 꼭 붙어서 잤다. 아직 멀쩡한데 자기는 집에 가서 편하게 잘 거라고 하는 걸 사정해서 붙잡았다. 다경은 진심도 아니면서 놀리는 재미에 그러는 것이다. 그걸 잘 알기에 나도 다경의 장난에 맞장구를 쳐 줬다.

잠을 푹 자고 오전 9시부터 골수 채취가 시작되었다. 방식은 헌혈이랑 똑같은데 양팔에 링거를 꽂는 것이 다르다면 다르다고 해야 하나? 한 가지 문제는 네 시간 가까이 쬠쬠을 해야 하는 것.

나중엔 팔이 저려서 눈물이 날 지경이었다. 다경이 옆에서 쬠쬠 하는 손을 거들어 주어서 겨우겨우 끝까지 마칠 수 있었다.

"피곤하지?"

채취가 끝나고 간호사가 병실을 나가자 다경이 안쓰러운 얼굴로 물었다.

"아니. 배고파."

"훗."

다경은 황당한 표정으로 웃었지만 나는 진심이었다. 9시부터 시작된 채취가 오후 1시가 다 되어서야 끝났으니 점심때를 놓친 것 아닌가.

간호사에게 물어보고 우리는 병원 지하에 있는 푸드코트로 갔다. 나는 낙지돌솥비빔밥을 다경은 돈가스를 주문해서 막 먹으려고 할 때였다.

"욱!"

다경이가 갑자기 헛구역질을 했다. 나는 놀라서 자리에서 벌떡 일어나 다경의 어깨를 잡았다.

"괜찮아?"

"으어……. 갑자기 왜, 욱!"

울상을 짓던 다경이 다시 입을 가리며 헛구역질을 했다. 나는 얼른 식수대에 가서 차가운 물을 떠 왔다. 그러나 그것도 다경은 입에 대지 못했다.

"물비린내, 으엑!"

이번엔 어찌나 크게 헛구역질을 했는지 식당에서 식사를 하던 사람들이 다들 놀라서 쳐다보았다. 더는 식사를 할 수 없을 정도로 다경의 안색이 빠르게 나빠지고 있었다.

나는 다경을 먼저 밖으로 내보내고 두 개의 식판을 나온 그대로 반납한 후 서둘러 식당을 나갔다.

다경은 아예 건물 밖으로 나가서 바람을 쐬고 있었다.

"다경아. 괜찮아?"

"어. 바람 쐬니까 좀 나아. 너 배고프다고 그랬는데 그냥 나와서 어떻게 해?"

얼굴이 하얗게 질린 다경은 내 걱정부터 했다. 오늘 아침까지만 해도 식사를 잘했는데 갑자기 헛구역질이라니. 혹시 체했나? 어…… 잠깐.

"다경아."

"응?"

옆자리에 앉은 내 손을 조물거리고 있던 다경이 고개를 들었다.

"너 혹시 말이야……."

"……."

멀뚱멀뚱 쳐다보는 다경을 보고 있자니, 남편인데 이상하게 말이 떨어지지 않는다. 그래서 대뜸 이렇게 말했다.

"검사받으러 가자."

"무슨 검사?"

"그냥 잠자코 나 따라와."

나는 무작정 다경의 손을 끌고 진료를 접수하는 곳으로 갔다.

"산부인과요."

"어? 내과 아니고?"

"넌 여자면서 뭐가 그리 둔하냐?"

나의 말에 접수처 직원이 작게 웃었다.

"무슨 증상으로 오셨어요?"

"임신 확인 좀 하려고요."

자기가 무슨 소리를 들었나 어리둥절해하던 다경의 얼굴에 감격이 번졌다.

접수가 끝나고 산부인과로 가는 동안에도 다경은 아무 말도 하지 못했다. 담당 간호사에게 이름을 말하고 순서를 기다리기 위해 소파에 앉았을 때 다경이 믿을 수 없다는 표정으로 내 팔을 붙잡았다.

"아닐 수도 있잖아."

"너 생리 언제 했는데?"

"그거야……."

"……."

"나 생리 주기 들쑥날쑥이잖아."

기억을 더듬던 다경은 그래도 믿을 수 없는 모양이었다. 나는 다경의 팔을 토닥였다.

"그러니까 검사해 보자고. 이왕 여기 온 거 검사해 보면 되잖아."

"그렇긴 한데……."

긴장 속에서 순서를 지루하게 기다리고 있을 때 다경의 휴대폰이 울려서 내가 대신 받았다.

— 하정민 님이시죠?

내 목소리를 들은 사람이 대뜸 물었다.

"네. 그런데요."

— 여기 간호사실인데요, 지금 어디 계세요? 한참 찾았어요.

"아…… 밥 먹으러 왔다가 산부인과 왔는데요."

— 네?

황당하다는 목소리로 되묻던 간호사가 대답은 필요 없다는 듯 용건부터 말했다.

— 칼슘 수치가 낮아서 주사 맞으셔야 해요. 빨리 병실로 오세요.

"어…… 네……."

중대한 검사를 기다리고 있는데 나는 칼슘 주사를 맞아야 한다니. 칼슘 수치 낮으면 어떻게 되는 거지? 이런 엉뚱한 생각을 하다가 얼른 가서 맞고 오기로 했다.

"나 병실 좀 갔다가 금방 올게."

"응. 다녀와."

여전히 얼떨떨한 표정으로 다경이 고개를 끄덕였다.

"혹시 나 오기 전에 진료실 들어가게 되면 전화해."

"응."

그녀에게 한 번 더 다짐을 받고 서둘러 담당 병동으로 올라갔다.

간호사실로 가니 간호사가 걱정스러운 표정으로 병실에 가서 누워 있으라고 했다. 나는 산부인과에 혼자 두고 온 다경이 걱정이었지만 내 말은 들어줄 것 같지 않아서 일단 얌전히 병실로 가서 기다렸다.

잠시 후 간호사가 링거를 가지고 와서 팔에 놓아 주었다.

"움직여도 되죠?"

"네. 홀대에 걸고 다니시면 돼요. 대신 휴대폰은 꼭 가지고 가셔야 해요."

"네!"

나는 얼른 링거를 홀대에 걸고 휴대폰을 챙겨 부리나케 산부인과로 향했다. 도착하니 다경이 막 진료실에서 나오고 있었다.

"뭐래?"

"혈액 검사 해야 돼."

"아…… 그래."

혈액을 채취하고 검사 결과를 기다리는 시간이 무척 길게 느껴졌다. 나는 임신을 100% 확신하고 있었지만 다경은 긴가민가한 표정이었다. 임신이 아니어도 실망은 하지 않을 테지만, 임신이 맞을 것이다!

다시 다경을 부르는 소리에 나는 그녀와 함께 진료실로 들어갔다. 환자복에 링거까지 달고 나타난 나를 보고 선생님이 깜짝 놀라는 눈치였다.

"제가 오늘 골수 기증했거든요."

"큰일 하셨다고 하늘이 좋은 소식도 주셨네요."

어, 하는 순간 선생님이 웃으며 말했다.

"축하드려요. 임신 5주 차네요."

"어머……."

결혼 3년 차가 되어 듣는 기쁜 소식에 다경은 그대로 울음을 터뜨렸다. 나는 기쁘고 흥분되어 얼굴이 새빨갛게 달아올랐다.

"엉엉, 어쩜 좋아."

눈물을 흘리며, 다경은 감격해서 내 팔을 꽉 붙잡았다. 선생님도 흐뭇하게 웃었다.

"저…… 그런데. 아내가 어렸을 때 골수 이식을 받았어요. 출산…… 잘할 수 있겠죠?"

"안 그래도 아까 산모께서 그 얘기 하셨어요. 계속 산부인과 진료 받으면서 관리하셨다고 했으니 출산은 무난히 잘하실 겁니다."

"그렇죠? 그런 거죠?"

"네. 자연 임신으로 무사히 둘째 출산한 분도 계시는걸요."

나는 감격에 겨워 눈물을 멈추지 못하는 다경을 품에 꼭 안았다. 나와 우리 부모님이 아무리 괜찮다, 부담 갖지 말아라 해도 다경은 계속 마음이 쓰였을 것이다.

하지만 오늘 임신 소식을 확인한 뒤 다경은 마음의 짐을 덜었을 것이다. 기쁘고 행복한 소식을 한 생명을 구할 수 있게 된 날 듣게 되어 나 역시 몹시 벅차고 뿌듯했다.

✼ ✼ ✼

출산이 임박해 오고 있었다. 다경은 긴 시간을 조심에 조심을 거듭하며 배 속의 아이를 애지중지 키웠다.

입덧으로 자신의 존재를 알렸던 만큼 다경이 초반엔 입덧으로 고생을 많이 했다. 내가 봐도 힘들어하는 것이 분명한데 다경은 하루하루를 꿋꿋하게 견뎌 냈다.

양가 어머니들은 몸에 좋다는 음식을 하루가 멀다 하고 교대로 만들어 오셨다. 심지어 집안일로 두 분이서 스케줄까지 짜서 도와주었다. 가만히 있으니까 배만 커진다며 다경이 나중엔 안 오셔도 된다고 두 분을 말렸다.

이후 나는 다경과 함께 운동 삼아 집안일도 같이 하고, 산책을 위해 가까운 곳으로 외출을 하며 아이의 탄생을 기다렸다.

내일일까? 아니면 모레? 잠자리에 들 때마다 언제 아이가 태어날지 점쳐 보곤 했는데 드디어 신호가 왔다!

"대리님! 언니 전화요!"

커피를 타려고 잠깐 탕비실에 갔을 때 영미가 휴대폰을 들고 다급하게 외치며 달려왔다. 나는 물을 따르려다 말고 얼른 휴대폰을 받았다.

"여보세요?"

— 나 병원 가는 중이야.

"어? 병원? 뭐 타고?"

— 아버님 차.

두 아버지는 다경의 출산 예정일 전후로 일주일씩 휴가를 잡아 놓으셨다. 아이가 태어날 기미가 보일 때 다경이를 병원으로 최대한 빨리 데려가기 위한 나름의 작전이었다. 예정일 앞 일주일은 우리 아버지가 휴가를 냈는데, 때마침 오늘 신호가 온 것이다.

"나도 바로 갈게."

— 아니. 자기는 천천히 와. 아직 진통 간격이 짧지는 않은데 혹시나 해서 미리 가는 거야.

"그건 내가 알아서 할게."

— 후후. 알았어. 알아서 해.

나는 통화를 끝내고 사장님에게 보고를 한 뒤 사무실을 나와 택시를 타고 병원으로 향했다. 사장님은 회사 차를 이용하라고 했지만 긴장해서 사고라도 낼까 봐 그냥 택시를 타고 가기로 했다.

병원에 도착했을 때 황당하게도 다경이는 복도를 걸어 다니고 있었다.

"왜 이러고 있어?"

옆에 계시던 어머니가 별거 아니라는 표정으로 말했다.

"출산 쉬우라고 하는 거야."

"출산 앞둔 산모한테 이러는 게 어디 있어요."

따지듯 묻자 어머니가 주책이라는 표정으로 내 팔을 아프게 때렸다.

"선생님이 시킨 거거든?"

"이런 거 보면 저보다 더 걱정하는 거 같지 않아요?"

"우리 집 남자들이 겁이 좀 많아. 걱정하지 마. 넌 괜찮을 거니까."

며느리와 시어머니가 주거니 받거니 남편들 흉을 보고 있었다.

"어머니. 제가 따라갈게요."

"그래라, 그럼."

어머니는 링거 홀대를 안겨 주고는 아버지를 찾아 떠나셨다.

다경이를 따라 걷다가 오늘따라 유독 무거워 보이는 배를 받치고 몇 걸음 걸었더니 다경이가 버럭 화를 냈다.

"그만 알짱거려. 걷기 힘들잖아."

"난 도와주려고 한 건데……."

"그냥 조용히 따라와."

서서히 진통 간격이 짧아지는지 다경의 목소리가 신경질적으로 변했다. 나는 진통을 견디지 못해 주먹을 날려도 다 맞을 준비가 되어 있었기에 전혀 아무렇지 않았다. 그저 무사히 출산을 끝내기를 속으로 간절히 기도하고 있었다.

드디어 토실토실 살이 오른 아들을 품에 안았다. 분만이 끝나고 선생님은 씩씩한 엄마를 만나서 우리 아들이 세상에 쉽게 나왔다며 흐뭇하게 웃었다. 다경의 병력을 알고 있고 지금까지 계속 관리를 맡아 주셨던 분이라 그런지 선생님도 꽤 감격한 눈치였다.

회복실에 있던 다경이가 입원실로 들어왔다. 아이를 먼저 보고 온 양가 부모님이 기쁜 표정으로 다경을 맞았다.

"아가, 고생 많았다."

"다경아, 고생했어."

두 어머니는 눈시울을 붉히며 다경의 손을 꼭 잡아 주었다. 두 아버지도 뿌듯하고 대견하게 다경을 바라보았다.

입원실로 오고 나니 새벽 2시라 부모님들은 낮에 오겠다며 모두 집으로 돌아가셨다. 병실엔 나와 지친 다경 단둘만 남게 되었다.

"우리 아들 봤지?"

"그럼. 봤지."

"다 멀쩡해?"

"응. 멀쩡해."

다경이 살며시 웃었다.

"천만다행이야. 재생불량성 빈혈은 유전이 아니어서 말이야."

"후후. 아직도 그런 생각 하고 있어?"

"아니. 잊고 있었는데 문득 생각났어. 처음에 내 병 알았을 때는 세상에서 내가 가장 억울한 것 같았는데 지금은 행복해. 우리 자기도 만나고, 우리 아들도 만나고."

다경의 머리를 쓰다듬던 나는 예쁜 입술에 짧게 입을 맞췄다. 결혼 3년 차에 아이도 낳았는데 다경이는 여전히 수줍게 웃었다.

"나야말로 행복해. 너를 다시 만나고, 부부가 되고, 부모가 되었다는 사실이."

"사랑해."

"나도. 나도 사랑해."

행복감에 가슴이 저려 왔다. 힘든 시간들이 있었지만 특별한 축복으로 만난 우리 가족은 계속 행복하게 살 것이다.

— *fin*

作家 後記

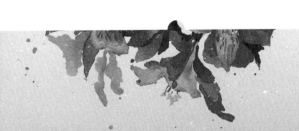

중학교 동창 중에 백혈병으로 투병했던 친구가 있었다. 친하지는 않아도 정말 예뻐서 얼굴과 이름을 기억하고 있던 친구였는데 동창 찾기 사이트를 통해 만나게 되었다.

말로만 듣던 백혈병이라는 소리에 얼마나 놀랐던지. 다행히 그 친구는 골수 이식을 받고 완치 판정을 받았다고 했다. 그런데 친구들과 스키장에 놀러 갔다가 골절을 당해서 수술을 앞두고 있던 참이었다.

골수 이식을 받았던 탓인지, 수술을 하려면 혈액이 많이 필요하다고 해서 다른 친구와 헌혈을 하고 헌혈증을 모아 병문안을 간 적이 있었다. 이후 만나지 못했지만 가끔 이메일로 안부를 묻곤 했었다.

사귀던 남자친구와 결혼하기로 했다는 소식을 마지막으로 연락이 영영 끊겼는데, 그 친구의 러브 스토리가 무척 감동적이었다.

처음엔 그 친구의 이야기를 글로 옮기려고 했는데 결과적으로는 온전히 옮기지 못했다. 병명도 바뀌었고, 친구가 들려준 감동적인 사랑 이야기는 작품에서 빠졌다. 꼭 넣고 싶은 이야기였는데, 내가 작가면서도 어쩔 수 없이 빼야 했던 가슴 아픈 사연만 남았다. ^^;;

나는 최종적으로 로맨스 소설을 쓰는 작가지만, 병과 싸우는 누군가에게는 아픔을 줄 수도 있기에 글을 완성하기까지 많은 고민을 해야 했다. 단순히 글감으로만 소비되지 않도록 무던히 노력했는데, 내 마음이 잘 전달되었으면 좋겠다.

'재생불량성 빈혈'은 드라마나 영화 등에서 종종 접해서 그런지 막연하게나마 병에 대해 알고 있었다. 글로 옮기기 위해선 정확한 정보가 필요했는데, 인터넷이 발달한 덕에 정보는 어렵지 않게 얻을 수 있었다.

특히 도움이 된 건 실제로 '재생불량성 빈혈'을 치료받은 분의 경험담이었다. 정말 생생한 정보와 경험들을 친절하게 포스팅해놓은 '하수연 님'의 블로그였다. 투병 중인 분들에게 도움을 주고 싶은 마음에 블로그를 시작했다고 한다.

집필에 참고하기 위해 메일을 드렸을 때 희귀 난치병인 만큼 많은 분들에게 알려졌으면 좋겠다는 바람을 전해 오셨다. 작품 속에서 좀 더 상세하게 다루지 못해 미안한 마음이 있다.

한 번 더 이 자리를 빌려 하수연 님에게 감사의 말씀을 드리고 싶다.

더불어 강안나 작가에게도 고마움을 전하고 싶다. 강 작가는 나와 비슷한 시기에 글쓰기를 시작했는데 출판사에 입사해 최근까지 근무했다. (현재는 예쁜 아기를 키우는 중) 강 작가 덕분에 정민과 다경의 직업이 좀 더 구체화될 수 있었다.

작년 1월에 '아마빌레'를 출간하고 1년 10개월 만의 종이책 출간이다. 중간에 유료 연재도 하고, 전자책 출간도 했지만 종이책은 확실히 느낌이 남다르다.

내년엔 좀 더 많은, 그리고 재미난 작품을 선보일 수 있도록 열심히 노력하겠다.

긴 시간 작품을 기다려 준 뿔미디어에 감사드리며, 여러 복잡한 사정들 속에서도 무사히 작업이 끝날 수 있게 도와주신 하나님께 모든 영광을 돌리고 싶다.

2017년 겨울을 맞으며, 주은영